FRANÇOISE DORIN

Françoise Dorin est la fille du célèbre chansonnier René Dorin. Après un détour par les cabarets, où elle interprète les sketches de Jean Poiret et de Michel Serrault, Françoise Dorin entreprend une carrière de comédienne. Elle joue d'abord dans les revues de son père au théâtre Des Deux Ânes, puis aux côtés de Michel Piccoli et de Roger Hanin au théâtre du Quartier latin. Parallèlement, elle écrit pour la radio et la télévision, des nouvelles, des articles, des romans et des chansons, dont la plus connue sera interprétée par Aznavour (*Que c'est triste Venise*). En 1967, elle connaît sa première consécration au théâtre, avec sa pièce : *Comme au théâtre*. Bien d'autres suivront : *La facture*, *Un sale égoïste*, *Le tube*, *Le tournant*, *L'intoxe*... En 1976, elle se lance dans le roman et connaît des succès ininterrompus, tant en France qu'à l'étranger : *Va voir papa, maman travaille* ; *Les lits à une place* ; *Les jupes-culottes* ; *La Mouflette* ; *Les vendanges tardives* ; *La courte paille* ; *Les julottes*, et plus récemment, *Tout est toujours possible* – dont la suite, *Et puis après...*, a paru en 2005 – ainsi que *Le cœur à 2 places* (Plon, 2006).

TOUT EST TOUJOURS POSSIBLE

DU MÊME AUTEUR
CHEZ POCKET

LES VENDANGES TARDIVES
LES JULOTTES
LA RÊVE-PARTY
TOUT EST TOUJOURS POSSIBLE
ET PUIS APRÈS...
LE CŒUR À 2 PLACES

FRANÇOISE DORIN

TOUT EST TOUJOURS POSSIBLE

PLON

ISBN 978-2-266-14494-0

Chapitre 1

Je suis...

Je suis...

Sans mots ! Voilà ! Je suis sans mots ! Ou plutôt j'en ai trop, mais je ne peux pas les sortir. Je ne peux pas parler. Or, j'ai besoin de parler. De m'exprimer. De me libérer. Mais j'ai une phrase plantée au travers de la gorge, qui m'en empêche. Une arête ! Qui m'arrête ! Alors, j'ai décidé d'essayer un truc d'Agnès, un truc de bonne femme : écrire ! Autrement dit, cracher sur le papier ce qui me coince la glotte et, au besoin, le cœur. En l'occurrence, cette putain de phrase : quatre mots à la fin d'un fax envoyé à mon meilleur ami, François, par son épouse, Aline, la meilleure amie de la mienne : « Tout est toujours possible. »

Évidemment, en dehors de leur contexte, ces quatre mots sont d'une banalité accablante et peuvent rivaliser avec des lieux communs du genre : « On n'est jamais sûr de rien, même du pire ! » ou : « Le hasard est l'invité de toutes les heures. » Oui, en dehors du contexte, « tout est toujours possible ! » ne vaut pas l'encre pour l'écrire.

Mais il faut voir ça dans le contexte, dans *mon* contexte. Il faut savoir que depuis mon mariage, il y a trente-quatre ans, ces quatre mots appartiennent au folklore conjugal. Ma femme me les répète systématiquement chaque fois que j'émets une opinion formelle sur quelqu'un ou sur quelque chose. Deux exemples entre mille :

Moi : Avec tous les atouts qu'il a dans les mains, Untel ne peut pas rater son coup.

Elle : Oh, tu sais, tout est toujours possible !

Le second exemple :

Moi : N'emporte pas de pull ! On ne peut pas avoir froid en Egypte au mois d'août !

Elle : En principe non, mais... tout est toujours possible !

Voilà ! Agnès a toujours opposé l'infime minorité des possibles à l'écrasante majorité des probables.

À ce jeu, elle a beaucoup plus souvent perdu que gagné, mais pas un instant elle n'a envisagé d'y renoncer. Vous pensez ! Cette phrase est taboue. Elle était gravée sur l'épée du général Athanase de Cormantin, son illustre ancêtre, quand en 1793, pendant la guerre de Vendée, contre toute attente, il réussit à éliminer l'Ennemi, supérieur en nombre, mais... inférieur en foi ! Après quoi, la phrase est passée à la postérité sous forme de devise figurant sur le blason comtal, et tous les petits Cormantin l'apprennent en même temps que le bénédicité ! Dès que l'un d'eux renâcle devant un obstacle en pleurnichant : « Ze peux pas ! », aussitôt un aîné se pointe pour lui apprendre, à travers l'exemple d'Athanase, que « tout est toujours possible ».

Pourquoi pas ? Je n'ai jamais eu d'animosité contre ce message d'espoir... jusqu'à aujourd'hui... jusqu'à cette histoire insensée d'Aline... Ah ! celle-là... celle-là... il ne faut pas que j'y pense, sinon je ne vais pas pouvoir écrire non plus. Il vaut mieux que je pense à ma femme. Elle a toujours eu sur moi un effet émollient. Trop sans doute. Aujourd'hui, comme hier, douceur et lumière inondent ses traits incroyablement réguliers. Trop aussi. J'ai souvent pensé qu'il lui manquait un petit défaut : un nez un peu trop long, une dent de travers, une cicatrice dans le cou. Mais non ! Aujourd'hui, à peine moins qu'hier, elle est lisse comme une patinoire bien nettoyée. Et comme telle, un peu froide.

D'ailleurs, en cet été 1968 où je l'ai connue, elle en intimidait plus d'un. Mais pas moi. Il y avait belle lurette que les filles et les femmes m'avaient débarrassé de mes complexes. Et mes condisciples de la faculté de droit aussi, en me baptisant à l'eau bénite de la dérision : « M. Beau Mec », et en m'enviant ma réputation – à peine usurpée – de don Juan macho. Réputation qui me suivait l'été aux Sables-d'Olonne où j'étais employé saisonnier dans la boulangerie-pâtisserie de mon père. J'y vendais des glaces dans une échoppe devant le magasin, histoire de me conformer à la modeste devise de ma modeste famille : « On n'a jamais rien sans rien. »

C'est là que je vis Agnès pour la première fois, au milieu des nanas déjà en voie de libération qui me passaient leurs commandes avec dans leur ton, leurs regards et leurs fesses en offrande, tout le potentiel des mutantes de demain, devenues les mutées d'aujourd'hui.

Agnès, elle, avait l'air de sortir d'un salon provincial du XIXe siècle. Je sus par la suite que c'était le cas. Elle sortait du salon des « Oublières », demeure plus près du manoir que du château, entièrement restaurée par son père promoteur et comte de Cormantin, sous l'œil vigilant de sa mère, chouanne de chez chouanne ! Elle portait des espadrilles, une ample jupe à fleurs et un corsage (pas un chemisier, encore moins un T-shirt) avec des smocks et des manches ballons ! Une pièce de musée !

Sa façon de s'exprimer était aussi d'époque :

— Pardon, monsieur, vous chargez-vous des livraisons à domicile ?

— Ça dépend où. Ça dépend quoi. Ça dépend quand. Et ça dépend surtout à qui.

Imperméable à ma provocation pourtant sans équivoque, elle me répondit qu'elle aurait souhaité un sorbet à la fraise pour une vingtaine de personnes – ou, mieux peut-être, deux sorbets pour dix personnes chacun –, et que cela fût livré aux « Oublières ».

— Vous connaissez peut-être ?

— Qui ne connaît pas le « château » ?

Elle rougit. J'ai failli faire un vœu : je n'avais jamais vu une fille rougir. Elle enchaîna, plus pour dissiper sa gêne que par nécessité :

— Nous fêtons ce soir à la fois les quatre-vingts ans de ma grand-mère et la Saint-Dominique que nous considérons comme le protecteur de la famille, depuis qu'un de mes grands-oncles, le frère aîné de bonne-maman, est entré dans l'ordre des Dominicains. Alors, vous comprenez, pour nous, le 8 août c'est sacré !

Vraiment un autre monde ! Une autre époque !

J'eus sur-le-champ l'envie de culbuter l'anachronique jouvencelle comme une vulgaire pétasse et de la pourfendre, sabre au clair, à la hussarde, en trois minutes chrono. Ce qui, entre nous, constituait une durée à peine inférieure à ma moyenne habituelle !

Ce fantasme m'aida à parcourir sur ma bicyclette les vingt kilomètres qui séparaient la boutique de mon paternel du berceau des ancêtres d'Agnès, mais disparut dès que je gravis les marches du perron des « Oublières ». Elle vint à ma rencontre dans une robe de ballerine qui aurait rendu ridicules toutes les filles que je connaissais. Mais pas elle. Elle me remercia de ma ponctualité, m'introduisit dans l'entrée, appela un domestique qui me déchargea de mes deux paquets, puis me réclama à voix basse, comme s'il s'agissait d'une chose honteuse, « ma petite facture », et, à peine l'eut-elle en main, se glissa dans le salon pour aller en chercher le règlement auprès de sa mère. Par la porte, laissée entrouverte, je vis une espèce de tableau vivant qu'une Berthe Morisot aurait pu avoir envie de peindre : en demi-cercle autour de l'octogénaire du jour, les représentants des deux dernières générations de Cormantin écoutaient religieusement la vieille dame raconter des histoires de son enfance – entre les deux guerres – aussi fantasmagoriques pour les plus jeunes de ses auditeurs que celles des dinosaures : Radio Veillée, bonjour !

La logique aurait voulu qu'encore sous l'influence de Mai 68 je trouve bouffonne cette scène obsolète. Cela ne m'est pas venu à l'idée. En une seconde, M. Beau Mec, rouleur de mécaniques, s'est transformé en Pierrot Blanc-Bec, intimidé et fasciné. Je vis Agnès parler à l'oreille de sa mère ; celle-ci lui confier discrètement sa bourse en tapisserie, la congédier d'un geste de la main, puis la rappeler pour lui recommander, dans un silence malencontreux, de « donner un bon pourboire au livreur ». Mon sang bondit dans mes pieds et mes pieds détalèrent en direction de mon vélo.

Agnès ne chercha pas à me rattraper.

Le lendemain matin, elle était là à l'ouverture de mes bacs à glace. Elle glissa dans une poche de ma blouse de mitron une enveloppe cachetée en me disant d'un trait :

— Je crois que vous avez oublié ça hier. À propos, le sorbet à la fraise était un délice. Pourtant, d'habitude, je n'aime pas tellement. Je préfère les fruits exotiques : l'ananas, la noix de coco, et surtout les fruits de la passion. Vous en avez ?

— Oui.

— Quelle chance ! Je peux en avoir un cornet ?

— Oui... à condition que je vous l'offre.

— Avec plaisir... à condition que vous me permettiez de revenir demain en cliente.

Elle est revenue tous les matins. Elle commandait son sorbet, en prononçant « aux fruits de la passion » avec un air de défi, comme si c'était un gros mot. Telle une petite fille, elle me tendait la paume de sa main afin que j'y prenne les pièces qu'elle y avait mises pour payer son achat. Telle une allumeuse, elle passait sur la boule glacée une langue voluptueuse de chaton. Mon fantasme du premier jour réapparaissait fugitivement, le temps qu'il soit balayé par le souvenir du salon des « Oublières » et le « bon pourboire pour le livreur ».

Au fil de ces rencontres matinales, nous avons appris, grosso modo, qui nous étions, et surtout qui nous espérions devenir : moi, avocat d'affaires. Important, cela va sans dire. Elle, écrivain, même inconnu. Elle aurait voulu entrer en septembre à la faculté de lettres mais ses parents, sans s'opposer à ce souhait, avaient exigé qu'auparavant elle passe un an dans une institution privée : le cours Chambord où, de l'art du bouquet à l'art de la conversation, en passant par la cuisine et la comptabilité, on apprenait aux jeunes filles à devenir des épouses et des maîtresses de maison exemplaires. La désobéissance n'étant pas au programme éducatif des Cormantin, Agnès avait souscrit à l'exigence de ses parents. Par bonheur pour elle, les parents de sa meilleure amie avaient eu la même, et elle allait retrouver... Aline.

Ça y est ! La revoilà sous ma plume, celle-là ! Mais maintenant, je suis assez calmé pour vous en parler. Succinctement.

Elle aurait pu être la sœur de son inséparable Agnès : même éducation ; même milieu ; même facilité de vie – les Cimenteries Bénin-Chovillon n'ayant rien à envier aux programmes immobiliers Cormantin ; mêmes goûts artistiques aussi, sauf que ceux d'Aline la portaient vers la peinture et ceux d'Agnès vers la littérature. François disait à l'époque que les deux amies se ressemblaient comme deux gouttes de sirop d'orgeat ! Moi, je trouvais qu'Aline était plus mièvre, plus « Bibliothèque Rose », plus « béni-oui-oui », comme disait ma mère... Mea culpa ! Après ce que je viens d'apprendre, je peux me coller un double zéro en perspicacité et à elle un vingt sur vingt en duperie !

Agnès me présenta à Aline un jour, à l'heure calme du déjeuner, l'heure où François, mon jumeau de cœur, natif lui aussi des Sables-d'Olonne, venait bavarder avec moi. Je le présentai donc aux deux filles, sur un ton ironico-emphatique qui ne leur était pas familier et qui en conséquence les enchanta :

— M. Big Lover, fondateur avec moi du mouvement des « Coqs de garde », et plus connu à l'état civil sous le nom de François Bourdin, qui, à une lettre près, aurait pu s'appeler Boudin. Ce qui eût été fâcheux car il était, d'une part, le fils de mon voisin le charcutier, et, d'autre part, un futur grand charcuteur !

Les demoiselles amidonnées béèrent, si je puis dire, entre lard et cochon. François enchaîna :

— Oui, gentes demoiselles, j'espère devenir un éminent chirurgien, doté d'une éminente clientèle. Mais, pour le moment, profitez-en, je ne suis qu'un éminent carabin en vacances qui rêve d'opérations... exclusivement dérivatives !

Le soir même nous pique-niquions sur la plage, tous les quatre. François avait apporté saucissons et jambons. Moi : les desserts. Les filles : une nappe et de quoi dresser un couvert complet ! La complicité d'Agnès avec Aline était aussi évidente que la mienne avec François. Dommage que nous n'ayons pas eu, ni elles ni nous, des tendances homosexuelles, nous aurions formé des couples exemplaires ! Mais, comme disait l'autre, personne n'est parfait !

En revanche, il était tout aussi évident que le courant passait mal entre François et Agnès, et encore moins bien entre Aline et moi. À croire que je pressentais ce qui allait arriver trente-quatre ans plus tard !

C'est pourquoi, quand nous allâmes danser sur la place de la ville, tout naturellement Aline se retrouva dans les bras de François et Agnès dans les miens.

Dès le deuxième slow, les ciments Bénin-Chovillon s'effritèrent sur l'épaule de François, et la rigide particule des Cormantin fondit sur la mienne.

MM. Beau Mec et Big Lover virent mutuellement s'allumer dans leurs yeux le signal d'alarme : « Attention danger ! Vierges sages en perdition, conçues exclusivement pour bague au doigt, fil à la patte et prince charmant avec vue imprenable sur Oxford et Wall Street ! À fuir d'urgence. »

Moyennant quoi, avant minuit, nous avons remis nos cendrillons dépitées entre les mains d'un des tontons Cormantin qui leur servait ce soir-là de chaperon.

Le lendemain, après une nuit courte et agitée, je fus très agacé de voir Agnès se pointer à mon échoppe, non pas « comme si de rien n'était », mais « comme si quelque chose avait été ».

— C'est idiot, me dit-elle en me tendant une carte de visite, j'ai pensé tout d'un coup cette nuit que vous n'aviez pas mes coordonnées pour me joindre à Paris. Alors, voici mon adresse. Et surtout mon numéro de téléphone... parce que vous ne devez pas être du genre à écrire souvent !

— Effectivement, mais je ne suis pas non plus du genre à téléphoner.

— Alors, donnez-moi votre numéro, je vous appellerai.

— Je n'en vois pas la nécessité.

— Pourquoi ?

Sur un ton de grand frère un peu condescendant, je lui expliquai :

— Parce que je ne suis pas un garçon pour vous et que vous n'êtes pas une fille pour moi.

Pas démontée du tout, Agnès me rétorqua :

— Je suis sûre du contraire : sinon le ciel n'aurait pas permis que je vous rencontre et surtout que je tombe amoureuse de vous.

Je fus sidéré. D'abord par cette déclaration insolite dans la bouche d'une jeune fille de la bonne société s'adressant à un vendeur de glaces. Ensuite, par le ton d'Agnès. Pas celui d'une gamine illuminée, exaltée ou excitée. Celui d'une grande personne, calme et sûre de soi.

Je rassemblai tout mon courage pour lui répondre, presque en m'excusant :

— Mais moi, Agnès, je ne vous aime pas.

— Pour le moment, mais vous finirez par m'aimer.

Cette fois, j'essayai d'endiguer sa conviction tranquille avec une autorité mâle, un rien paternaliste :

— Voyons, Agnès ! Vous savez bien qu'il y a entre nous des incompatibilités rédhibitoires.

Elle me répondit en imitant mon ton protecteur :

— Voyons, Pierre, vous savez bien que tout est toujours possible !

Cette fois, elle commençait à me courir, la descendante d'Athanase ! Alors je fus catégorique :

— Non, mademoiselle de Cormantin, tout n'est pas toujours possible. À titre d'exemple : il n'est pas possible qu'un jour je vous aime.

Elle me glissa entre ses fossettes :

— Combien vous pariez ?

Je grinçai entre mes dents :

— Un sorbet aux fruits de la passion !

Elle accepta l'enjeu entre deux baisers... sur mes joues !

— Tope là !

Le même soir, François recevait un dessin d'Aline. Fort joli d'ailleurs : deux pigeons s'y envolaient dans des directions opposées mais avec chacun la tête tournée résolument vers l'autre. Commentaire sans appel de Big Lover :

— Ce n'est vraiment pas bandant !

Jusqu'à la fin des vacances, il y eut encore quelques rencontres anodines autour de mon échoppe, quelques glaces... citron miel, et un : « A l'année prochaine ! » sans conviction. Affaire classée.

À la rentrée François reçut une invitation émanant d'une station de radio pour le récital d'un de nos chanteurs préférés. Ravis, nous y allâmes ensemble. Si nous avions pu prévoir les conséquences de cette soirée, y aurions-nous renoncé ? Pour moi, je réponds : « Finalement... non ! » Pour lui, j'aurais répondu la même chose jusqu'à aujourd'hui... jusqu'à ce fax de merde qui me reste sur l'estomac. Mais plus pour longtemps faites-moi confiance : je vais prendre les raccourcis pour l'expulser au plus vite. Attachez vos lunettes et suivez-moi :

À l'entracte du récital, nous tombons sur Agnès et Aline. Nous nous félicitons tous les quatre de ce hasard... qui n'en était pas un : les deux filles nous avouèrent beaucoup plus tard avoir été à l'origine de notre invitation.

À cette soirée « fortuite » succédèrent beaucoup d'autres, dûment organisées par celles qui devinrent peu à peu, en tout bien tout honneur, nos amies. C'est-à-dire qu'Agnès devint la mienne et Aline celle de François. Nos deux couples se saluaient de loin aux premières des théâtres, des music-halls, des cinémas où nous nous rendions, grâce aux invitations que nos deux cavalières empruntaient à leurs parents. J'aimais beaucoup ces soirées. Même quand le spectacle ne me plaisait pas. J'y côtoyais des gens célèbres et d'autres qu'Agnès me signalait comme « importants ». Ce n'était pas forcément les mêmes. Quand elle les connaissait, pour les avoir vus dans le salon des « Oublières » ou celui du Champ-de-Mars, elle allait les aborder avec une aisance qui impressionnait le fils du boulanger vendéen qui me collait aux côtes. Elle me présentait comme un futur conseiller fiscal « spécialisé dans le sauvetage des contribuables en détresse ». La formule attira la curiosité de certains. Je leur laissai ma carte de visite. En janvier 1969, je reçus un appel. En février, deux. C'est ainsi que je découvris l'importance du relationnel dans la vie professionnelle et que je me mis à éprouver pour Agnès un sentiment où se mêlaient reconnaissance et estime. Reconnaissance pour le rôle de mentor qu'elle tenait auprès de moi. Estime pour la discrétion avec laquelle elle le tenait : jamais elle ne fit la moindre allusion aux services qu'elle me rendait, ni aux sentiments qui la poussaient à me les rendre. Je finis par croire qu'elle avait eu l'été précédent un accès de fièvre amoureuse, aussi vite parti qu'il était venu, comme souvent à l'adolescence. Je le regrettais presque. Réaction inattendue qui, à peine avouée à François, me valut de sa part cette pertinente question :

— Dis donc, Beau Mec, tu ne serais pas en train de tomber amoureux de Mlle de Cormantin ?

Il fallut que je réfléchisse au moins deux secondes avant de me fendre d'un :

— Non, mais...

François s'empressa de combler mes points de suspension :

— Mais... l'amour déraisonnable qu'un être a pour vous finit par lui donner un droit raisonnable au vôtre.

— C'est tout à fait ça !

— Ce n'est pas de moi. C'est d'Aline. Elle m'a sorti ça, pas plus tard qu'hier, à son propos et au mien.

— J'aurais dû m'en douter : la phrase sent le bas-bleu à plein nez.

— Peut-être, mais finalement... il y a des odeurs plus anesthésiantes...

Réponse qui lui valut de ma part cette non moins pertinente question :

— Dis donc, Big Lover, tu ne serais pas en train de tomber amoureux de Mlle Bénin-Chovillon ?

On a rigolé ! Rigolé ! Rigolé ! Et puis...

Le 8 août, le jour de la Saint-Dominique, François épousait Aline et moi j'épousais Agnès ! Sur le socle du traditionnel gâteau de mariage, qu'Agnès avait eu la délicatesse de ne pas commander à mon pâtissier de père, s'étalait en lettres de chocolat la devise d'Athanase de Cormantin :

« Tout est toujours possible ! »

Chapitre 2

Tiens !

J'entends dans le couloir le pas d'Agnès, beaucoup moins feutré que d'habitude.

Tiens !

Pour la première fois, elle entre sans frapper dans ma chambre et s'adresse à moi sans s'inquiéter de savoir si elle me dérange :

— Qu'est-ce que tu fais ?

— Tu vois : j'écris.

— Quelle chance ! Je t'ai contaminé.

— Oh non ! Pour moi ce n'est pas un passe-temps, c'est un passe-colère ! Un exutoire !

— Je ne peux pas t'en tenir lieu ?

— Pas quand il s'agit de ta meilleure amie. Toi, tu m'interromprais pour la défendre. Pas la feuille de papier.

— Si tu le souhaites, tu sais très bien que je peux me taire. T'écouter simplement.

— Ça ne servirait à rien.

— À toi peut-être. À moi, si. J'aimerais comprendre ce que tu reproches exactement à Aline.

— Parce que tu ne le comprends pas ?

— Pas bien.

De n'importe quelle femme, j'aurais pensé qu'elle était de mauvaise foi. Mais pas d'Agnès. La « transparente ». Elle ne pouvait qu'être victime d'un aveuglement amical. Je me fis un devoir de lui ouvrir les yeux. De lui mettre le nez dans les ingratitudes d'Aline, cette sainte-nitouche, cette Messaline travestie pendant tant d'années en Pénélope, qui subitement, sur un coup de cœur, un coup de tête, un coup de chaleur – va-t'en savoir ! – a balancé son mari comme une balle de baseball ! Et quel mari !

Brillant, drôle et ayant le sens des responsabilités. Il l'a prouvé en restant à son foyer, alors qu'il a eu mille occasions – et des plus tentantes – de le quitter !

Un self-made man qui, grâce à son travail et son talent, est devenu en un temps record un chirurgien esthétique, parmi les plus réputés.

Un gendre irréprochable qui s'est évertué à maintenir avec ses beaux-parents des relations chaleureuses alors que ceux-ci n'ont jamais accepté que du bout des lèvres le fils du charcutier que leur fille leur avait imposé. Pas plus que les miens d'ailleurs n'ont accepté « le fils du pâtissier » que je suis.

Un époux généreux qui a offert à sa femme une vie des plus agréables entre leur maison de Suresnes et celle du Luberon ; sans parler des bijoux et des fourrures...

Un père merveilleux, un exemple pour ses trois enfants qui ont choisi, comme lui, des carrières médicales et ont, comme lui, rapidement réussi.

Bref, un mari qui ne méritait vraiment pas d'être largué, et surtout de cette façon-là : sans explication, sans préavis, sans ménagement. Et, comble de désinvolture : par fax ! Oui, nous y voilà ! Le fameux fax qui m'a propulsé vers mon ordinateur et que je recopie ici mot pour mot : « Quand tu rentreras, je serai partie. Définitivement. Irrévocablement. Je refais ma vie. Ou plutôt, je la continue avec quelqu'un d'autre. Ci-joint, le nom et l'adresse de l'avocat auprès duquel j'ai déposé une requête en divorce. Je compte sur toi pour te mettre en rapport avec lui dès ton retour, afin de régler cette affaire dans les meilleurs délais.

« Je ne pense pas que nous nous reverrons, mais comme le prouve une fois de plus ce présent message : "Tout est toujours possible !" Sans rancune.

« Aline. »

La colère remonte en moi avec ce poison même pas dilué dans un bouillon de regrets et j'éructe :

— C'est monstrueux !

Je ne doute pas une seconde de l'approbation d'Agnès, même si, par amitié pour Aline, elle y met quelques bémols. D'où ma stupeur en entendant sa partition... *moderato cantabile* !

— Tu comprendras que je ne sois pas de ton avis : c'est moi qui ai eu l'idée de cette lettre et qui l'ai en partie rédigée, avec l'assentiment de la signataire, bien entendu.

— Toi ! ! !

Comme je suis trop ahuri pour en dire davantage, Agnès en profite pour m'expliquer quel a été le cheminement de sa pensée. Méthodique, comme toujours, elle retourne l'un après l'autre contre François tous les arguments que j'ai employés en sa faveur. Quoi qu'il m'en coûte, par honnêteté, je transcris ici son discours, sinon avec les mots exacts, du moins avec leur sens strict :

« François, fidèle au conjungo envers et contre toutes ses conquêtes qui essayaient de se l'approprier ? Pardi ! Il n'avait aucune envie de quitter Aline : elle lui servait de bouclier contre les candidates au poste de légitime. Il n'était pas de ces fourbes qui ôtent leur alliance avant de plonger dans les alcôves adultérines ? Pour lui l'anneau d'or était sacré ? Pardi ! Sacré pour préserver sa liberté : celle que lui laissait Aline... par amour.

« La réussite de François ? Certes, il était plutôt travailleur et doué. Mais pas davantage que beaucoup. Seulement, lui a bénéficié, de la fin de ses études jusqu'à maintenant, d'une vie exempte du moindre souci. Grâce à qui ? À Aline qui les assumait tous dans tous les domaines, sacrifiant pour cela son goût et son talent de peintre... par amour.

« François, gendre irréprochable ? Non ! Intéressé ! Il a ménagé ses beaux-parents tant qu'ils ont été utiles. D'abord, en entretenant pour une grande part le jeune ménage à ses débuts ; ensuite en lui constituant son premier noyau de clientèle avec leurs amis et relations. Mais dès qu'il n'a plus eu besoin d'eux, il a espacé les visites. Et même, depuis deux ans, sous prétexte de surbookage, il a demandé à Aline de voir ses parents sans lui. Ce qu'elle a accepté... par amour.

« François, généreux ? Allons donc ! Ses deux maisons achetées à son seul nom ainsi que les bijoux et les fourrures offerts à Aline n'étaient que les vitrines de sa réussite, destinées à éblouir ses confrères ou ses clients privilégiés – ceux qu'il recevait chez lui. Même chose pour ses voyages, lointains mais pas solitaires, grâce auxquels il s'était construit une réputation d'"écumeur de mers... et de filles" qui le remplissait d'aise... et d'orgueil imbécile ! Autre avantage, pour François, de ces déplacements : il était sûr qu'Aline, irrémédiablement réfractaire à l'avion, n'y participerait pas. Il faisait semblant de le regretter. Elle faisait semblant de le croire... par amour.

« François, un père merveilleux ? Ça, c'est la meilleure ! D'abord, dès qu'il a pris conscience des avantages matériels et sociaux que lui apportait Aline, il s'est empressé de lui faire coup sur coup deux filles, deux amarres bien solides pour le bateau conjugal. Ensuite, quand sept ans plus tard, malgré les deux amarres, le bateau a gravement tangué, il en a rajouté une : la naissance d'un garçon, un petit malin qui très tôt a eu la séduction de son père. Aline a reporté sur lui toute sa tendresse inemployée, mais en prenant bien garde de ne pas le montrer... pour ne pas attiser la jalousie des deux aînées et qu'ainsi règnent le calme et l'harmonie dans la maison quand y rentrait, tard le soir, ce père peu soucieux de sa marmaille, mais que la marmaille, elle, considérait comme "mythique" vu qu'il côtoyait des gens qu'on voyait dans les magazines et parfois même à la télévision, donc "mythiques eux aussi". Malheureusement pour elle, leur mère ne l'était pas, cette idiote ! Elle ne faisait rien... sinon leur cacher avec le sourire ses sacrifices... par amour. Résultat : les enfants, ambitionnant d'être "mythiques" comme papa, ont mis leurs pas dans ceux d'Hippocrate, comme papa ; mais, pour se démarquer de lui, parce qu'ils avaient lu Freud, les deux filles ont fait leurs études aux États-Unis où elles se sont fixées, et le garçon en Angleterre. Mais lui a bifurqué très vite vers la kinésithérapie et a ouvert un cabinet... avec sa femme ! Si bien – ou plutôt si mal – qu'à cause de sa phobie de l'avion Aline ne voit ses filles que lorsqu'elles viennent en France, c'est-à-dire très rarement ; et son fils, malgré l'Eurostar, à peine plus, parce que entre elle et sa bristish bru ne règne pas l'entente cordiale. »

En conclusion, compte tenu de ce bilan complètement négatif, Agnès s'était arrogé le droit et même le devoir d'inciter Aline à réagir.

Résumé de mon état d'esprit à l'issue du réquisitoire d'Agnès : tiens !

Pour développer un peu : j'ai été de moins en moins surpris au fur et à mesure qu'elle développait son argumentation. Comme si plus ou moins consciemment j'avais su depuis toujours les véritables motivations de François. Comme si, plus ou moins consciemment, j'avais voulu occulter les envers de ses médailles parce que ses envers... ses envers... n'étaient pas loin des miens.

Cette idée m'est assez désagréable. Je la fuis en revenant au cas d'Aline avec une mauvaise foi qui ne m'est pas très agréable non plus.

— En somme, c'est à cause de toi que les Bourdin vont divorcer ?

— Non ! Je ne suis que le déclencheur. Les responsables, tu le sais très bien, sont les nombreuses « poupées gonflables » de François. Et surtout la dernière en date : Chantal Moulin.

— Qui ?

— Ne joue pas les innocents ! Chantal Moulin : la personne avec laquelle François a une aventure qui est en train de virer à la liaison. Une cavale à la trentaine piaffante, à la crinière de feu, aux yeux de glace et à la croupe sublime... depuis la liposuccion qu'a pratiquée son chirurgien chéri !

— Tu la connais ?

— Aline m'a montré sa photo.

— Comment l'a-t-elle eue ?

— Par Mme Arcole, la secrétaire si dévouée de François.

— La garce !

— Aaah ! Ne dis pas du mal d'elle : Aline lui doit son bonheur.

— Parce qu'elle est heureuse ?

— Ah, ça oui ! Elle m'a téléphoné ce matin, elle était...

— Où ?

— Au Nirvana !

— Où ?

— Dans un lit, en compagnie d'un homme qui venait de lui apporter le plateau de son petit déjeuner avec dessus une rose rouge qu'il venait de couper à son intention dans son jardin.

— Où ?

— Dans une chambre tapissée des tableaux d'Aline, ceux qui étaient dans la cave de la maison de Suresnes et dans le grenier de celle du Luberon.

— Elle a tout déménagé ?

— Non ! Pas tout. Juste les tableaux.

— Penses-tu ! Son gigolo a dû lui faire embarquer tous les objets de valeur !

— Mais ce n'est pas un gigolo.

— Pauvre innocente ! Quel âge a-t-il ?

— Le même que toi.

Je n'aime pas qu'Agnès précise avec son sourire de Joconde :

— Et Aline le même que moi !

En revanche, je lui sais gré de regarder sa montre aussitôt après et de m'annoncer qu'il est seize heures douze. Pour une fois, le côté Chaix d'Agnès ne m'agace pas. D'autant moins qu'elle ajoute :

— L'avion de François atterrit à dix-sept heures trente-trois. Si tu as envie d'aller le chercher...

Je lui aurais sauté au cou !... si elle n'était pas elle... et si je n'étais pas moi !

En roulant vers Roissy, sur la radio de ma voiture, j'ai entendu le tube des Sixties chanté par Claude François, « Comme d'habitude... ».

Je me suis demandé si tous les hommes, en entendant cette chanson, pensaient comme moi à leurs épouses. Et par enchaînement d'idées, si toutes les femmes...

Non ! Pas toutes les femmes. Pas Lorraine ! « La cerise sur les miettes de mon gâteau », comme elle s'est elle-même définie. Elle m'a dit un jour, elle, du bout de son joli museau de belette : « Moi, j'ai pris l'habitude... de ne pas en avoir ! »

Et je me suis habitué très vite... à son manque d'habitude.

Chapitre 3

J'attends François. Avec anxiété.

Du même coup, j'attends aussi Chantal, sa poupée gonflable et gonflante. Sa jolie pieuvre déguisée en chatte. Pour elle, je suis l'ennemi, celui qui essaye de s'interposer entre ses tentacules et sa proie. L'observateur clairvoyant. Le dénonciateur. En un mot : le garde-fou de François, le garde-folie. Malheureusement, courtière de ses propres charmes, elle a des arguments de vente contre lesquels je ne peux pas lutter : « Cent soixante-dix centimètres de peau avec vue sur libido entièrement rénovée ! »

Depuis qu'il la connaît, François a des ailes. Comme l'oiseau sur la branche, il hésite à s'envoler, écoutant tantôt la voix de la sagesse – la mienne – qui lui serine : « Freine ! Arrête ! Reste où tu es ! Pour bifurquer c'est trop tard ! » et la voix de la tentation – celle de Chantal – qui lui susurre : « Changer c'est rajeunir. Ose changer ! Ne tarde pas ! C'est le moment ou jamais ! »

Maintenant qu'Aline lui a fourni elle-même les clés de sa cage... aux barreaux déjà très espacés, il est certain que l'oiseau va s'élancer, tête baissée vers le paradis... et les emmerdements !

Je vois de loin François arriver. Son visage trahit plus d'agitation que de fatigue. Je l'appelle. Il me découvre avec une joie que, sans fausse modestie, je qualifierais d'excessive, se met à courir vers moi, me tombe dans les bras, m'y serre et renoue tout à trac avec une formule datant de nos années estudiantines :

— J'ai le moral au-dessous du niveau de la merde !

— Il y a de quoi ! Moi-même j'ai été très chahuté quand Agnès m'a mis au courant pour Aline.

François exhale trois soupirs.

Le premier : « Ah oui... Aline... »

Le deuxième : « S'il n'y avait que ça ! »

Le troisième : « Il y a surtout Chantal ! »

C'est seulement quand il prononce son nom que je m'aperçois de son absence. Pendant que nous attendons ses bagages, il m'en explique la raison. À la suite de leur éternelle discussion sur ses réticences à divorcer, elle lui a posé un ultimatum ferme et définitif : « Ou tu t'engages sur-le-champ et par écrit à quitter le domicile conjugal, dès notre retour ; ou moi je m'embarque ce soir sur le yacht du roi du surgelé – panaméen de surcroît – pour la croisière de la bague au doigt ! Il est vieux et con, mais milliardaire et libre. »

François m'avoue avoir eu un accès de rage – digne des miens – et avoir vertement engagé Chantal à prendre la porte, puis le large, et surtout à ne plus jamais réapparaître. Et elle est partie. Il revit la scène avec une nervosité sous-jacente :

— Elle a bouclé ses bagages en deux minutes, le temps de me décrire la vie débilitante qui m'attendait avec ma « Sœur Sourire », ma « peintresse », ma « bobonne ».

Tels étaient les trois surnoms qu'après sa première année de mariage François avait donnés à sa femme, surnoms aussi explicites que ceux dont parallèlement j'avais gratifié Agnès : « la Joconde », « la plumitive », « la diva du quotidien ».

Nous ne désignions nos épouses ainsi qu'entre nous, et sans véritable méchanceté. C'est plutôt pour plaisanter que nous évoquions les productions de la « peintresse » et de la « plumitive » comme les ouvrages des dames d'antan ; que nous pastichions les conversations téléphoniques où la « diva du quotidien » échangeait la recette de son nouveau cocktail vitamines-oligo-éléments-draineur contre celle du bar dans sa croûte de sel, mise au point par « bobonne » ; et que nous nous étonnions autant de la sérénité sans faille de ma « Joconde » que de la bonne humeur de sa « Sœur Sourire », inaltérable... sauf quand François franchissait ostensiblement la ligne jaune de l'adultère discret. Jamais nous n'utilisions ces surnoms en dehors de nos conversations entre hommes. Jamais d'ailleurs en public nous ne nous permettions de critiquer nos épouses, et, la plupart du temps, nous évitions d'en parler. D'où ma surprise que François ait transgressé cet usage avec Chantal et la question logique qui en découle :

— Pourquoi lui as-tu parlé de ces surnoms ?

La réponse s'élève comme une bourrasque :

— Parce que... parce que... il y a des moments où elle me ferait dire n'importe quoi !

— Mais alors...

— Point barre ! Tu n'insistes pas.

La bourrasque retombe :

— Voilà mes valises. On descend au parking. Je te raconterai la suite dans la voiture.

À peine sur la route, sans que je le lui demande, François en revient à Chantal et aux événements qui se sont enchaînés d'une façon tellement bizarre après son départ :

— Elle a quitté la chambre vers midi. Moi, seulement vers dix-sept heures. Après avoir essayé de lire, de regarder la télévision, d'apprendre dans les magazines quelques mots de portugais, de ne rien oublier dans la salle de bains, de bien plier mes affaires dans les valises. Autrement dit, après n'avoir rien fait d'autre pendant cinq heures que d'attendre qu'elle revienne. Et elle n'est pas revenue. Je suis descendu à la réception de l'hôtel bien plus tôt que nécessaire. L'un des employés m'a signalé qu'un fax venait d'arriver pour moi. J'ai eu un coup au cœur, persuadé qu'il était de Chantal. J'en ai eu un autre en comprenant, non sans mal, qu'il était d'Aline. Je l'ai lu trois fois. J'ai vérifié la date. La provenance. La signature.

— Tu as dû être...

— D'abord incrédule. Ensuite éberlué. Enfin, fou de joie.

— Fou de joie ?

— Oui ! Je n'ai plus eu qu'une idée : joindre Chantal à tout prix pour lui apprendre l'incroyable nouvelle et empêcher qu'elle s'embarque sur le yacht de son gâteux... qui s'appelait, je te le donne en mille, *Cythère* ! Le yacht, pas le gâteux ! Le portable de Chantal ne fonctionnant pas extra muros, j'ai foncé au port en taxi avec mes bagages. J'ai abordé une vingtaine de personnes avant de tomber sur un Anglais qui parlait portugais et qui, très serviable, a abordé à son tour une vingtaine de personnes avant de tomber sur un Portugais qui connaissait le *Cythère*. Et même très bien : il avait assisté à son appareillage, puis à son départ... une demi-heure auparavant ! Tout heureux, il nous a montré un point à l'horizon et s'est écrié : « C'est le *Cythère* ! » Moi, j'ai dit : « Merde ! » L'Anglais a pensé tout haut : « C'est peut-être mieux comme ça... » Depuis, je n'arrête pas de me répéter cette phrase. Mais son « peut-être » m'empoisonne. J'aurais préféré : « C'est *sûrement* mieux comme ça. » La certitude, même négative, vous apaise. Le doute vous vrille. C'est en quoi j'apprécie beaucoup l'attitude d'Aline : elle est franche et sans bavures. Au moins avec elle je ne me pose pas de questions.

— Même à propos de ce nouveau compagnon qu'elle aurait trouvé ?

— Non ! Pourquoi ?

— Ben... à cause de... son âge.

— Ça ! tu sais, en tant que médecin je suis bien placé pour savoir que de nos jours les tickets restent valables au-delà des anciennes limites. D'un côté comme de l'autre.

François bâille. Il ne veut ni boire. Ni manger. Ni surtout rencontrer Agnès. Il n'a qu'une envie : plonger dans le sommeil et y puiser les forces nécessaires pour affronter des lendemains qui ne chanteront « peut-être » pas.

Devant la porte de sa maison, François a encore suffisamment de lucidité pour m'avertir qu'il va mettre le répondeur et donc...

— Si tu veux passer la soirée avec Lorraine, tu peux me prendre comme alibi.

— Excellente idée ! Dimanche soir : elle doit être

chez elle en train de potasser un dossier, comme d'habitude. Je vais y aller.

— Veinard !

Je coupe court :

— Dors bien. Appelle-moi demain au bureau.

On se salue de la main. Il ouvre la porte de sa maison désormais solitaire. Il me lance par-dessus son épaule :

— Je ne t'ai pas demandé des nouvelles d'Agnès. Toujours lacustre ?

— Ben oui... Tu n'es parti que depuis une semaine : elle n'allait quand même pas...

Je m'arrête net. Il rigole sans gaieté. Nous pensons tous les deux au leitmotiv de nos « madames parfaites ». Il me le sert avec un accent un peu précieux qui est censé caricaturer celui d'Agnès :

— Mon ange, n'oublie pas que tout est toujours possible !

J'ai le sourire nettement coincé. François me le décoince avec cette recommandation :

— Embrasse Lorraine de ma part.

— Compte sur moi.

Malheureusement...

Chez Lorraine : personne !

Sur son portable : la messagerie !

La phrase de l'Anglais de Rio me saute à l'esprit : « C'est peut-être mieux comme ça. » Oui... peut-être...

Chez moi – enfin, chez nous – dans l'entrée, sur la console, le bloc-notes est ouvert. Je reconnais aussitôt l'écriture d'Agnès. Je lis : « Je suis allée dîner chez Aline et son compagnon. Comme ils habitent relativement loin d'ici, j'y resterai pour dormir. Au cas où tu aurais faim, il y a tout ce qu'il faut dans le réfrigérateur. Bonne nuit. Tendresses. Agnès. »

Sur son portable, comme sur celui de Lorraine : la messagerie !

Sur mon portable : « Vous n'avez aucun nouveau message. »

Tiens !

Chapitre 4

Il est cinq heures quarante-cinq du matin quand, au téléphone, la voix énervée de François me sort d'un sommeil tardif, avec cette question manifestement de la première importance pour lui :

— Quelle est la marque de ta cafetière ?

— Euh... je ne sais pas.

— Eh bien, va voir !

Le ton est tellement comminatoire que je ne songe même pas à arguer de mon état comateux pour refuser, ni même à discuter du bien-fondé de cet ordre. Je me rends à la cuisine, le pied aussi incertain que la tête. Je repère le nom, repars dans ma chambre et lance triomphant dans le téléphone :

— Magimix !

— Ah ! Quel bonheur ! Nous avons la même ! J'en étais sûr : elles achètent les mêmes trucs ! Bon ! Alors, maintenant, dis-moi sur quelle manette ou sur quel bouton je dois appuyer pour avoir mon expresso.

— Comment veux-tu que je le sache ? Je ne m'en sers jamais.

— Ah ! toi non plus ?
— Non ! C'est Agnès qui tous les matins...
— Ben... va lui demander.
— Elle n'est pas là. Elle a dormi chez ta femme.
— Aline ?
— Évidemment, Aline.
— Où ça ?
— Dans son nouveau domicile, mais je ne sais pas où il perche.
— Moi non plus ! Ce qu'elle est agaçante ! Elle aurait pu au moins me laisser son numéro de téléphone. Je peux en avoir besoin. La preuve : le café !
— Appelle son avocat !
— Ça, compte sur moi ! Mais pas maintenant ! À l'ouverture de son bureau. En attendant, va voir dans ta cuisine si tu n'as pas le mode d'emploi de la machine, moi je n'ai pas trouvé le mien.
— Bon, d'accord ! Mais je ne suis pas sur un sans-fil. Tu pourrais peut-être raccrocher et me rappeler sur mon portable. Ça éviterait des allers et retours entre la chambre et la cuisine.
— OK !
Me voilà deux minutes plus tard à nouveau dans ma cuisine, portable à l'oreille, donnant des directives à François, comme un secouriste à un spéléologue en perdition !
Je commence par lui ordonner d'ouvrir la porte sous son évier, puis à lui décrire une boîte que j'ai découverte sous le mien et qui contient tous les modes d'emploi de tous les engins ménagers :
— C'est Aline qui l'a peinte. Elle est noire avec au milieu un dessin rose.
— Qui représente quoi ?

— Je ne vois pas : je n'ai pas mes lunettes.

— Ben... va les chercher.

Et j'y vais. Et je reviens. De plus en plus performant. François aussi. Pendant ma courte absence il a mis la main sur la boîte aux modes d'emploi, rangée au même endroit que chez moi, et s'amuse du dessin qui la décore. Il représente une femme caricaturale avec une tête d'intello et un corps de mousmé sous un tablier de cuisinière et qui est en train de jongler avec des ampoules, des piles, des dictionnaires, des tournevis, des stylos, des porte-jarretelles, des pinceaux, des soutiens-gorge, des tenailles, des petites culottes...

— C'est drôle, me dit François, je n'aurais jamais imaginé Aline capable de ça.

— Moi non plus !

— Comme quoi...

— Ça y est ! J'ai la notice du Magimix.

— Victoire ! Moi aussi !

Une chance que personne ne nous voie ! Nous sommes passablement ridicules : lui, le Dr François Bourdin, le magicien du scalpel, et moi, Me Pierre Cazeaux, le roi de la voltige financière, tous les deux, le téléphone dans une main, le mode d'emploi dans l'autre, posant à chaque instant le premier pour exécuter les instructions du second. Successivement nous nous brûlons avec un jet de vapeur imprévu. Nous réparons les dégâts. Nous repartons de zéro, en nous encourageant d'un « On va y arriver ! On n'est pas plus bêtes que d'autres ! », en évitant de préciser : « Plus bêtes que nos femmes ! » Et effectivement, nous y arrivons dans un temps record... de lenteur ! Nous nous extasions devant la première goutte noire tombant du bon endroit dans la bonne direction, arrêtons le débit au moment souhaité, échangeons nos impressions sur nos expressos pas vraiment express, et enfin nous félicitons d'avoir dompté la bête électro-ménagère.

Oui, nous venons d'être ridicules, nous le reconnaissons après coup, mais selon François, nous avons deux excuses évidentes : d'abord nous sommes d'une génération dont les pères ne songeaient pas à toucher un balai, une casserole, un fer à repasser. Ensuite et en plus, nous sommes, lui et moi, des fils uniques et tardifs de mères à plein temps qui ne nous ont pas élevés pour être des hommes au foyer mais des maris, protecteurs de femmes au foyer. Nous avons rempli ce rôle depuis toujours et il est normal que nous éprouvions quelques difficultés à en changer. Normal qu'hier soir François ait vidé en vrac le contenu de ses valises par terre, faute de savoir où déposer son linge sale et où ranger le reste ; normal qu'il ait été incapable de se servir du micro-ondes, de s'ouvrir une boîte de conserve, et qu'il ait fini par manger des bananes à moitié pourries ; normal qu'il n'ait pas enlevé la housse de son oreiller, ni accroché son pantalon à un cintre ; normal qu'il compte sur le couple de Portugais, dirigé depuis vingt ans par Aline, pour prendre en main les rênes de la maison... provisoirement.

— Pourquoi provisoirement ? ai-je l'imprudence de demander.

— Ben... en attendant Chantal.

— Aaah... parce que...

— Chantal ou une autre !

— Une qui ressemblerait à la jongleuse du dessin d'Aline ?

— Exactement !

— Tu n'envisages pas de vivre seul ?

— Tu es fou ! Avec toutes les bonnes femmes qui, quoi qu'on dise, continuent à rêver d'une chaumière et d'un cul, ça serait vraiment du gâchis !

François sait que ses truculences de carabin attardé m'agacent autant que lui mes circonvolutions linguistiques d'homme pudique. Souvent, on s'amuse à des batailles de mots : vulgarités contre euphémismes. Excès contre litotes. Mais nous n'avons pas l'humeur ludique, ni plus de temps à perdre. Sans transition, comme on dit dans les émissions d'informations, nous convenons de nous rappeler justement avant le journal de vingt heures pour nous tenir au courant de notre actualité personnelle.

Avant de raccrocher, nous échangeons le traditionnel « bonne journée ! »... sans grande conviction.

À peine suis-je arrivé au bureau qu'Agnès me téléphone sur ma ligne personnelle. La communication est mauvaise. La cause, inattendue :

— Je suis dans le train.

— Tu n'étais pas chez Aline ?

— Si ! Mais elle habite la Belgique !

— La Belgique ?

— Oui, tu sais, par le Thalys, ce n'est qu'à une heure vingt de Paris.

Évidemment que je le sais : je suis même payé et bien payé pour le savoir puisque de nombreux clients, séduits par les avantages fiscaux de la Belgique, sa proximité et la convivialité de ses habitants, souvent me demandent d'étudier un dossier d'expatriation pour eux... et leurs capitaux.

— Pourquoi ne m'as-tu pas appelé hier soir ?

Je n'entends pas la réponse d'Agnès. La communication est coupée. Je rappelle. Elle me rappelle. Une fois. Deux fois. À la troisième, elle me joint et va à l'essentiel :

— Mon train est arrêté pour une cause et une durée indéterminées. Je te rappelle. Dès que je peux.

Le « dès qu'elle peut » tombe mal : au milieu d'un déjeuner délicat avec Lorraine. Un déjeuner d'affaires. Eh oui ! d'affaires ! Pas de méprise au sujet de Lorraine. Bien sûr, elle est pour moi « le repos du guerrier ». Mais j'en ai eu d'autres. Sa spécificité est qu'elle me considère d'égal à égal. Je suis comme qui dirait « son repos de la guerrière ». Une guerrière avec un corps d'adolescente comme je les aime. Une petite bonne femme avec une grosse tête d'homme. Pardon, Lorraine : une grosse tête tout court. Une graine de quelqu'un. Une dont je me vanterai plus tard de l'avoir repérée comme une future grande, au premier coup d'œil et à sa première phrase. Et ça sera vrai. J'ai tout de suite été frappé par sa ressemblance avec Jacky Kennedy et sa façon de la cultiver sans trop en avoir l'air. D'autant plus frappé que la plantation de mes cheveux gris et drus ainsi que mon sourire – à l'état neuf – et mon mètre quatre-vingt-six me confèrent une certaine ressemblance avec Bill Clinton. Ce rapprochement improbable ne nous échappa ni à l'un ni à l'autre. Nous l'évoquâmes avec la même fausse modestie.

Elle avait pris rendez-vous en se recommandant d'une personne fortunée, mais, à peine assise dans mon bureau, elle baissa le masque. Seulement le masque. Pas sa jupe.

— Je ne suis pas une cliente cousue d'or. Je suis une arriviste, cousue de promesses d'argent, de diplômes, de qualités... et de culot ! J'ai aussi quelquefois une espèce d'intuition qui me conduit vers les êtres susceptibles de me comprendre et de m'aider. D'où ma présence ici. Mon instinct m'a-t-il trompée ?

Comme à son goût je tardais trop à lui répondre, elle me présenta ses références : un doctorat en droit. Une spécialisation dans le droit d'auteur international. Un certificat fort élogieux de stagiaire chez un de mes confrères qui avait la réputation d'être, d'une part, exigeant dans le travail, d'autre part, misogyne. Je la félicite et, franchise contre franchise, lui dis :

— Je regrette vraiment beaucoup de n'avoir rien à vous proposer. Du moins pour le moment...

— Mais moi, j'ai quelque chose à vous proposer.

J'ai craint – oui, craint – que ce quelque chose soit un banal « dessous de table ». Mais il n'en était rien. Et je fus ravi de l'entendre m'expliquer avec une assurance de vieux routier :

— Votre cabinet est composé de trois avocats : vous, le père fondateur, spécialisé dans la fiscalité. Me Leviel, spécialisé dans les divorces, et Me Chazot, spécialisé dans les problèmes immobiliers. Manque un avocat – ou plutôt une avocate, car une femme aurait l'avantage de créer une émulation profitable au sein de votre triumvirat – une avocate donc, spécialisée dans le droit d'auteur, générateur entre les créateurs, les éditeurs, les producteurs, les directeurs, de nombreux conflits, générateurs eux-mêmes d'intérêts importants, susceptibles de rapporter beaucoup d'argent à ceux qui les défendent. Qu'en pensez-vous ?

— Dans l'ensemble, plutôt du bien. Malheureusement, il n'y a ici que trois bureaux. Tous les trois occupés. Je n'ai pas de pièce disponible pour vous.

— Si ! La salle d'attente.

— Et les clients ? Où vont-ils patienter ?

— Dans l'entrée qui s'apparente plutôt à une galerie et qui peut largement recevoir, en plus du bureau de la secrétaire qui s'y trouve, un canapé, quatre chaises et quatre porte-revues.

— On a vraiment l'impression que vous vous y voyez déjà.

— Tout à fait !

Je ne fis rien pour m'empêcher de sourire :

— De quelle couleur, le canapé ?

— Beige ! Couleur neutre qui incite à la détente.

Un mois plus tard, Me Lorraine Vanneau prenait ses fonctions dans l'ancienne salle d'attente et devenait ma souriante voisine de bureau.

Un mois plus tard encore, après une journée de travail que nous avions prolongée bien après le départ de la secrétaire et des deux autres collaborateurs, nous nous sommes retrouvés par hasard – ou presque – dans la galerie vide, et sereinement – ou presque – nos corps se sont rejoints sur le canapé... beige détente.

Il y a de cela sept ans. Et depuis sept ans, nous entretenons une relation sans problème. Chacun correspondant à ce que l'autre attend : elle, un homme qui respecte sa chère indépendance et qui soit sur le plan physique un partenaire agréable mais ni obsédant, ni envahissant. Moi, une célibataire pure et dure, qui ne manifeste aucune curiosité sur ma vie de mari et envisage la sexualité sous un angle masculin, à la limite de l'utilitaire.

En dehors du divan beige, nous nous rencontrons parfois – rarement – chez Lorraine, quand Agnès part pour les « Oublières » rendre visite à sa mère, veuve depuis longtemps ; ou quand elle va donner un coup de main à l'un de nos enfants – ou aux deux – là où ils se trouvent.

En vérité, entre Lorraine et moi, le travail reste le lien le plus fort et notre sujet de conversation le plus passionné. C'est lui qui occupe notre déjeuner d'aujourd'hui et a installé entre nous une tension inhabituelle : Lorraine vient de m'annoncer qu'elle va quitter notre triumvirat de Saint-Augustin et s'associer à un avocat de Saint-Sulpice pour créer avec lui un cabinet d'affaires à direction bicéphale.

Inutile de discuter : sa décision longuement réfléchie est irrévocable. Inutile de jouer les indifférents : elle sait très bien que son départ m'ennuie ; que je vais avoir beaucoup de mal à la remplacer, tant sur le plan professionnel, où elle allie compétence et dynamisme, que sur le plan privé, où elle allie le charme au fonctionnel. Inutile de lui en vouloir : depuis le premier jour, elle a affiché son ambition, et de longue date m'a prévenu que dans son plan de carrière s'inscrirait un jour ou l'autre ce passage obligatoire à l'échelon supérieur dès que l'occasion se présenterait. Et l'occasion s'est présentée.

— Tu veux dire que tu l'as provoquée comme avec moi, il y a sept ans ?

— Non, cette fois, l'occasion doit tout au hasard. À une série de hasards. Le premier est lié à un nom qui t'est familier : Aline Bourdin.

Je suis tellement surpris que je m'assure qu'il ne s'agit pas d'une homonymie :

— La femme du Dr François Bourdin ?

— Oui ! Et la nouvelle compagne d'un certain Vincent Bruggen, père de Nicolas Bruggen, l'un de mes anciens condisciples à la faculté de droit et qui cherchait une associée pour ouvrir un cabinet d'avocats. Aline avait entendu parler de moi par ta femme, qui elle-même avait entendu parler de moi – sur le plan professionnel – par toi ! Elle a prononcé mon nom à M. Bruggen père qui se souvenait vaguement de l'avoir entendu dans la bouche de son fils. Il le lui a répété, et le fils, lui, s'est souvenu très précisément de « la belette ». C'est comme ça qu'il m'appelait... comme toi !

— Forcément ! Ça tombe sous le sens : petit carnivore à museau fin et dents longues.

— Il est un peu de la même race, mais en plus grand. Il est à peu près de la même taille que toi. Mais moins bien.

— Mais plus jeune.

— Ça, évidemment.

— Et également marié... comme moi ?

— Non. Trop méfiant : spécialisé dans les divorces. C'est d'ailleurs lui qui va s'occuper de celui d'Aline Bourdin.

Arrêt sur image : le futur associé de ma maîtresse va plaider contre mon meilleur ami ! Et cela à cause de moi qui ai incidemment parlé de Lorraine à Agnès, qui en a parlé à Aline, qui en a parlé à son jules, qui en a parlé à son fils. Les facéties du Hasard, qu'elles soient drôles ou non, m'ont toujours laissé pantois. Aujourd'hui, Il me gâte ! Il m'offre encore trois autres de ses tours.

Le premier avec la collaboration d'Agnès et de son portable. Elle vient de débarquer à la gare du Nord avec trois heures de retard et de la gaieté plein la voix :

— Heureusement que j'étais avec un ami d'Aline et de son compagnon ! Un Belgo-Italien, comme Adamo !

Très sympa. Excuse-moi, ma batterie est presque à plat. J'ai peur d'être interrompue. Je te raconterai ce soir.

Pour son deuxième tour, le Hasard a choisi François comme partenaire. Avec également son portable. Il vient de déjeuner avec... Nicolas Bruggen !

— Tiens-toi bien : le fils de son jules est l'avocat d'Aline ! croit-il m'apprendre. Il m'a invité au restaurant parce que son étude est en plein réaménagement. Il est très sympa. Très perspicace par rapport à la situation entre Aline et moi. Je te raconterai ça de vive voix.

— Quand ?

— Ce soir chez toi. Je peux m'inviter à dîner ?

— Oui. Agnès est rentrée.

— Tant pis ! Mais il faut absolument que je te raconte tout ça.

Le Hasard pour sa troisième prestation utilise Nicolas Bruggen... et son portable, en liaison avec celui de Lorraine. Dès qu'elle reconnaît la voix de son interlocuteur, elle le devance et lui dit tout ce qu'il croyait lui apprendre :

— Tu viens de déjeuner avec le Dr François Bourdin. Il t'a semblé très sympa. Et tu me raconteras ça ce soir.

Elle ajoute pour mon plaisir personnel :

— Excuse-moi, ma batterie est presque à plat. J'ai peur d'être interromp... Clac !

Le Hasard a fini son numéro pour aujourd'hui. Pas Lorraine. Elle se penche abusivement sur moi pour me chuchoter au creux de l'oreille : « Nous, on se racontera tout ça... demain ! »

Chapitre 5

Nous nous retrouvons, François et moi, dans le hall de mon immeuble, devant l'ascenseur. Il a dans les mains une bouteille de champagne rosé – mon préféré –, et moi, dans les miennes, un carton de Lenôtre, contenant un « puits d'amour » – son gâteau également préféré. Nous savons l'un et l'autre qu'Agnès, soucieuse de sa forme autant que de sa ligne, évite au maximum les boissons alcoolisées autant que les pâtisseries. Et nous rions de nos cadeaux égoïstes dont nous serons les seuls à profiter. Du moins le croyons-nous. À tort. Voilà qu'elle a décidé ce soir d'oublier les diktats de la diététique, d'oublier aussi l'hostilité larvée qu'elle manifeste en général envers François ; d'oublier cette raideur d'attitude que j'ai essayé de combattre au début de notre mariage en lui conseillant de « dégrafer son corset ».

Ainsi elle a rangé son Cuitout vapeur pour nous mitonner dans une bonne vieille marmite en fonte un bœuf bourguignon au fumet prometteur. Elle se verse à présent une coupe de champagne et, sans être affalée dans le canapé, elle y est assise confortablement, sans donner l'impression d'avoir un starting-block sous les fesses. Je n'irai pas jusqu'à dire qu'elle « se lâche », mais enfin elle se relâche très nettement. Du coup l'agressivité de François n'a plus lieu d'être, et cette première rencontre à trois que je redoutais commence dans la détente. François donne tout de suite le ton en levant son verre « à l'absente – sa future ex –, à sa bonne santé physique... et morale ! ». Agnès le félicite de son initiative et l'informe que son souhait est en bonne voie d'être exaucé. Il s'en réjouit mais...

— Tu peux développer ?

— Volontiers. Depuis que tu t'es mis d'accord avec son avocat pour divorcer à l'amiable, Aline m'a autorisée à répondre à tes questions... au cas où tu t'en poserais.

— Ah, ça oui ! je m'en pose. Pas sur la cause de son départ. Je la connais. Je ne me demande pas pourquoi elle est partie, mais pourquoi elle est restée aussi longtemps !

— Ne cherche pas : par amour !

— Au début, oui. Pendant les... mettons, les dix premières années, à la rigueur, mais après...

— Après aussi. Elle n'a décroché que depuis quelques mois.

— Subitement ?

— Oui et non. Comme un tissu craque subitement mais quand la trame en a été usée peu à peu, pendant longtemps.

— Je comprends. Mais il y a quand même eu quelque chose ou quelqu'un qui a provoqué la déchirure du tissu ?

— Il y a eu les deux : un quelque chose et un quelqu'un.

— Le quelque chose, c'était quoi ?

— La découverte de ta liaison avec Chantal.

— Ce n'était pas ma première aventure.

— C'était la première fois que tu l'affichais aussi ouvertement. La première fois que tu avais une « fille dans la peau », selon ton propre aveu, fait à Pierre ici présent, lors d'une conversation téléphonique qu'Aline a malheureusement – ou heureusement – entendue.

François et moi échangeons un regard penaud de collégiens pris en faute. Ni lui ni moi n'avons oublié ce coup de fil qu'Agnès vient d'évoquer. Jamais, ni avant ni après, nous nous sommes engueulés... aussi longtemps... et aussi fort. J'essayais d'arrêter la descente aux enfers où Chantal entraînait François. Lui s'extasiait sur la montée au huitième ciel qu'il lui devait et me plaignait de n'avoir jamais plafonné qu'à l'entresol, d'ignorer la délicieuse torture d'avoir « une fille dans la peau ». Il avait répété l'expression avec une exaltation qui pour moi empestait et pour lui embaumait « l'Ange bleu de chez Sadomaso ». Le lendemain, notre amitié avait lavé la querelle. Mais le souvenir en était resté. La preuve : il a resurgi dès qu'Agnès y a fait allusion. Mal à l'aise, François le repousse aussitôt en reprenant son interrogatoire :

— Le quelqu'un qui a suivi le quelque chose, comment Aline l'a-t-elle rencontré ?

— Grâce à moi.

— Quand ?

— Juste au bon moment : entre « le quelque chose » et les premiers symptômes de la dépression d'Aline.

— Qu'est-ce que tu racontes ? Elle n'a pas eu de dépression.

— Ah, si !

— Je m'en serais aperçu quand même !

— A la longue sûrement ! Mais par chance pour tout le monde, Aline est tombée à temps sur un homme qui s'est révélé être un antidépresseur miracle.

François grince :

— Le M. Temesta de « Sœur Sourire » !

J'ai senti notre tiède atmosphère menacée d'un brusque refroidissement et j'ai déclenché l'anticyclone de la curiosité :

— Mais enfin... comment ça s'est passé ?

Agnès prolonge le suspense jusqu'à la cuisine où elle a exceptionnellement mis le couvert, afin de ne pas avoir à se déranger et pouvoir profiter de notre conversation. En fait, c'est nous qui profitons de la sienne, en même temps que de ses talents culinaires. Mais la conteuse prend l'avantage sur la cuisinière. Son bourguignon est traditionnel, son histoire, inattendue. Elle commence chez sa... « femminologue », néologisme qu'elle emploie toujours devant moi à la place de gynécologue. Ce dont je lui sais gré, car comme beaucoup d'hommes je supporte mal certains mots évoquant certaines choses. Surtout à table. Donc voilà Agnès chez sa femminologue qui est aussi celle d'Aline, car bien entendu les deux inséparables partagent les mêmes adresses, question santé, bouffe ou fringues. Ce qui permet, ce jour-là, à Agnès de confier à sa toubib les craintes que lui inspire son amie, le désarroi de celle-ci, son abdication et ses premiers pas (qu'elle n'a pu empêcher) sur le circuit anxiolytique-euphorisant. La femminologue a grimacé, réfléchi, puis accouché dans un sourire triomphant du nom de Bruggen. Elle a avoué qu'il avait été à une époque douloureuse de sa vie son sauveur et pense qu'il pourrait être celui d'Aline. Elle a continué à le voir régulièrement et des liens amicaux se sont noués entre eux. C'est pourquoi il accepte toujours de recevoir les personnes qu'elle lui recommande alors qu'il en refuse beaucoup d'autres... soucieux qu'il est de ne pas se laisser déborder par une clientèle pléthorique.

— C'est un médecin ? demande François.

— Non ! Ni un psy. Ni un conseiller conjugal. Ni un masseur, malaxeur, digitopuncteur, relaxeur, revitaliseur, tapoteur, étireur.

Agnès nous fait languir à plaisir. Je m'impatiente :

— Alors, c'est quoi, le sauveur ?

— Un voyant !

D'une seule voix François, homme de science, et moi, homme de chiffres, aussi rationalistes l'un que l'autre, nous explosons :

— Un voyant !

Agnès qui a prévu notre réaction a préparé sa réponse :

— Voyant. Définition du Petit Robert : personne douée de seconde vue.

Le Dr Bourdin riposte :

— Définition du Petit François concernant le mot naïf : personne qui est prête à croire n'importe quoi et n'importe qui, quand ça l'arrange.

— Vincent Bruggen ne dit pas n'importe quoi, et ce n'est pas n'importe qui. Quant à moi j'étais aussi sceptique que Pierre et toi avant de le connaître, et c'est uniquement pour soutenir le moral d'Aline que je l'ai accompagnée à Waterloo.

C'est encore d'une seule voix que François et moi nous réagissons :

— Pourquoi Waterloo ?

— Parce que c'est là qu'il habite.

— Vous êtes allées à Waterloo ?

— Oh tu sais, Napoléon l'a fait avant nous... et il n'y avait pas le Thalys !

L'ironie d'Agnès nous déconcerte. Mais moins que le reste. Moins pour commencer que cette photo du voyant qu'elle nous met sous les yeux. Soyons francs, nous avions imaginé une espèce de charlatan exotique, moitié indou, moitié africain, avec turban, gandoura, cascade de grigris autour du cou, diamant rose dans le nez, et nous découvrons un solide gaillard en pantalon de velours, gros pull et baskets, sans autre signe particulier qu'une couronne de cheveux blancs et vaporeux qui lui donne l'air d'un moine de publicité et un regard perçant d'un bleu très proche de celui des huskys. Il a un arrosoir dans une main, une binette dans l'autre. Agnès nous explique qu'il voulait être horticulteur, rosiériste, comme son père ; qu'il l'a même été pendant quelques années jusqu'à ce qu'il découvre son don de voyance, qu'il décide de le mettre au service des autres... mais pas à plein temps. D'abord par honnêteté, parce qu'il sait ne pas pouvoir être performant en continuité. Ensuite, parce qu'il tient à consacrer plusieurs heures par jour à sa fille, Daphné, qui contrairement à son frère – l'avocat – est une enfant à problèmes.

— Quel genre ? demande François.

— Sourde-muette de naissance. Orpheline de mère à trois ans. Gravement dépressive depuis sa puberté.

— Elle vit avec lui ?
— Elle mourrait sans lui.
— Aline la connaît alors ?
— Bien sûr ! Depuis le premier jour.
— Ça ne l'a pas découragée ?
— Au contraire ! Rien de tel que les malheurs des autres pour relativiser les siens. Et puis...
— Et puis quoi ?
Avec réticence, Agnès admet que plus ou moins consciemment Aline a été conditionnée par ce que Vincent Bruggen venait de lui annoncer. À savoir, en décodant les paroles imagées du visionnaire : un mariage. Un incendie. Une maladie. Une naissance.
Pour le mariage, Bruggen avait été formel : il s'agissait de celui d'Aline. Il était l'aboutissement d'un coup de foudre imprévisible et dévastateur. Elle avait souri, incrédule.
Pour l'incendie et la maladie, Bruggen en avait eu des visions très nettes aussi. L'un et l'autre concernaient Aline de très près mais elle les regardait de très loin. Elle avait eu une moue d'incompréhension.
Pour la naissance, Bruggen s'était montré plus évasif et presque gêné. Il avait juste parlé d'un crâne de bébé collé à son placenta et que deux mains de femme essayaient de libérer. Sachant que les deux filles d'Amérique avaient fait leur plein d'enfants et que sa jeune bru d'Angleterre n'en voulait à aucun prix, Aline s'était demandé si la naissance annoncée ne serait pas plutôt une re-naissance – en l'occurrence celle de Daphné – et si les deux mains de l'accoucheuse n'étaient pas les siennes. Agnès, mise au courant de cette interprétation quelque peu spécieuse, s'empressa de l'approuver et, sûre que dans la vie il était plus important d'avoir un

but que de l'atteindre, elle lui souffla l'idée d'apprendre à tout hasard le langage des signes.

Le lendemain à Paris, Aline prenait sa première leçon. Une semaine plus tard, elle débarquait à l'improviste chez Vincent Bruggen et disait avec ses mains à Daphné :

— Bonjour. J'espère que vous me comprenez. Je ne sais que quelques mots. Mais je vais continuer à apprendre. J'ai beaucoup de choses à vous dire.

Vincent, alerté, prétendit-il, par une vision impérieuse, avait déboulé de son bureau, laissant un client seul avec ses points d'interrogation. Il était arrivé au moment où Aline tendait un petit paquet à Daphné, tentant de lui expliquer qu'il s'agissait d'un tableau qu'elle avait peint elle-même à son intention. Vincent, visiblement ému, avait joué les interprètes et découvert en même temps que sa fille un arbre surréaliste dont les branches étaient des bras et les feuilles des mains.

Daphné avait adressé quelques gestes à son père, un salut de la tête à Aline et s'était mise à courir en direction des serres. Vincent a traduit :

— Elle est très touchée par votre tableau. Par votre visite. Et elle espère que vous reviendrez très vite.

Aline a souri puis répondu qu'elle n'était pas dupe, qu'elle savait que la traduction était complètement fausse et qu'elle l'en remerciait d'autant plus. À son tour, Vincent a souri et l'a complimentée sur son don de voyance.

— Voilà, conclut Agnès, comment tout a commencé.

— Un bon sujet de sitcom pour téléspectateurs du quatrième âge ! commente François.

Agnès le rassure : la suite est moins soft. Elle s'est déroulée avec des hauts et des bas. Des allers et retours entre Paris et Waterloo. Entre « oui ! » et « non ! ». Entre « c'est extraordinaire » et « c'est trop difficile ! ». Entre « la marche arrière » et « la surmultipliée ». Entre « route sans issue » et « tout est toujours possible ». Phrase sensible. Déviation souhaitée par François qui réclame la suite de l'histoire. Agnès le prévient qu'elle retombe dans la sitcom. Il s'en prétend ravi. Alors... elle raconte :

— Peu après ton départ pour le Brésil avec Chantal, Aline a rejoint Waterloo. Deux corbeilles de fiançailles l'y attendaient. Dans l'une : trois roses symbolisant les trois sentiments de Vincent pour Aline : sa reconnaissance pour ce qu'elle fait ; son admiration pour ce qu'elle crée ; son amour pour ce qu'elle est.

François persifle :

— Ooh ! Mme Cendrillon a dû adorer !

Agnès roucoule :

— Moi aussi.

Je pépie :

— Et dans la deuxième corbeille, qu'est-ce qu'il y avait ?

— Un dessin de Daphné représentant deux mains : l'une jeune, l'autre moins. Elles étaient tendues l'une vers l'autre et essayaient de se toucher.

On repart pour un tour. François persifle :

— Telle que je la connais, la peintresse a dû pavoiser...

Agnès roucoule :

— Telle que tu ne la connais pas, la peintresse s'est effondrée en larmes.

Je pépie :

— En dehors de cette pseudo-naissance – ou renaisssance –, qu'en est-il des autres prédictions de M. Bruggen ?

— Eh bien, ma foi, le mariage est en voie de réalisation. Quant à l'incendie et la maladie, Vincent continue à en avoir des visions de plus en plus nettes et de moins en moins réjouissantes.

François prend une pause de mage inspiré et d'une voix monocorde psalmodie :

— Moi, je vois un voyant en train de se mettre un doigt dans l'œil gauche et un bandeau sur l'œil droit !

Aussitôt j'imite François :

— Et moi, je vois une pauvre grognarde déçue par son nouvel empereur et désespérée de ne pas avoir trouvé son Austerlitz à Waterloo !

Nous attendons de la part d'Agnès pour le moins un haussement d'épaules. Nous n'avons qu'un haussement de sourcils dubitatif, confirmé par un souriant :

— Qui sait ? Tout est toujours possible !

Décidément, la phrase reste sensible et jette à nouveau un froid.

— Un peu de glace ? nous propose Agnès avec un à-propos sûrement involontaire car en général elle n'a pas ce genre d'humour.

Encore que, depuis quelque temps... elle soit plus... beaucoup plus... comme si...

Une idée me traverse l'esprit et tombe dans le sorbet au citron vert :

— Dis donc, le devin d'Aline, il ne t'a rien prédit à toi ?

— Si ! Des choses merveilleuses !

— Chouette ! Raconte, qu'on rigole !

— A aucun prix ! Je ne vous laisserai pas crever ma bulle de rêves !

— Eh bien, puisque tu ne veux rien nous dire...

François regarde sa montre. J'allume une cigarette. Agnès commence à desservir. Trois signaux de départ. Nous y obéissons sans tarder avec le même plaisir.

Seul à présent dans l'appartement avec Agnès je l'entends mettre la vaisselle dans la machine à laver ; je sais qu'après elle va envelopper les restes du dîner dans du papier d'aluminium, les ranger dans le réfrigérateur, jeter la poubelle dans le vide-ordures, préparer le plateau du petit déjeuner. Je déteste assister à ce rituel de la « diva du quotidien », même si j'en reconnais l'utilité.

Je me réfugie dans le salon. Je branche la télé sur LCI, toujours en quête des derniers indices financiers. Rien de réjouissant. Et le reste ? Pareil ! Je m'apprête à fermer quand le présentateur rappelle qu'il s'est produit ce matin un déraillement entre Paris et Bruxelles qui a provoqué un retard de plusieurs heures sur la ligne. L'appel qu'Agnès m'a passé du train pendant mon déjeuner avec Lorraine me revient en mémoire, et me voilà qui lance cette question en direction de la cuisine :

— Qui était-ce l'ami d'Aline et Vincent avec lequel tu as voyagé ?

— Un homme charmant qui s'intéresse à plein de choses.

— Mais il fait quoi ?

— Editeur.

— En Belgique ?

— Et en France... avec des antennes en Italie... dont sa famille est originaire.

— Comment s'appelle-t-il ?

— Son prénom est Dominique. Comme le saint patron de ma famille.

— Et son nom ?

— Domani.

— Domani ?

— Oui... comme le lendemain d'aujourd'hui.

Chapitre 6

Cuisine impeccable. Petit déjeuner impeccable. Agnès impeccable. Jus de fruit fraîchement pressé. Café tenu au chaud dans Thermos. Toasts grillés à point. Beurre ni trop dur, ni trop mou. Confiture « pur fruit ». Épouse « pure Cormantin ». Teint rose. Jogging gris en harmonie avec cheveux poivre et sel – plus poivre que sel – retenus en arrière par un velours bleu foncé en harmonie avec le T-shirt, lui-même en harmonie avec les yeux. Journal et transistor à portée de main. Et puis soudain cette question insolite, assimilable par le ton à fromage ou dessert :

— Radio ou conversation ?

Après un temps, non de réflexion mais de surprise, j'opte pour la seconde solution... avec une certaine appréhension :

— Tu as quelque chose à me dire ?

— Oui. Je voulais avoir de tes nouvelles. Je trouve que tu n'as pas très bonne mine ce matin.

— J'ai mal dormi.

— Le bourguignon qui ne passait pas ?

— Non ! Le Belge.

— Vincent ? Pourquoi ?

De moi à moi il y a deux raisons. La première que je n'avouerais pour rien au monde à Agnès : ses prédictions m'ont perturbé. C'est un peu comme les calomnies : on n'y croit pas, mais... il en reste toujours quelque chose ! Bien entendu je me suis accroché surtout à celles qui concernaient ma « diva du quotidien » et qu'elle nous a cachées. Quel mirage a bien pu lui insuffler ce con de gourou pour gonfler sa bulle d'espoir ? Pas un coup de foudre en tout cas : ce n'est sûrement pas ça qu'elle espère. En plus, elle en est incapable. C'est vrai qu'elle en a eu un pour moi dans sa jeunesse. Mais maintenant, ce n'est plus une gamine sous l'emprise d'une curiosité en éveil. C'est une femme qui a fait le tour des choses et, n'en déplaise à François, qui l'a bien fait. Compte tenu qu'elle n'était pas un volcan violemment éruptif et que je n'étais pas, moi, un torrent inconsidérément tumultueux. C'est en cela entre autres que nous différons du couple des Bourdin où le tempérament d'Aline plus « câlin câlin » que « encore encore » a toujours souffert de celui de François exigeant et surtout pluridirectionnel.

La deuxième raison qui m'a tenu éveillé : l'imprévisible, l'invraisemblable, l'ahurissant saut dans l'inconnu d'Aline la timorée, la souriante et... la largement quinquagénaire ! Je me disais, cette nuit, ce que je dis maintenant à Agnès :

— D'accord ! C'est là une preuve éclatante de ton « tout est toujours possible », mais c'est quand même une exception.

— Non ! Plus maintenant ! Notre époque a renversé bien des barrières, notamment celle de l'âge.

— Dans les sitcoms et les romans roses ! Pas dans la réalité. Je ne suis pas convaincu par les idylles dans les maisons de retraite, pas plus que par les visages rayonnants des vieillards qui posent pour les publicités des assurances décès ! Tout ça n'est que de la désinformation pour soutenir le moral des troupes... qui commence à chanceler au même rythme que leurs jambes.

Pour toute réponse Agnès prend le journal. Mon journal. Celui qui était à côté de ma radio, l'ouvre à une certaine page qu'elle avait repérée et me met sous le nez un article intitulé : « Le mariage n'est plus ce qu'il était », et sous-titré : « Les nouvelles donnes du conjungo ». Au centre du sujet, une statistique bardée de références : « Le nombre de couples de cinquante ans et plus qui se séparent a augmenté de 52 % en quatre ans. Et le phénomène est en train de gagner les couples appartenant à des générations plus avancées. » Je suis encore derrière le journal à me composer une tête d'indifférent quand Agnès jugeant ma lecture terminée reprend la conversation :

— Tu vois que le cas d'Aline n'est pas exceptionnel.

— Oh, tu sais... les statistiques...

— Celle-ci est très fiable et ne fait qu'entériner une évolution logique.

— Comment ça, logique ?

— Demande à ton ami François : les progrès de la science, tant sur le plan organique qu'esthétique, ont permis aux gens de notre génération de gagner une vingtaine d'années en temps et en qualité de vie sur ceux des générations précédentes.

— Pas tous !

— Évidemment, pas tous ! Mais une majorité à laquelle, grâce au ciel, nous appartenons toi et moi... comme François et Aline... et comme des millions d'autres dans le monde.

— N'empêche que les années sont là !

— Elles aussi ont perdu du poids. Compare ! Souviens-toi ! À mon âge, ma grand-mère était depuis longtemps rangée des voitures. Aujourd'hui, je conduis la mienne ! À mon âge, elle portait des robes qui camouflaient ses charmes disparus, et moi je peux me permettre de porter des jeans comme ma fille, sans être ridicule. Du moins je le crois... Sinon j'espère que tu me l'aurais dit. Non ?

— Bien sûr !

— Donc il est normal que, dans les couples, les ruptures qui se produisaient autrefois autour de la quarantaine se produisent maintenant autour de la cinquantaine. Et bien au-delà...

— Normal... n'exagérons rien ! Disons que ça correspond à la tendance « kleenex » de notre époque : vaisselle ou conjoint, à la première fêlure, on ne raccommode pas, on jette !

— Eh oui ! Et on rachète du neuf !

— Sans penser que le neuf peut se révéler – après un usage plus ou moins long – pire que l'ancien.

— Au contraire ! En pensant que le neuf sera de toute façon mieux que l'ancien.

— Ça ! On peut toujours rêver !

— Mieux ! On doit toujours rêver. Attendre l'Imprévisible. Imaginer quelle forme – imprévisible – Il pourrait prendre : un billet de loterie, un héritage, une illumination : la pomme de Newton !

J'ai mis les pieds dans le plat autour duquel elle tournait.

— Ou un prince charmant... comme Aline !

— Et comme beaucoup d'autres. Par exemple...

Agnès est interrompue par l'irruption de celle que moi, fils du peuple, j'appelle « la soubrette », que mon aristo de femme appelle, elle, « la gentille Monica », et que l'Urssaf appelle « employée de maison ». Je suis surpris de la voir. En général, je suis parti quand elle arrive. Surpris de découvrir sur son visage de *mater dolorosa* un sourire éclatant de gaieté, surpris d'en apprendre la cause : son divorce aux torts de son mari macho et infidèle. Surpris de l'entendre remercier avec une chaleur tout italienne Agnès qui est sa « libératrice » et qui a payé l'avocat chargé de défendre ses intérêts : l'incontournable Me Nicolas Bruggen ! Surpris du petit air goguenard d'Agnès (deux mots : goguenard et Agnès que jamais je n'aurais imaginé juxtaposer, et pourtant...). Oui, Agnès est goguenarde en m'indiquant, un doigt pointé sur le journal, que la « gentille Monica », mère, grand-mère, de surcroît italienne et hypercatho, venait d'aggraver la statistique des « mamies-ras-le-bol », ensuite en me précisant que la mère de Monica avait elle aussi divorcé aux abords de la soixantaine, mais sur l'initiative de son mari qui l'avait quittée pour suivre une « jeunette de quarante ans ! ».

Une dernière fois je suis surpris, juste avant de franchir le seuil de mon appartement avec un quart d'heure de retard sur mon horaire habituel : le téléphone sonne. Agnès se précipite pour décrocher. J'entends un « Allô », très clair, puis, deux tons au-dessous : « Oui... non... pas encore... mais ça n'a pas d'importance... »

Je me rapproche, l'oreille tendue, je perçois une voix

sourde mais chaleureuse : « Déjà ! C'est vrai ? Ah ! c'est incroyable ! Vous ne pouvez pas savoir... Non ! Vous ne pouvez pas savoir... pas tout... Quand vous voulez... D'accord ! Aucun problème. »

J'entends maintenant qu'elle raccroche. Je m'éloigne pour demander de l'entrée avec le maximum de désinvolture :

— C'était Aline ?

— Non, c'était M. Domani.

C'est curieux, moi qui oublie de plus en plus les noms propres, celui-là, que je n'ai entendu qu'une seule fois hier soir, je l'ai très bien retenu. Je fais néanmoins semblant de chercher :

— Domani... Domani... Ça me dit quelque chose...

— C'est l'éditeur avec qui j'ai voyagé, ou plutôt stagné, dans le Thalys.

— Ah oui ! C'est ça ! Qu'est-ce qu'il voulait ?

— Me voir.

— Pourquoi ?

À nouveau goguenarde Agnès me répond :

— Il avait lu la statistique dans le journal et il voulait m'en parler !

Elle éclate de rire... À la limite de la provocation : heureusement que j'ai confiance en elle... Et en moi !

Chapitre 7

Dix heures. Devant le bureau de la secrétaire du cabinet :

— Ben ça va pas aujourd'hui la tête, m'affirme l'efficace et délurée Marie-Sophie, je vous l'ai donné tout à l'heure le dossier que vous me réclamez.

— Ah ! C'est juste.

Dix heures trente. Dans mon bureau :

— Ça ne va pas, maître ? s'inquiète le client à qui je viens de poser pour la deuxième fois la même question.

— Si ! Si ! Je voulais simplement être sûr...

Onze heures trente, sur le portable :

— Non mais, ça ne va pas, toi ! me dit réprobateur François qui vient de terminer sa troisième liposuccion, tu m'as déjà vu chez moi à cette heure-là ?

— Excuse-moi ! Le temps passe à une telle vitesse...

Treize heures à la brasserie du coin :

— Oh ! toi, ça ne va pas ! me déclare Lorraine péremptoire, alors que je chipote sur un jésus de Morteau pommes à l'huile que d'habitude j'engloutis.

— Si, ça va, juste un peu de fatigue.

Bien que mon ton manque de conviction, elle n'insiste pas. Elle me raconte, comme nous l'avions prévu, sa soirée avec Nicolas Bruggen, son futur associé et le fils de l'amant d'Aline. Je pourrais écrire pour être à la mode « le compagnon » d'Aline, mais j'écris exprès l'amant, par mauvaise humeur, parce que je trouve en l'occurrence le mot ridicule et la situation qu'il évoque aberrante. Question de génération ? Sans doute. Question de nature ? Peut-être. Mais pour moi, une plus que quinquagénaire ça ne s'envoie pas en l'air, ou alors à domicile les jours de fête. En dehors de ces jours-là, ça mitonne et ça pouponne. Certains de mes congénères me rétorqueraient : « Et un sexagénaire ? Qu'est-ce que ça fait ? » Je serais tenté de leur répondre : « Ça fait ce que ça peut ! » mais je me contenterai de le penser pour qu'ils ne m'accusent pas de traîtrise... ou de calomnie, François en tête, au nom de sa Chantal qu'il « a dans la peau » ; Vincent à ses côtés, au nom de son Aline grâce à qui il a découvert les joies qu'il ne soupçonnait pas – des joies telles qu'il n'a pu s'empêcher de les confier à son fils et à ses amis. Voire à ses clients – ceux en tout cas à qui cette confidence était susceptible de remonter le moral.

— Le moral... entre autres ! me précise Lorraine avec un rien de gaillardise qui ne me remonte pas le mien et me met sur les lèvres le nom qui tournicote dans ma tête depuis ce matin.

— Hier soir, Nicolas Bruggen ne t'a pas parlé d'un certain... Domani ?

— Dominique Domani ?

— ... Oui, je crois.

— Non, Nicolas ne m'en a pas parlé, mais moi je

le connais... indirectement. Il est l'éditeur d'un de mes bons clients.

— Ah bon ! Comment est-il ?

— Très « latin lover »... selon lui, mais les jugements des hommes sur les hommes... c'est comme les jugements des femmes sur les femmes !

— Un peu sur le retour quand même ?

— Oh, ben ça, non ! Je crois qu'il a la quarantaine.

— La quarantaine !

— Oui ! Ça me revient : il dit, un vrai quarante-quatre.

— Un vrai quarante-quatre ?

— Oui, ça m'a fait rire : il ne veut pas être comme ces coquettes qui pour minimiser leur poids ou leur taille prétendent qu'elles font « un petit 44 pour les chaussures, un petit 95 pour les soutiens-gorge, et pour l'âge un petit 48 », alors lui, il dit qu'il a un « vrai quarante-quatre ».

— C'est drôle ! dis-je, exactement comme si je disais le contraire.

— Il a la réputation d'avoir beaucoup d'humour.

— Mais il est connu ?

— Uniquement dans le milieu de l'édition. Très apprécié d'ailleurs.

— Qu'est-ce qu'il a publié ?

— Peu de livres, mais toujours de qualité. Ta femme a dû en acheter. Regarde si ça t'intéresse, il y en a sûrement chez toi. Les couvertures sont facilement repérables. Il n'y en a pas d'autres comme ça : gris clair et bleu foncé.

Les couleurs d'Agnès ! Mon visage, lui, devient blanc cassé. Je ramasse les morceaux pour demander :

— L'édition porte le nom de Domani, je suppose ?

— Non ! Beaucoup plus malin : un nom qui invite à l'espoir, à la fois les auteurs et les lecteurs.

— Comment ?

J'ai posé la question par acquit de conscience, mais j'étais sûr à l'avance de la réponse de Lorraine :

— L'Imprévisible.

Je jurerais qu'aucun trait de mon visage n'a bougé, que mon regard est resté impavide, mon souffle régulier, mes mains immobiles. Pourtant, dans la minute qui suit, Lorraine s'impatiente :

— Enfin Pierre, qu'est-ce qui ne va pas ?

C'est alors que je me suis levé, que j'ai jeté l'argent de l'addition sur la table, que j'ai revendiqué haut et fort le droit d'être simplement fatigué, le droit de fuir tous les inquisiteurs de mon entourage et surtout les bonnes âmes qui rêvent de me voir malade pour avoir le plaisir de me soigner. J'ai encore eu le temps d'entendre Lorraine commenter avec placidité : « Décidément ça ne va vraiment pas. » Et puis je suis sorti, furieux contre moi-même, comme toutes les fois – assez nombreuses – où je ne réussis pas à contrôler mes nerfs. Je disposais encore d'une bonne trentaine de minutes avant mon premier rendez-vous de l'après-midi. J'en ai profité pour me détendre en marchant au hasard. Un hasard... qui m'a conduit – comme par hasard – devant une librairie. Et puis dedans. Pour réclamer le dernier livre des éditions « L'Imprévisible ». La vendeuse me fit répéter deux fois le nom : « L'Imp... quoi ? – L'Imprévisible ! » La chère enfant ! Elle me proposa de se renseigner. Surtout pas ! Je savais ce que je souhaitais savoir : Dominique Domani n'était pas le puissant P-DG d'une forteresse littéraire, pas un pape des lettres ! Je suis rentré au bureau rasséréné. J'y ai travaillé tout l'après-midi avec efficacité et décontraction. J'y ai entrevu Lorraine le temps d'échanger mes sincères excuses contre sa feinte compréhension. Je suis parti peu après mon dernier client. J'ai regagné ma voiture. J'ai allumé la radio. J'ai zappé... jusqu'à ce que j'entende la voix ensoleillée de Charles Trenet qui chantait : « Y a d'la joie » ! Tout ce qu'il me fallait !

Je fredonnais avec le grand Charles quand le présentateur de service « nous » a interrompus pour annoncer une nouvelle de dernière minute : « Un grave incendie s'est déclaré dans le Luberon. Grâce à l'intervention rapide des pompiers, on ne déplore aucune victime. En revanche, des hectares de bois ont été dévastés ainsi que plusieurs propriétés dont celle du Dr Bourdin, célèbre chirurgien esthétique. »

J'évite de peu la voiture qui est devant moi. En revanche, je ne peux éviter – pardon, François ! – que ma première pensée soit pour la prédiction du voyant et non pour la perte de ta maison. Cet incendie que Bruggen a annoncé accrédite ses autres prévisions, dont celles qui concernaient Agnès et constituaient pour elle sa fameuse « bulle de rêves ». Bien sûr, ça peut n'être qu'une coïncidence. Mais avec le coup de foudre d'Aline, ça fait deux coïncidences. Et si on compte la re-naissance de Daphné... Stop ! Je m'ordonne d'arrêter mes suppositions. De ne pas rejoindre le peloton des gogos abusés par les diseurs de bonne aventure ! Je m'engueule ! Je me traite d'andouille, de faible, d'influençable ! Et puis d'égoïste ! Enfin ! Il était temps ! J'ai honte de ne pas avoir encore téléphoné à François qui doit être dans...

— Dans les emmerdements jusqu'au cou ! rugit-il

dans l'appareil. Ah oui ! Jusqu'au cou... C'est vraiment le cas de le dire.

— Ah bon ? Pourquoi ?

— Parce que... je t'expliquerai plus tard. Maintenant il faut que je téléphone d'urgence à Aline.

— A cause de l'incendie de ta maison ?

— Comment es-tu au courant ?

— Ils viennent d'en parler à la radio.

— Ah ! Tant mieux ! J'espère qu'elle a entendu aussi et qu'elle aura déjà alerté l'assurance.

— Mais...

— Je te quitte. Je l'appelle tout de suite. À plus !

Quand je rentre chez moi, j'ai aussitôt le compte rendu de ce coup de téléphone de François à Aline ; lequel a été suivi d'un coup de téléphone d'Aline à Agnès ; laquelle en ricane encore. Elle n'en finit pas de se gausser de l'attitude de François : ce macho qui contre les goûts de sa femme a acheté une résidence dans le Midi alors qu'elle ne se porte bien physiquement et moralement qu'au-dessus de la Loire, qui plus est, une résidence hollywoodienne alors qu'elle rêvait d'une longère solidement accrochée à la terre et poétiquement ouverte sur l'Océan, telle qu'elle l'a peinte plusieurs fois... faute d'y habiter ; ce mégalo qui a osé appeler *sa* propriété « La Bourdinière » et qui ose maintenant lui parler avec la voix chevrotante des cendres de *leur* maison, en la suppliant de régler les problèmes d'assurance ; cet inconscient qui, occultant la nouvelle vie d'Aline à Waterloo, lui a demandé « de se rendre à "La Bourdinière" pour voir ce qui est à voir et dire ce qui est à dire ».

Agnès poursuit son souriant mitraillage contre François en espérant au moins que cet incendie, annoncé de longue date par le « charlatan de Waterloo », lui permettra à l'avenir de nier les phénomènes de double vue avec un peu moins de certitude.

Il est certain que je suis également visé par cette dernière balle et qu'elle m'atteint juste là où ça me démange. J'en profite pour me gratter :

— A propos de prédictions, tu ne veux toujours pas me dire celles que Vincent Bruggen t'a faites ?

— Non. Mais je les ai consignées le jour même sur une feuille de papier que j'ai déposée en lieu sûr. Si elles se réalisaient, je me ferais un plaisir de te les montrer.

Ce plaisir qu'à l'avance elle savoure visiblement avive ma curiosité. Je l'exprime avec modération :

— Puis-je quand même savoir si je suis impliqué dans ces prédictions ?

— Ça oui... tu l'es, dans la mesure où ce qui me concerne se répercute sur toi... d'une façon ou d'une autre.

— Plutôt agréablement ou désagréablement ?

— Ça dépend de toi.

— Uniquement de moi ?

— Disons... en grande partie de toi.

— Et pour la petite partie, ça dépend de qui ?

— Plutôt de quoi.

— C'est-à-dire ?

— L'Imprévisible !

— Tu veux parler de M. Domani ou de sa maison d'édition ?

— Des deux !

Et voilà ! J'aurais mieux fait de me taire. On a toujours intérêt à se taire. Je le sais pourtant, moi qui suis un pratiquant fidèle du non-dit et du non-questionnement dans les couples. Moi qui n'ai cessé de répéter à qui voulait l'entendre – et surtout à qui ne voulait pas l'entendre – que « le silence n'a jamais trahi personne ». Moi qui ai fini par rallier à ce principe Agnès qui, elle, le combattait en affirmant que ce n'était pour moi « qu'un principe de précaution ». Ce en quoi elle n'avait pas tort. Ah ! elle peut bien rigoler maintenant que je suis pris au piège de mes points d'interrogation... et que je suis obligé de subir les siens :

— Comment as-tu su que la maison d'édition de Domani s'appelait L'Imprévisible ?

Je mens avec un aplomb méritoire dans l'inconfort de ma situation :

— C'est toi qui me l'as dit !

— Je suis certaine que non. Mais peu importe ! L'essentiel est que Domani soit bien le directeur fondateur de la maison d'édition L'Imprévisible ainsi baptisée par lui et que nous ayons eu aujourd'hui un rendez-vous aux retombées... imprévisibles !

— Quel genre de rendez-vous ?

— Tous les genres.

— Qu'est-ce que ça veut dire ?

— Ce que ça sous-entend.

— Tu ne pourrais pas être un peu moins mystérieuse ?

— Oh, non ! Tu m'as trop reproché d'être transparente.

— Enfin, Agnès, ça suffit ! Cessons de jouer au chat et à la souris ! Et dis-moi...

— Rien du tout ! Désolée. Mais c'est toi qui me l'as appris : « Le silence n'a jamais trahi personne. »

Et en bonne élève, Agnès me plante là, sans un mot.

Chapitre 8

Les jours suivants ont ressemblé à des jours ordinaires. Mais comme certains jumeaux qui peuvent se ressembler au point que de loin on les confond et qui ont cependant un « petit quelque chose » qui de près permet de les différencier. Eh bien, depuis l'entrée – imprévisible – de M. Domani dans notre vie, les jours que je vis avec Agnès ont aussi un « petit quelque chose » qui les différencie de ceux qui les ont précédés pendant trente-quatre ans ! Mais quoi ? On se lève à la même heure, chacun dans sa chambre. On se rejoint dans la cuisine, pareillement remis à neuf et en état de marche autour du même café-fruits-toasts. On échange les mêmes propos anodins sur le sommeil de nos nuits respectives, sur les prévisions météo, sur les informations du jour. On se sépare sur le même rituel : « A ce soir. Bonne journée ! » On se retrouve le soir avec le même machinal « Quoi de neuf ? » suivi du même paresseux « Ma foi, rien ! ». On partage les mêmes dîners, soit à la maison devant le même journal télévisé, ou en compagnie de quelques rares intimes, soit à l'extérieur, pour raisons relationnelles. On se quitte sur le même banal : « Bonne nuit ; à demain. »

Sauf avant-hier où, sur mon initiative, nous avons fait l'amour. Eh oui, une fois n'est pas coutume, comme aurait pu dire ma mère. Encore que l'expression faire l'amour soit là un tantinet hyperbolique. Mais ne chipotons pas.

Pourquoi ce rapprochement subit, presque ces retrouvailles ? Parce que je m'étais demandé si la source du « petit quelque chose » ne se situait pas tout bêtement au niveau du sexe et si le « latin lover » ne rôdait pas dans ces parages. Alors, pour en avoir le cœur net, j'avais décidé de me renseigner à la source, sachant qu'Agnès n'était pas de ces « tricheuses de l'oreiller » dont ma mère m'avait appris tous les truquages, et sûr donc que si au lit elle se montrait rétive ou simplement complaisante, je m'en apercevrais et lui en demanderais la raison. Je ne doutais pas qu'elle me la donnerait avec sa franchise habituelle. Je saurais alors si cette raison était liée au « petit quelque chose » et par la même occasion à M. Domani.

Et j'ai su ! Loin de me rejeter, Agnès m'a accueilli avec un étonnement ravi et m'a quitté dans le même état d'esprit. Sans entrer dans les détails – ce n'est pas mon genre – et sans me vanter – ça ne l'est pas non plus –, je peux dire que le comportement d'Agnès – avant, pendant et après – m'a rassuré.

Rassuré ? Ce mot est venu spontanément sous ma plume, tendant à prouver que sans me l'avouer j'avais peur qu'Agnès me trompe. C'est la première fois que ça m'arrive. Comme me le rappelait l'autre soir ma mère, je suis en cela semblable à mon père : je ne suis pas jaloux. Je ne l'ai jamais été. Pas plus avec ma femme qu'avec mes maîtresses. Sans doute qu'elles ne m'ont jamais fourni l'occasion de l'être. Pour Agnès, c'est certain. Elle m'a toujours aimé d'une façon si visible, si évidente qu'il aurait vraiment fallu être Othello pour se montrer soupçonneux.

Enfin bref, j'étais rassuré : mais le problème n'était pas résolu pour autant.

Le lendemain de nos ébats, c'est-à-dire hier, j'ai perçu à nouveau le « petit quelque chose » qui s'était insinué dans notre couple, mais sans pouvoir davantage le définir ou le focaliser. Je me suis endormi en cherchant. Je me suis réveillé en trouvant. « Le petit quelque chose » est dans le regard d'Agnès et dans le mien. Nous ne nous regardons plus de la même façon qu'avant. Avant l'Imprévisible. C'est le regard d'Agnès sur moi qui a changé en premier et entraîné le changement du mien sur elle : or son regard, autrement dit son jugement, a changé depuis son rendez-vous avec Domani recouvert par ses soins d'une chape de silence. Qu'est-ce qu'il a bien pu lui raconter ? Des fadaises ? Qu'elle ne faisait pas son âge ? Que de toute façon il n'était pas attiré par les jeunes ? Que la beauté est intérieure ? Que le charme est intemporel ? Que sa distinction... Que sa simplicité ? Peu importe le flacon... pourvu que l'on n'ait pas l'ivresse ! Et Agnès ne l'a pas eue... avec lui ! Elle est trop habituée à ce genre de compliments. Il lui aurait fallu autre chose pour succomber. Autre chose ? Mais quoi ? Qu'il lui révèle mes infidélités ? Ah ça, évidemment... J'ai beau avoir toujours recommandé à mes partenaires la discrétion que je m'imposais à moi-même... on n'est jamais sûr de rien avec les femmes. Mais Agnès me l'aurait dit. Ou plutôt craché à la figure : la « Transparente » ne supporte pas l'opacité. Elle m'aurait traîné dans la boue, ou alors, elle se serait drapée dans son mépris et elle serait partie en me laissant une lettre... comme Aline ! C'est plus que probable. Elle est tellement entière. Tellement... comment il dit, François ? Psycho... raidasse ? C'est ça ! Psycho-rigide, quoi ! La première fois que je l'ai entendu prononcer ce mot-là, nous étions lui et moi en galante compagnie du côté de Cabourg. Particulièrement détendu, il a expliqué à nos dames de compagnie du week-end : « Notre drame à Pierre et à moi c'est que lui est psycho-souple ; moi carrément psycho-élastique, et que l'on a épousé deux psychorigides ! »

Pauvre François ! Il n'a pas vraiment l'occasion d'être psycho-élastique en ce moment : sans sa Chantal dont il n'a aucune nouvelle. Sans sa série de poupées gonflables qui tout d'un coup se sont mises à le gonfler. Sans Aline qui, de hyperserviable à Paris est devenu hypocoopérative à Waterloo. Alors qu'il n'a jamais eu autant besoin d'elle avec tous les problèmes inhérents à l'incendie de « La Bourdinière » : l'assureur, ni rassuré ni rassurant, qui vient d'être mis en examen ; les gardiens de la maison qui réclament d'urgence un logement pour eux et leurs enfants en remplacement du leur qui n'est plus que cendres ; les voisins qui se plaignent parce que leur terrain dévasté est en train de se transformer en parking pour camping-cars. La situation est très délicate. Il faudrait absolument que quelqu'un s'en occupe. Lui n'en a pas le temps. Ni le goût. Ni la compétence.

Aline le sait bien, mais refuse d'intervenir, arguant que « La Bourdinière », comme son nom trop évidemment l'indique, est la propriété de son mari ; qu'elle ne s'y est jamais senti chez elle ; que son entretien réclamait des soins permanents donc beaucoup de temps, et que le sien est désormais entièrement consacré à sa nouvelle maison, à ses deux hôtes et... elle avait gardé le meilleur pour la fin : à son travail. Quel travail ? Le jardinage ? L'assistanat de Daphné ? Le secrétariat de Vincent ? Non ! La peinture ! Ce qui était un passe-temps, un hobby, est devenu un métier... grâce au voyant ! Il a eu l'idée d'accrocher dans son cabinet de consultation quelques-uns des tableaux d'Aline sauvés *in extremis* d'une journée vide-grenier à Suresnes et de l'incendie du Luberon. Idée, prétendait-il, qui lui avait été soufflée dans son sommeil par Magritte du haut de son nuage, en forme de palette... Mais ça, c'est une autre histoire... belge ! Toujours est-il qu'un client du voyant, galeriste, s'est entiché de ces tableaux et a décidé de leur consacrer une exposition, concentrée de préférence autour du même thème. C'est à ceux-là qu'Aline travaille actuellement dans une exaltation inédite pour François et dont les échos à travers le téléphone l'exaspèrent. Il y a de quoi, vous m'avouerez, entendre baptiser « œuvres » ce qu'il a toujours appelé, lui, « ouvrages de dame ». C'est comme si, moi, j'apprenais...

Allons bon ! On sonne : deux coups courts, un coup long. Neuf heures un quart. Vingt et une heures quinze, comme dirait Agnès... qui me crie de sa chambre : « C'est François ! Va ouvrir ! Je suis en train de travailler ! »

J'y vais. Je pense : « Elle aurait pu se déranger quand même. Ne serait-ce que pour demander à François, comme moi »...

— Comment ça va ?

— Mal.

— « La Bourdinière » ?

Avec un œil et une voix de conspirateur il chuchote pour me répondre :

— Tout ! Agnès est là ?

— Dans sa chambre.

— Alors, allons dans la cuisine.

— Tu veux manger ?

— Non, je n'ai pas envie qu'elle nous entende. Ni qu'elle me voie. J'ai besoin d'ouvrir les vannes.

Il s'affale sur une chaise comme si son poids était doublé par celui de ses ennuis. Ses yeux sont rougeoyants et paraissent plus petits dans un visage bouffi. Ça ne l'empêche pas de voir tout de suite mes craintes :

— Non ! Ce n'est pas l'alcool. C'est la cortisone. J'ai un zona !

Je pense : « Merde ! La maladie annoncée par Bruggen ! »

Je dis :

— Depuis quand ?

— Depuis le jour où je t'ai dit finement au téléphone que j'étais dans les ennuis jusqu'au cou.

— Oui, je m'en souviens. Tu as même ajouté : « C'est le cas de le dire ! » je n'ai pas compris pourquoi.

François me donne l'explication maintenant : il était en train d'effectuer un lifting rendu extrêmement délicat à la fois par l'âge de la patiente, son caractère de cochon et sa célébrité dans le monde artistique, qui sous-entendait son désir absolu de discrétion... quand soudain une douleur intense et fulgurante l'avait assailli de la nuque à l'extrémité de ses doigts. Côté droit... Lui qui est essentiellement droitier avait aussitôt lâché ses instruments au milieu des chairs en voie de rénovation ! Or, pour être sûr que le secret de cette opération serait bien gardé, François s'était arrangé pour qu'elle ait lieu à « La Providence », clinique spécialisée dans l'esthétique où il opérait, à l'heure où clients et membres du personnel étaient rares. Précaution supplémentaire : il avait voulu être assisté par la plus dévouée et la plus discrète des infirmières : une certaine Madeleine qui, « grâce à sa denture défectueuse, n'ouvrait jamais son clapet », m'avait-il dit un jour en riant, lui, de toutes ses jaquettes impeccables. À l'instant où l'accident s'était produit, il les avait tellement serrées sous l'effet de la douleur qu'il s'en était cassé deux et que, a contrario, Madeleine, bouche cousue, sous l'effet de l'effroi, l'avait ouverte toute grande, si grande que ses maxillaires s'étaient coincés ! Héroïque et adroit, de sa seule main gauche, François avait réussi à les lui décoincer ainsi qu'à récupérer les morceaux de ses prothèses brisées.

— Ça a été horrible ! conclut François, inconscient du burlesque de la situation qu'il vient de me décrire et qui m'annonce une suite encore plus dramatique.

En préambule il me demande :

— Tu as déjà eu un zona ?

— Non.

— Dommage ! Tu comprendrais mieux !

— Je sais quand même que ça attaque les nerfs et que c'est très...

— Intenable ! Il n'y a pas d'autre mot. Mais moi, il fallait que je tienne ! Avec une main gauche de droitier, un bras droit en feu, une infirmière affolée et une vedette fragile dont je n'allais pas pouvoir prolonger indéfiniment l'anesthésie. Tu imagines ?

J'ai imaginé : une parodie de la série *Urgences* jouée par Jamel Debbouze et Muriel Robin. J'ai réprimé pas mal de fous rires au cours du récit de François. Il ne s'en est pas aperçu, tant il était bouleversé par le souvenir de cette opération tragi-comique et des angoisses qui l'ont obsédé en attendant d'en constater le résultat *de visu...* et dans le regard censément rajeuni de la cliente.

Angoisses d'autant plus stressantes que dans la crainte d'une indiscrétion il ne voulait en parler à personne. Même pas à moi.

Ce matin, aux aurores, à huis clos et tremblant comme un jeune interne, il a découvert le visage de la vedette, tremblante, elle, comme une jeune première en sursis.

Lui qui craignait le pire a été plutôt soulagé. Elle qui espérait le meilleur a été gravement déçue. Elle a prétendu qu'à l'avenir elle ne pourrait plus jouer que deux rôles : Toutankhamon et la fille de Frankenstein ! Et encore, la fille... non ! Plutôt la mère ! Plus sérieusement, elle l'a menacé d'un procès très médiatique avec à la clé des dommages et intérêts faramineux et une incidence désastreuse sur sa carrière... à la mesure du préjudice qu'allait subir la sienne.

François a mobilisé tout son bagout, tout son charme de « big lover » – non retraité – et a fini par obtenir un compromis à l'amiable : pas de procès infamant. Pas de confidence dangereuse. Mais un dédommagement énorme – la déception esthétique est hors de prix. Le silence aussi. Après une discussion – tendue, elle – sa cliente lui a accordé un délai de réflexion jusqu'à lundi. On est jeudi. François est venu ce soir pour me demander mon avis et surtout me proposer de passer le week-end avec lui dans le Luberon en tête à tête, afin que nous puissions discuter dans le calme de ce problème et de tous ceux qui lui prennent la tête.

Il arrivait assez souvent que, sous prétexte d'une partie de chasse, de pêche ou d'une consultation de François en province, je parte avec lui pour une courte escapade. Nos épouses en profitaient pour aller ensemble en Vendée voir leurs mères respectives. Je pense que ces aérations conjugales ne leur déplaisaient point. Quant à moi elles me plaisaient beaucoup. Mais aujourd'hui, exceptionnellement, celle que me propose François ne me tente pas du tout. J'avais lu dans un magazine un reportage sur Honfleur où l'on mentionnait le musée Erik-Satie dont Agnès la « Transparente » appréciait paradoxalement les mystifications, et j'avais projeté, sans l'en prévenir, de l'y emmener, histoire de jouer à mon tour les imprévisibles. Je cherchais une autre excuse qui soit pour François plus crédible que celle-là, quand Agnès entra comme une petite souris dans la cuisine :

— Ne vous dérangez surtout pas pour moi. Je viens juste chercher une bouteille d'eau.

— Tu ne nous déranges pas. Au contraire ! J'avais l'intention de t'enlever ton mari vendredi soir pour un week-end de réflexion entre hommes, dans le Luberon.

— Excellente idée ! J'ai été moi-même convoquée à une cellule de réflexion...

— A Waterloo ? ai-je demandé bêtement.

— Non ! Aux « Oublières » ! Où, comme tu ne l'as peut-être pas oublié, nos enfants et leur petite famille songent à se regrouper autour de maman.

Je suis cloué. Doublement cloué. D'abord parce que, Agnès absente, je n'ai plus aucune raison de ne pas suivre François en week-end. Ensuite, parce qu'elle vient de titiller une écharde fichée dans un terrain miné pour nous depuis toujours : celui de nos enfants. Isabelle et Pascal : des faux jumeaux. Mais deux vraies calamités.

Chapitre 9

— Finalement, on aurait dû vivre ensemble !

François vient de me dire cette phrase dans l'avion qui nous ramène à Paris après nos deux jours de vie commune dans le Luberon. Plaisantin pour la forme et sérieux pour le fond.

Je suis content que ce week-end lui ait été bénéfique et content d'y avoir contribué de différentes façons :

C'est moi qui l'ai poussé à se rendre chez ce rebouteux dont notre hôtelier nous a raconté en long et en large les miraculeuses guérisons. Il a vraiment fallu que j'insiste beaucoup. Lui, disciple d'Hippocrate, bardé de diplômes, s'en remettre aux mains prétendument magiques d'un sorcier varois... ça le révulsait... « comme la double vue de Bruggen », lui ai-je rappelé, qui jusque-là, hélas ! ne s'est pas trompé beaucoup dans ses prédictions. François a cédé. Nous sommes allés chez le guérisseur et son zona a disparu dans l'heure qui a suivi. François, tout à la fois ravi et furieux, a attribué ce phénomène à l'effet retard de son traitement allopathique, jusque-là inefficace ! Peu importe ! Seul le résultat compte.

C'est moi aussi qui ai épluché son dossier d'assurance et qui lui ai indiqué les certificats d'expert qu'il aurait à fournir, les litiges qu'il risquait de rencontrer, les remboursements qu'il pouvait espérer, les atermoiements qu'il pouvait craindre. Il m'en a remercié en m'affirmant que mes explications étaient tout aussi emmerdantes que celles d'Aline, mais qu'au moins elles étaient plus claires !

C'est moi encore qui ai discuté avec le maire de la commune dont dépendait « La Bourdinière ». Je lui ai échangé deux conseils boursiers contre deux promesses. La première : il va débarrasser le terrain de François des squatters motorisés qui l'ont envahi. La seconde : il va trouver au plus vite un emploi et un logement dans la région pour les gardiens de François réfugiés chez des parents déjà en surnombre.

C'est moi toujours qui, fort du principe bien connu qu'un mauvais arrangement vaut mieux qu'un bon procès, l'ai poussé à indemniser sa vedette en catimini. Sa décision prise, il a eu l'esprit plus léger. Malheureusement... son portefeuille va l'être bien davantage.

C'est à moi qu'il a confié ce matin sa peur nouvelle de l'avenir, son incompatibilité avec la solitude. Jusqu'à maintenant il n'avait jamais vécu seul et jamais envisagé que la vie l'y forcerait. Moi non plus d'ailleurs. Comme les statistiques régulièrement établissent qu'il y a plus de veuves que de veufs, la plupart des hommes n'y pensent pas plus que nous. C'est pourquoi quand ça leur arrive ils sont pris au dépourvu, comme François. Parfois, certains à la longue finissent par s'habituer. Mais pas beaucoup. Plus nombreux sont ceux qui s'agglutinent à une Marie-geisha ou à une Marie-beigeasse, rien que pour sentir une présence. Tandis que les femmes seules, elles, s'en sortent mieux. Sans compter celles qui se mettent à carrément s'épanouir comme des fleurs longtemps confinées qu'on pose sur un balcon en plein air. Il ne faut pas oublier que, dans l'ensemble, elles sont capables de s'autogérer. Elles n'ont besoin de personne pour entretenir leur linge, leurs vêtements, leur maison, se nourrir et nourrir au besoin leurs copines, car elles, elles ont des copines qui se contentent d'une « salade fraîcheur avec des assiettes et des verres jetables », tandis que nous, nous avons des relations ou des amis qu'il faut recevoir avec de la vraie vaisselle lavable. Impossible pour François qui a cherché un Asiatique dans sa cuisine le jour où sa femme lui a demandé imprudemment de lui passer « le chinois » et qui par ailleurs, depuis le départ d'Aline, introduit son labrador dans la maison quand il rentre « pour avoir quelqu'un à qui parler ». Même s'il le reconnaît, « Un chien ça ne remplace pas une femme ! », « Encore moins un homme ! » a-t-il ajouté en rigolant et en me bourrant amicalement les côtes. C'est pourquoi, malgré tous ses ennuis, ou peut-être à cause d'eux, le chasseur qu'il est ne cesse de guetter l'oiselle rare qui serait à la cuisine une cuisinière, au salon une femme du monde, et au lit une pute. Encore que, avant tout et plus que tout, il espère un retour ou au moins des nouvelles de Chantal qui pourtant ne remplit que la troisième condition du gibier à plumes recherché !

J'évite de prolonger la conversation sur la disparue du *Cythère*. Je n'ai rien à y gagner. Le temps, en amour, enjolivant les bons souvenirs et effaçant les mauvais, donne toujours raison aux absents. Le principal pour moi est que François en soit débarrassé. Et puis il me tarde d'être chez moi. Je sais qu'Agnès n'y sera pas : il était entendu qu'elle ne rentrerait que le lundi matin pour éviter la foule du dimanche. Mais moi, contrairement à François, je ne crains pas la solitude... surtout après ces deux jours où il ne m'a pas décollé. J'ai hâte de balancer mes chaussures dans l'entrée, de traîner en chaussettes dans l'appartement vide, d'allumer la télé, de prendre le programme que je veux, à la hauteur de son que je veux, de me verser un whisky, de picorer des pistaches, d'en jeter les coquilles sur la table basse sans œil réprobateur sur moi, de bâiller bruyamment, d'éparpiller les journaux sur le canapé gris clair, d'aller sur le balcon en laissant la porte-fenêtre ouverte au mépris de la « frileuse », m'attarder à regarder au loin la tour Eiffel sans redouter d'entendre derrière mon dos : « A quoi penses-tu ? » Je me délecte à l'avance de tous ces plaisirs innocents qu'une présence, même silencieuse, suffit à rendre coupables. Ils se rapprochent de moi. On a atterri. On reprend la voiture de François dans le parking. On roule vers Paris. Il me demande :

— Où veux-tu qu'on aille dîner ?

Je panique :

— Nulle part ! Je n'ai absolument pas faim !

— Moi non plus ! Mais c'est pour ne pas se quitter comme ça.

— Désolé, mais je voudrais me coucher de bonne heure. Je suis fatigué et j'ai plein de rendez-vous demain au bureau.

— Veinard ! Moi, pas. À cause de mon zona, j'ai décommandé presque tous les miens.

— Maintenant, tu vas pouvoir reprendre tes activités.

— J'espère...

— Comment tu espères ? Tu souffres à nouveau de ton zona ?

— Non, mais je crains que le bruit de mon lifting à moitié raté ne finisse par filtrer. Ça peut suffire à éloigner les clients, toujours volatils, toujours panurgiens. Ils vont. Ils viennent. Il suffit d'un seul parfois pour entraîner le troupeau.

Je sens la morosité descendre sur l'humeur de François à la rapidité d'une nappe de brouillard sur une campagne automnale. Ma lâcheté monte, au même rythme, des profondeurs de mon égoïsme. D'un côté, je lui tape sur l'avant-bras ; de l'autre, j'ouvre ma portière. J'égraine l'incontournable chapelet des séparations, jusqu'au dernier grain de banalité :

— Prends un petit somnifère, si tu as peur de... Je n'aime pas te voir avec cette tête-là !

Ça, c'est vrai. Et comme je n'aime pas voir, je sors de la voiture. Avant d'en refermer la portière, histoire d'alléger l'atmosphère, j'imite Agnès pour lui dire :

— Et n'oublie pas, mon bon ami, que tout est toujours possible...

Il a un demi-sourire. Ce qui équivaut à une demi-grimace. Il est certain qu'en entrant dans mon ascenseur j'ai très mauvaise conscience d'avoir ainsi laissé tomber François. Mais il est non moins certain qu'en sortant de l'ascenseur – seulement quatre étages plus haut – je ne pense plus qu'à la joie de retrouver mon appartement solitaire.

Comme j'en ai rêvé dans l'avion, à peine franchi le seuil de ma porte, je balance mes chaussures dans l'entrée, puis, en chaussettes, je commence à traîner de pièce en pièce : le living, ma chambre, mon dressing, ma salle de bains... Je m'arrête devant la chambre d'Agnès qui fut la nôtre. J'hésite. Je crois bien n'y être jamais entré en son absence. Tout simplement parce qu'elle n'est jamais absente quand je suis là. Il n'y a pas d'autres raisons. Alors j'y entre. J'y jette un regard circulaire : les mêmes passementeries brodées main ornent le même couvre-lit tiré au cordeau et les mêmes housses d'oreiller qu'Agnès se chargeait d'enlever tous les soirs car je détestais cette opération. D'ailleurs, depuis que nous faisons chambre à part, j'ai adopté la couette, ce dont je me réjouis tous les soirs en la soulevant d'un doigt reconnaissant.

Mon regard traîne encore un peu sur les rideaux doublés, retenus dans des embrasses argentées... comme aux « Oublières », sur le secrétaire en provenance... des « Oublières », ainsi que sur les deux tables de chevet Louis XVI, copies de celles... des « Oublières » ! Sur l'une, les photos des trois dernières générations de Cormantin, alignées comme à la parade. Sur l'autre, quelques livres, pareillement alignés. Un seul est devant, joliment relié : sans doute un chef. Un privilégié. Un chouchou. Je m'en approche. Je le prends. C'est un livre en trompe l'œil. En réalité un coffret. Je l'ouvre. J'y trouve quelques pages d'un de mes blocs de bureau, blanc cassé, avec mon nom gravé et mes titres. Le tout barré d'un trait de plume. À priori il s'agit d'une lettre. Dactylographiée avec des caractères qui sont ceux d'un traitement de texte semblable au mien. Je commence à lire.

Quoi ?

Qu'est-ce que ça veut dire ?

Ça alors !

Chapitre 10

Et voici ce que je lis.

D'abord la date : 7 août 1994.

Et puis...

« Mon joli lac,

« Nous devions fêter nos noces d'argent, demain, à Saint-Pétersbourg, après une semaine dans cette ville magnifique où tu as été un guide savant mais jamais ennuyeux, une compagne intelligente, curieuse de tout, et une maîtresse... disons indulgente, pour simplifier !

« Et puis, en une seconde, après un coup de téléphone, dans notre ciel apparemment sans nuages, soudain un orage a éclaté. De mon côté, des rafales de cris. Du tien, un déluge de larmes, suivi d'un départ en bourrasque pour ta chère Vendée. Moi, je suis rentré à Paris d'où je t'écris. Pas de l'appartement. De mon bureau : à chacun ses refuges...

« Je t'écris contraint et forcé, puisque à la fois pudique et coléreux, je ne sais devant toi que me taire ou hurler et que tu ne supportes ni mes silences ni mes vociférations.

« Je t'écris pour te dire mes regrets, ma honte, mon chagrin de t'avoir hier si injustement blessée... une fois de plus et une fois de plus, à cause de nos enfants. Victoire de l'écrit sur l'oral ! Je viens de réussir, en me forçant un peu, à écrire *nos* enfants, alors que depuis une vingtaine d'années je me déchaînais verbalement sur *ta* fille, *ton* fils, et depuis cinq ans sur *ta* « pute » et *ton* « pédé » ! Deuxième victoire de l'écrit : ces mots me font plus horreur couchés sur le papier que sortis de ma bouche !

« Je t'écris pour t'en demander pardon. Pardon de n'avoir jamais compris qu'Isabelle et Pascal sont pour toi, avant tout, les fruits de tes entrailles, et que comme tels tu les aimes... avant tout. Pour moi, ils ont été des enfants comme les autres, à cela près que j'avais mis plus d'espoir en eux pour la sotte raison qu'un peu de mon sang coulait dans leurs veines.

« Je t'écris pour te dire enfin ce mot que tu n'as jamais entendu : merci. Merci de m'avoir épargné au maximum quand ils étaient petits leurs chamailleries, leurs pleurs, leurs caprices et jusqu'à la fragilité de leur santé. Puis, quand ils ont grandi : leurs difficultés scolaires, leurs échecs, la violence de l'une, la mollesse de l'autre. Enfin, quand ils ont abordé l'adolescence, tous les problèmes inhérents à cet âge difficile : les révoltes, les incertitudes, les désespoirs, les explosions. Merci d'avoir colmaté les brèches, pansé les plaies, étouffé les cris "pour ne pas déranger papa !". Bref, merci d'avoir assumé totalement seule l'éducation de *nos* enfants. Non pas que tu aies souhaité me priver de mon autorité parentale, mais simplement parce que tu as vite compris que je n'avais ni le goût, ni les compétences pour l'exercer. Eh oui, j'avais une vocation de père démissionnaire. Malheureusement, pour le savoir, il faut déjà s'être laissé piéger par le trop consensuel “Hors des enfants, point de salut !”. Je ne suis pas sûr que tu aies en toi une vocation de mère poule... Mais tu as fait comme si, en femme de devoir que tu es. Tout en restant, pour moi, une épouse miraculeusement disponible, miraculeusement sereine. Merci, mon lac, pour tes lames de fond maîtrisées... pour toutes tes larmes de fond refoulées.

« Merci de m'avoir raconté comme une anecdote, entre une fuite de gaz et une panne d'ascenseur qu'Isabelle à peine majeure s'était envolée pour New York afin d'y rejoindre un musicien, noir comme ses lunettes, qu'elle avait rencontré lors de l'un de ses concerts à Bercy.

« Merci de m'avoir annoncé son retour dix-huit mois plus tard avec un bébé “beige” dans les bras et de la poudre blanche dans les couches de celui-ci, en m'invitant à ne regarder que les côtés positifs de l'événement : le petit Elvis était superbe ; Isabelle avait passé la douane sans encombre ; elle était déjà en clinique pour une “petite cure de désintoxication” ; et irait aux “Oublières” pour achever de se remettre en forme auprès de sa dynamique et compréhensive grand-mère qui avait recueilli avec bonheur son arrière-petit-fils.

« Merci de m'avoir appris comme une bonne nouvelle l'homosexualité de Pascal et sa liaison désormais officielle avec un certain Damien... qui lui avait apporté un restaurant dans sa corbeille de fiançailles !

« Merci d'avoir toujours réussi à mettre l'écran de tes sourires, l'écran de tes silences entre *nos* enfants et moi. Toujours... sauf hier où les circonstances t'en ont empêchée : nous étions dans notre chambre d'hôtel en train de consulter un guide de Saint-Pétersbourg à la recherche d'un restaurant pour fêter nos vingt-cinq ans de mariage, quand le téléphone a sonné. Tu as décroché et presque aussitôt tu as détourné le visage pour m'en cacher la pâleur subite, mais j'étais trop près pour que tu m'en caches la cause : Isabelle venait de t'appeler de Roissy, en partance pour Hong-Kong, ville en devenir où elle espérait qu'une "méchante grenouille" pouvait devenir une "gentille princesse".

« Elle avait auparavant déposé Elvis aux "Oublières".

« Ma réaction : "Bon débarras !"

« Ta réaction : "Maman est maintenant trop âgée pour garder seule un enfant. Il faut que j'aille l'aider. Je pars ce soir."

« La suite ? On la connaît : Violente. Désespérée. Détestable. Je veux parler de la suite immédiate. Mais la suite de la suite, la connais-tu ? Elle est entre tes seules mains. Moi je ne suis qu'espoir. Et surtout repentir. Comme je voudrais avoir ta foi ! Pouvoir déverser dans un confessionnal mes immondices verbales et en sortir lavé de ma culpabilité. Hélas ! Je ne puis compter que sur ton absolution. Il n'y a que toi qui peux me pardonner. M'apaiser. Me rendre acceptable à mes yeux.

« Au-delà de cela il n'y a que toi qui peux me convaincre que tout est encore possible entre nous avec *nos* enfants, *notre* petit-fils, et mon amour pour toi, mon lac, plus que jamais irremplaçable. »

C'est signé Pierre avec une grosse boucle au P, dans laquelle s'inscrivent les cinq autres lettres de mon prénom. Comme je fais depuis toujours. C'est écrit en bleu mer du Sud : la seule couleur d'encre que j'emploie. Avec un stylo à plume, a priori le mien, d'après l'épaisseur des caractères. Et pourtant...

Je ne me souviens absolument pas de cette lettre.

De notre voyage à Saint-Pétersbourg : très bien.

Du brusque départ d'Agnès : encore mieux !

De sa cause : hélas, oui !

Mais de la lettre... ça...

Chapitre 11

J'ai pressé ma mémoire dans tous les sens et puis... j'ai téléphoné à François pour lui poser une question d'une alarmante bêtise :

— Dis-moi, toubib, quand on a un trou de mémoire, est-ce qu'on s'en souvient ?

Il y a eu un silence... suivi d'un circonspect :

— Tu pourrais être plus clair ?

Pour être sûr que François ne soit pas influencé, je lui ai raconté mon histoire, mais en l'attribuant à Lorraine et en remplaçant Saint-Pétersbourg par Athènes. Il m'a répondu que les phénomènes de mémoire le passionnaient... en tant qu'usager, mais qu'il n'y connaissait strictement rien. Il a remarqué, comme moi, que souvent certains pans de souvenirs disparaissent complètement. Des amis avec lesquels vous avez vu tel lieu, tel film, tel personnage se les rappellent très bien, vous les décrivent – ainsi que les réactions qu'ils ont suscitées chez vous – avec précision sans que cela éveille quoi que ce soit dans votre esprit. Pourquoi cet oubli ?

— Peut-être, suggère François, parce que ce lieu, ce film, ce personnage, s'inscrivent dans un contexte affectif désagréable et que notre inconscient les occulte.

— Tu crois ?

— Tu devrais demander à Lorraine si après avoir lu la lettre d'elle qu'elle a retrouvée par hasard, elle a regretté de l'avoir écrite.

Je n'ai pas eu besoin de me le demander à moi. Je m'étais déjà répondu : non seulement je regrettais ma lettre à Agnès mais je n'en étais pas fier. Je me disais que pour y avoir joué du violon aussi *forte amoroso*, il avait fallu vraiment qu'avant je franchisse les bornes de la colère acceptable et que j'éprouve le besoin de rattraper le coup. C'est-à-dire de rattraper Agnès qui m'offrait, je m'en rendais bien compte, un rapport qualité prix très avantageux.

Ce qui est tout à fait louable de sa part, c'est que depuis 1994 elle ne m'ait jamais ressorti cette déclaration pour s'en prévaloir. Il est vrai que depuis neuf ans elle a eu d'autres soucis, la pauvre ! Elle les confiait à Aline qui les confiait à François, qui me les répétait comme de simples potins. Entre autres :

L'agressivité larvée de Pascal à mon endroit qui menaçait à chaque instant de me casser « ma sale gueule de beau mec ». Parallèlement l'instabilité permanente d'Isabelle, flanquée ou non d'Elvis, selon qu'elle était chez son frère à Paris, chez sa grand-mère aux « Oublières », en Angleterre chez un copain, ou chez un yogi à Hong-Kong, son dernier lieu de résidence.

Il est vrai aussi que, « avec le temps, va, tout s'en va », et que l'oubli est compris dans le prix de la vie. Sans doute Agnès a-t-elle oublié qu'elle a reçu cette lettre, comme moi j'ai oublié que je l'ai écrite, et qu'elle ignore sa présence dans ce livre coffret, si près de sa tête et si loin à présent de son cœur. Comme il me semble inutile, voire dommageable de risquer qu'un mauvais hasard la lui remette sous les yeux, je la prends avec moi et la jetterai demain dans le caniveau, sans état d'âme. Peut-être en 2019, pour nos noces d'or, si nous sommes encore là, lui en reparlerai-je. En attendant, silence... on tourne !

Et, ma foi, le film actuel de ma vie avec Agnès – quoiqu'il soit en noir et blanc – n'est pas dans l'ensemble désagréable. La prochaine séquence va commencer.

Dans le train qui la ramène à Paris après son week-end en Vendée, Agnès m'apprend entre deux grésillements de son portable qu'elle revient avec...

— Avec qui ?

— Jean-Lotus !

— Lotus ?

— Le deuxième fils d'Isabelle. Tu te rappelles quand même ?

Ah oui, ça... pas de danger que j'aie oublié ! Ma mémoire (parfois défaillante) a archivé une fois pour toutes la voix d'Agnès claironnant comme s'il s'agissait d'une victoire l'arrivée du petit dernier d'Isabelle avec en cadeau de bienvenue son bulletin de naissance : « Jean-Lotus Cazeaux, né d'Isabelle Cazeaux, célibataire, et de Wang Lei, professeur de yoga, revolvérisé par sa femme (américaine) le jour où elle a découvert la liaison de son mari avec une Française... enceinte de six mois ! » Respectueux du modus vivendi dont nous étions convenus Agnès et moi, je suis resté « zen-cool », comme dirait la « gentille Monica » gavée de « jus de média ». Pas un mot sur le têtard tiers-mondiste, ni sur l'irresponsabilité de sa mère. Je me suis contenté d'ironiser sur le prénom choisi. Agnès m'a objecté qu'on donnait couramment aux filles des noms de fleurs : Azalée. Rose. Capucine. Jacinthe... alors pourquoi en cette époque de parité montante ne pas en donner aux garçons ? Pourquoi ne pas les prénommer Jasmin, Bleuet, Basilic ? N'y a-t-il pas déjà des Olivier ? Elle voyait dans ce jumelage entre ce Jean bien de chez nous et ce Lotus exotique un joli symbole de la mondialisation en marche. Soit ! Je n'ai pas insisté. N'empêche que dans le genre végétalo-intercontinental, personnellement, j'aurais préféré Jean-Cactus Cazeaux. Ou mieux : Gratte-cul Cazeaux !

Cela se passait en septembre 1999.

Jean-Lotus crapahutait vers ses six mois.

Elvis marchait d'un pas allègre vers ses huit ans.

Isabelle d'un pas lourd vers ses vingt-neuf.

Je ne l'ai jamais vu. Elvis non plus. Sauf sur des photos qu'Agnès rapportait parfois des « Oublières » où Isabelle s'était réfugiée à son retour peu glorieux de Hong-Kong. Photos qu'elle ne me montrait pas, mais qu'elle montrait à Monica qui, elle, me les montrait en s'extasiant sur les « bambini » et en enviant le grand-père comblé que j'étais !

En janvier dernier, c'est un petit film, tourné avec son Caméscope, qu'Agnès a rapporté de sa visite familiale. Quand je suis rentré du bureau, elle était, comme par hasard, en train de le visionner sur la télévision du living. Elle m'a proposé d'en arrêter la projection. J'ai refusé (voyons ! je ne suis pas...). J'ai regardé de loin, par-dessus mon journal, quelques séquences – style vidéo-gags – attendrissantes ou amusantes pour ceux qui en ont été les témoins, débilitantes pour les autres. Néanmoins, je me suis fendu de quelques compliments, brefs mais sincères : Ma belle-mère était « gaillarde pour son âge ». Jean-Lotus « éveillé pour le sien ». Elvis « dégageait un certain charme ». Isabelle « une certaine sérénité ». Pascal « une gentillesse certaine ». J'ai fait l'impasse sur Damien. Sans difficulté car il m'était apparu sur l'écran en compagnie d'un garçon que j'ai eu du mal à reconnaître : Arnaud Bourdin, le fils d'Aline et de François. Il était venu d'Angleterre, m'a dit Agnès, pour mettre en vente la charcuterie Bourdin héritée de son grand-père qui n'avait pas survécu à la mort de sa femme (un de plus !). Son regard ironique et son sourire conquérant me rappelèrent aussitôt son « Big Lover » de père. J'aurais bien aimé que mon fils me rappelât le M. Beau Mec que j'avais été. Hélas, il était « du côté de sa mère », expression populaire qui prend ici tout son sens.

En supplément de programme, Agnès m'a glissé un scoop : Isabelle, visiblement rassérénée par le climat vendéen, par l'affection de sa grand-mère et l'amitié d'Arnaud, son ami d'enfance, Isabelle donc envisageait de rester dans la région et d'y travailler en septembre prochain quand Jean-Lotus entrerait en maternelle.

— Travailler ? Mais dans quelle branche ? ai-je osé demander.

— Elle a, paraît-il, une vague idée, m'a répondu Agnès... très vaguement. Je sais seulement qu'elle en a parlé à son frère... et à Damien qu'elle considère un peu comme son beau-frère.

— Et toi ? Tu considères ce monsieur comme ta belle-fille ?

— Non, m'a répondu Agnès, plus lacustre que jamais. Comme mon gendre.

Je pense qu'elle sera plus bavarde ce soir ; qu'en

tout cas elle m'expliquera pourquoi elle me ramène pour la première fois Jean-Lotus : le plus jeune ; le plus innocent ; le plus intouchable du clan des « Oublières ».

Quand je l'ai vu, accroché à la main d'Agnès avec son bol de cheveux noirs sur la tête, ses yeux juste assez ouverts pour accueillir le meilleur du monde... Non ! je n'ai pas fondu comme glaçon au soleil. Mais enfin... je l'ai trouvé... comment dirais-je ? Rigolo ! Voilà : je l'ai trouvé rigolo.

Agnès a lâché sa main et, suivant sans doute une mise en scène dûment préparée, il me l'a tendue en me disant :

— Je m'appelle Jean-Lotus. Et toi : grand-père !

Ça m'a fait un drôle d'effet. Mais pas un effet très drôle. Je l'ai trouvé tout de suite moins rigolo. Il a continué à réciter le texte qu'on lui avait appris :

— J'ai une grande nouvelle à t'apprendre.

— Ah bon ? Dis-moi !

— Je vais avoir un petit frère.

Dans leur scénario, je ne sais pas ce que j'étais censé répondre. Dans la réalité, je suis resté sans voix. J'ai regardé Agnès, en quête d'une confirmation. Elle me l'a donnée dans un sourire, avec en prime ce commentaire ravi :

— C'était ça, la naissance annoncée par Bruggen à Waterloo.

En une seconde, j'ai oublié mon petit-fils. Je n'ai plus pensé qu'aux prédictions du médium belge. À celles qui concernaient Agnès, toujours volatiles entre elle et moi.

Qu'a-t-il bien pu voir, l'extralucide ? Quelque chose ? Ou quelqu'un ?

Chapitre 12

J'écoute Agnès.

Jean-Lotus est couché. Enfin !

Jean-Lotus dort. Ouf !

Agnès et moi, dans la cuisine, nous terminons un plat de lasagnes préparées par « la gentille Monica » et qui n'ont qu'un défaut : être d'origine italienne... comme Domani !

La dernière bouchée avalée, je dis :

— Alors, raconte !

Et depuis deux heures, j'écoute Agnès. Une explosion dans une mine de silence. J'en recueille les morceaux les plus importants : ceux qui peuvent être utiles par la suite :

Arnaud Bourdin a quitté depuis un an déjà sa femme et l'Angleterre, avec une égale facilité : sa femme parce qu'elle l'avait devancé dans l'adultère d'une courte poitrine. L'Angleterre, parce que ses citoyens perclus de douleurs n'avaient pas du tout apprécié le shiatsu auquel le « frenchie kiné » s'était converti.

Il s'était replié non pas sur Paris mais sur Les Sables-d'Olonne. D'abord parce qu'il n'était pas plus pressé d'avouer à son père ses échecs anglais que ses espoirs vendéens. Ensuite, parce qu'il était tombé amoureux d'Isabelle dont il avait accéléré le rétablissement et qu'il comptait guérir complètement en l'impliquant dans une activité commune – en dehors du lit, bien entendu !

Revenu en Vendée, Arnaud, faute de trouver un acheteur valable pour la charcuterie de son grand-père, avait décidé de reprendre la boutique et d'y créer un nouveau commerce avec Isabelle.

Pendant cette même période, d'une part, la pâtisserie de mon père que j'avais vendue à la mort de celui-ci était remise en vente par son successeur. D'autre part, Pascal et Damien, victimes du succès de leur restaurant parisien, se sentaient de plus en plus menacés de dépression et de surpoids. Résultat : mon fils a acheté la pâtisserie de mon père... avec des arrière-pensées de reconversion en province.

C'est alors qu'Isabelle, sœur de Pascal et maîtresse d'Arnaud, avait eu cette « vague idée » qu'Agnès m'avait « vaguement mentionnée » en janvier dernier. Idée en réalité pas vague du tout, qui consistait à supprimer le mur mitoyen entre l'ex-charcuterie Bourdin qui appartenait désormais à Arnaud, et l'ex-pâtisserie Cazeaux qui appartenait à Pascal, à réunir les deux boutiques, les deux réserves qui les prolongeaient et les deux sous-sols pour créer un seul espace consacré à la forme, tant mentale que physique, sous l'égide de l'increvable « un esprit sain dans un corps sain ». Ma rééquilibrée de fille y enseignerait le yoga qu'elle avait eu le temps d'étudier et de pratiquer lors de sa liaison avec le père de Jean-Lotus. Arnaud, lui aussi mondialiste convaincu, y effectuerait d'une main européenne des massages japonais !

Quant à Pascal et Damien, ils troqueraient la poêle friteuse et la marmite mitonnante contre le Cuitout vapeur.

Les deux cordons bleus – « cordons roses » leur conviendrait mieux – avaient été séduits par l'idée d'Isabelle. Arnaud aussi, bien entendu. Les quatre futurs associés en avaient discuté et pris en commun toutes les décisions concernant les travaux à effectuer et leur financement.

Le chantier, surveillé quotidiennement par Isabelle et Arnaud, avait été terminé comme prévu pour les dernières grandes vacances. La mère d'Agnès, enchantée par ce projet, en avait assuré la promotion parmi ses nombreuses amies et relations, si bien que, la curiosité aidant, des autochtones se rendirent dès son ouverture au nouvel espace santé, baptisé « Le Mieux-Être ». Ils formèrent un fonds de clientèle, devinrent vite des habitués, et déclenchèrent ce mystérieux bouche à oreille qui est la meilleure des publicités. Bref, selon une expression de ma belle-mère de plus en plus gaillarde : « Cet établissement voué en partie à la minceur marche à plein régime ! »

C'est par cette phrase qu'Agnès vient de terminer son *best of* familial. Sur la surface jusque-là parfaitement plane du « lac », j'ai perçu un léger frémissement de fierté ! Alors que moi, je bouillonne à la fois de surprise et d'émotion.

Surprise... Parce que je n'imaginais quand même pas qu'Agnès avait pu établir une cloison à ce point étanche entre sa famille et moi. Je suis stupéfait d'avoir échappé grâce à elle à tant de bouleversements. Est-elle si hermétiquement secrète ? Ou suis-je le prototype du sourd qui ne veut pas entendre ?

Emotions... D'abord parce que je suis touché par la nouvelle Isabelle, courageuse, volontaire, et qui finalement est peut-être un peu de mon côté ! Et puis aussi parce que je suis sensible à la malignité du destin qui s'amuse à réunir de génération en génération les Bourdin et les Cazeaux. Le charcutier et le pâtissier. Puis le chirurgien et le fiscaliste. Puis le sauveteur et la rescapée.

Oui, sur le moment j'ai été sincèrement surpris et touché. Mais de là à jumeler Les Sables-d'Olonne et Canossa, faire acte de repentir envers mes descendants, couvrir de baisers ma fille prodigue et ses deux moutards exotiques sous l'œil mouillé de ma belle-mère... ça non ! Je ne jouerai ni « embrassons-nous Folville » ni « Auguste a tout appris et veut tout oublier ».

Agnès s'en doutait. Pourtant c'était ce qu'elle souhaitait : qu'on efface tout et qu'on recommence. Qu'on puisse vivre enfin, elle et moi, sans cachotteries, sans l'ombre de nos enfants au-dessus de nos têtes comme une épée de Damoclès.

Agnès attend ma réaction. J'hésite. Je pèse le pour. Le contre. Le pour ? C'est avant tout lui être agréable. Le contre, c'est...

— Caca ! Vite ! Granny !

Le contre, c'est ça : le risque d'être « dérangé ». Par les uns. Par les autres. Pour une raison. Pour une autre. J'en ai perdu l'habitude... si toutefois un jour je l'ai eue.

Agnès revient, consciente de l'influence négative qu'a pu avoir sur moi l'intermède intestinal de Jean-Lotus, et ne s'étonne pas une seconde de ma question :

— Mais pourquoi diable es-tu venue me suggérer un rapprochement familial en compagnie de cet emmerdeur ?

Souriante, elle m'assène la vérité en lui mettant le masque de la plaisanterie :

— Pour qu'il te prenne en otage !

— Quoi ?

— Je ne t'en délivrerai que si tu viens aux Sables enterrer la hache de guerre avec tout le monde.

Certain de sa détermination, je lui donne mon accord, mais j'y mets une condition, pour moi réjouissante :

— Nous passerons le week-end prochain aux « Oublières »... mais avec François !

Elle accepte du bout des lèvres :

— Après tout, il est le futur beau-père d'Isabelle. Je ne peux pas refuser.

Dès que j'ai été seul dans ma chambre j'ai appelé François avec une voix d'enfant en bas âge :

— Bonjour monsieur Bourdin. Est-ce que tu sais que tu vas être grand-père ?

— Ah ! arrête ! Je t'ai reconnu ! Ce n'est pas drôle !

J'ai repris ma voix normale :

— Ce n'est peut-être pas drôle, mais c'est vrai !

— Quoi ? Qu'est-ce que tu racontes ?

— Ma fille est enceinte de ton fils.

François a mis quelques secondes à réaliser : « Ta fille... Mon fils... » C'était si loin de ses préoccupations. Enfin, la connexion établie il m'a demandé :

— C'est Agnès qui t'a dit ça ?

— Non ! Elle a laissé à Jean-Lotus la joie de me l'apprendre... en guise de cadeau d'arrivée.

— Il est là ?

— Oui !

— Merde !

C'était un « merde » énorme qui englobait à la fois la prochaine venue au monde de notre petit-fils commun et la présence chez moi de mon petit-fils personnel, qui allait devenir le demi-beau-fils d'Arnaud et dont par conséquent il allait être, lui, le demi-papy, comme il le serait d'Elvis !

Pas plus que moi, François n'est un fana de la couche-culotte et de la marmaille en général. Il commence à s'intéresser aux enfants quand eux commencent à être des adultes. Et encore ! Surtout aux filles ! Il paraît qu'il s'entend très bien avec les deux siennes... Il est vrai qu'elles vivent aux États-Unis et qu'il ne les voit qu'une fois par an. Elles et leur progéniture. Tandis que le futur bambin d'Arnaud et d'Isabelle sera à portée de TGV et d'autoroutes ! François envisage déjà un palliatif :

— On ira voir tout ce petit monde ensemble, ce sera plus gai !

Je saute sur l'occasion :

— Et si on y allait le week-end prochain ?

— Pourquoi ? Notre héritier n'est pas encore né !

— Non ! mais ça ne serait pas mal de rencontrer ses parents avant. Et puis moi, de toute façon, il faut que j'y aille. Agnès m'a ramené Jean-Lotus et ne m'en débarrassera que si...

— OK ! j'ai compris. Je t'accompagnerai.

— Tu « nous » accompagneras. On sera trois.

— D'accord ! Mais on trouvera bien là-bas un moyen de s'échapper comme autrefois.

— Sauf qu'autrefois on était sous la surveillance de

nos parents, maintenant, on sera sous celle de nos enfants...

— Tais-toi ! Ça me fout le cafard. Et je n'ai pas besoin de ça.

— Ça ne va pas mieux ?

— Non ! Notre week-end dans le Luberon m'avait remonté le moral, mais aujourd'hui il a rechuté.

— Sans cause ?

— Si ! Les mêmes : moins de clients. Plus du tout de Chantal et la solitude que je ne supporte pas.

— On en reparlera aux Sables. Là il faut que je raccroche, j'entends Agnès qui...

— Moi, je n'entends même pas mon chien.

Mardi. Mercredi. Jeudi. Vendredi : tous les matins j'ai pris mon petit déjeuner avec Jean-Lotus. Tous les matins il a bu jusqu'à la dernière goutte mon jus d'orange. Renversé sa tasse de chocolat sur mes toasts. M'a lancé des poignées de corn-flakes à la figure. M'a donné des coups de pied sous la table.

Tous les soirs, j'ai assisté à son coucher. Tous les soirs il a fallu courir après lui à travers l'appartement pour l'attraper. Batailler pour lui enfiler son pyjama. Lui lire une histoire de dragons. L'entendre réclamer dans l'urgence successivement : « Pipi ! À boire ! Maman ! Granny ! Elvis ! Caca ! Bobo ! Non pas là, là ! » Le dernier soir il en remet une couche : « Pas là... là ! Pas là... là ! Pas là... là ! » Il chante. Il hurle. Il rit. Repousse les draps, jette l'oreiller. Cabriole sur le lit. En avant. En arrière. Mon Dieu ! Mon bouddha ! Il n'a pas l'impassibilité asiatique. Moi non plus. Je crie :

— Arrête, bon sang !

Il continue de plus belle. Agnès dit :

— Ça suffit, mon ange.

Il répond « OK ! », se recouche. Quémande un baiser. Prend dans ses bras un chien en peluche. Je pense à François. L'ange ferme les yeux. S'endort.

Avant même que j'aie attaqué Jean-Lo (j'ai adopté ce diminutif, j'avais une allergie au lotus), Agnès prend sa défense :

— Tous les enfants sont comme ça.

— Ah non ! Les nôtres étaient quand même plus...

— Pires !

— Alors c'est que j'étais plus patient.

— Ou que tu as des trous de mémoire !

Cette phrase d'Agnès a été prononcée légèrement, sans la moindre arrière-pensée. Pourtant j'ai tiqué. À cause de la lettre. De *ma* lettre.

— Tu as remarqué ?

— Quoi ?

— Que j'avais des trous de mémoire ?

— Oui ! Comme tout le monde !

— Ah bon ? Toi aussi ?

— Bien sûr ! Tiens ! Si ça peut te rassurer, la dernière fois que je suis allée à Waterloo, Aline m'a montré une lettre de moi qu'elle avait gardée. Une lettre en vers... que je lui avais écrite pour la naissance de sa première fille. Eh bien, je ne m'en souvenais pas du tout.

— Même après l'avoir lue ?

— Non ! Pas un mot ! Et pourtant, je te dis, elle était en vers : j'avais dû rester dessus un bon moment !

Avant de m'endormir, au lieu de compter les moutons, j'ai compté les lettres que j'avais écrites à Lorraine ; pas des lettres d'ailleurs, des messages, des

« mots de billets », comme on disait jadis : un à chacun de ses anniversaires, avec chaque fois une phrase d'un grand auteur sur la jeunesse, piquée dans le dictionnaire des citations d'Agnès... Et un à chaque Saint-Valentin, avec pareillement une phrase puisée à la même source, mais au sujet de l'amour... Qu'est-ce que c'était la dernière ? Allons ! je devrais m'en souvenir, il y a juste un peu plus d'un mois... C'était... une phrase de Marguerite Yourcenar. L'amour... Ah ! voilà ! « L'amour est un châtiment. Nous sommes punis de ne pas avoir su rester seul. » J'avais ajouté sur mon petit mot à l'intention de Lorraine : « Par chance, toi tu sais... »

À partir de là, mon esprit s'est mis à divaguer sur la solitude, sur François, sur Les Sables-d'Olonne d'hier... et de demain.

Dans la BMW de François qui nous propulse vers Les Sables-d'Olonne à un train d'astronaute, je regrette en silence le train de sénateur. Agnès, elle, à l'arrière, se mobilise entièrement au service de Jean-Lotus avec un stock de munitions variées qui vont de la marionnette manuelle de nos arrière-grands-mères à la fusée d'un dragon ball en passant par les cric-crac chips, les lips-laps sucettes, les schlouc-schlac gommes et les pschitt-pschitt bulles. À un moment donné son petit-fils ayant réclamé un arrêt pipi, elle le fait patienter avec cette promesse :

— Dès que François se fera arrêter par un contrôle de police, on descendra.

Trois minutes plus tard... Jean-Lotus peut se soulager et le Dr Bourdin exciper d'une urgence pour justifier sa vitesse excessive...

Par la suite il allait appuyer un peu moins sur l'accélérateur et monter un peu plus le son de la radio où se succédaient les bulletins d'information sur la guerre d'Irak. Au bout du troisième, je n'écoutais plus. Je pensais à ce qui m'attendait.

Je n'ai pas vu Isabelle depuis que adolescente, marginale, exaltée, « allumée » dirait-on aujourd'hui, elle s'était envolée brusquement vers son rêve américain. Il y a quatorze ans de cela.

Je n'ai pas vu Pascal depuis le jour où sa mère m'avait annoncé officiellement son homosexualité comme s'il s'agissait de ses fiançailles et m'avait prévenu que « c'était à prendre ou à laisser ». J'ai laissé. Il y a dix ans de cela.

Depuis, du côté de ma fille, il y a eu deux enfants dont un que je n'ai vu qu'en photo.

Du côté de mon fils : un damoiseau que j'aurais préféré ne jamais connaître.

Quant à ma belle-mère, je ne l'ai pas rencontrée depuis qu'elle a accueilli à bras et à compte ouverts Isabelle aux « Oublières ». Il y a trois ans de cela.

Agnès s'est chargée de négocier les conditions de nos retrouvailles d'aujourd'hui, souhaitées par ceux de son clan, par elle-même bien sûr, et... consenties par moi. Il a été convenu que chacun s'interdirait la moindre allusion aux divergences et querelles passées, qu'on se parlerait, se sourirait et s'aborderait en s'embrassant « comme si on s'était vu la veille ». Facile à dire !

Contrairement à mon attente, facile à faire... en partie. Facile avec Elvis qui me gratifie sur le perron des « Oublières » d'un « salut papy Beau Mec ! » qui me prouve au moins qu'on lui a parlé de moi. Facile avec ma belle-mère qui est vraiment la championne du parler pour ne rien dire. Bien secondée par Agnès, elle meuble la demi-heure de l'apéritif avec le seul thème du voyage ; l'heure du déjeuner avec la météo, la santé et le temps qui passe ; le quart d'heure du café avec la situation internationale et la dernière minute avec :

— Ne vous dérangez pas. Je vais me retirer pour ma petite sieste quotidienne. Je pense qu'avec ce beau soleil, vous, vous avez envie d'aller aux Sables vous baigner.

— Et voir les enfants par la même occasion, ajoute Agnès.

Comme si vraiment on n'était pas venu exprès pour ça !

La reprise du contact est presque aussi facile avec Isabelle. J'ai l'impression d'avoir affaire à quelqu'un d'autre, une inconnue. Souriante, juste un peu trop ; soucieuse de me montrer qu'elle est heureuse, malgré ses révoltes, son caractère de chien, ses incartades, ses dérives. Malgré moi en quelque sorte. Voilà, ma fille est une « malgré moi », à moins qu'elle n'ait voulu me prouver par son bonheur que je m'étais trompé sur son compte. En quel cas, elle serait une « à cause de moi ». De toute façon, peu importe ! Aujourd'hui, elle est une adulte à part entière, une « loin de moi ». Heureusement qu'elle l'a toujours été : ça m'évite de souffrir, en la voyant si proche de son Arnaud rédempteur, lui-même si loin de son père, physique mis à part. C'est affreux à dire, mais moins on s'aime, mieux on s'entend. Elle a raison, Yourcenar, l'amour est un châtiment.

À preuve que les difficultés relationnelles commencent avec Pascal, le plus tendre qui se révèle... le plus renfrogné.

— Je te présente Damien.

Première surprise : je m'étais préparé à rencontrer un homo affirmé avec l'extravagance d'une folle sortie de sa cage, ou l'agressivité d'un gay à la parade. De toute façon, platiné du cheveu, papillotant du cil et moulé de la fesse. Et voilà que je me trouve devant un quadragénaire châtain avec quelques fils blancs, même pas bronzé et vêtu d'un survêtement bleu marine.

— Enchanté ! dis-je entre mes dents pendant que nous échangeons une poignée de main des plus viriles, sous l'œil critique de Pascal qui croit bon de souligner mon étonnement :

— Déçu, je suppose ? Tu t'attendais à tomber sur une drag queen ?

— Pascal !

Ce nom a été lancé avec une forte réprobation. Mais pas par moi. Par Damien, qui ajoute sur le même ton :

— Tu m'avais promis ! Ce n'est pas bien !

Visiblement Pascal regrette sa provocation. Faute de s'en mordre les doigts, il se mord les lèvres. Balance son buste de droite à gauche, la gêne au bout de ses bras ballants... comme quand il était petit. Damien vient à son secours... comme autrefois Agnès :

— Laisse-nous. Va dire à Victoire qu'elle vienne me voir.

Pascal détale aussitôt, le soulagement au bout de ses pieds ailés. Là encore... comme quand il était petit. Pas besoin d'être psy pour comprendre que Pascal a cherché – et trouvé – avec Damien le rapport père-fils dont il a été privé avec moi. Sans doute que de son côté Damien compense avec mon fils une frustration de père. Ah non ! J'ai encore tout faux ! Deuxième surprise : l'arrivée d'une sylphide, elle, vraiment décolorée du cheveu, papillonnante du cil et moulée de la fesse.

— Je vous présente ma fille, Victoire.

Je suis aussi ahuri devant cette ravissante adolescente que je l'ai été tout à l'heure devant son quadragénaire de père. Elle rit du même rire que lui, découvrant les mêmes dents courtes que lui. Ils m'expliquent à deux voix leur situation avec une franchise que j'apprécie et une décontraction que j'envie. C'est lui qui commence :

— Je ne fais pas partie des deux pour cent d'hommes qui naissent exclusivement homosexuels, ni des quarante pour cent qui peuvent le devenir exceptionnellement pour une circonstance... exceptionnelle ou par curiosité. Je fais partie des cinquante-huit pour cent qui sont bisexuels. Avec néanmoins, en ce qui me concerne, une très nette préférence pour mes congénères.

Victoire prend le relais :

— Mais comme les parents de papa étaient du genre psychorigide...

— Ah ! comme ma femme !

— Agnès ? s'écrie le père et la fille d'une même voix étonnée. Vous plaisantez ?

Gêné par leur réaction, je bredouille :

— Je dois la voir sous un autre angle que vous.

— Ah ça oui ! parce que vraiment...

— Mais... continuez, Victoire, je vous en prie. Vous disiez que ?...

Victoire raccommode sa phrase avec habileté :

— Mes grands-parents étaient restés accrochés au XIXe siècle. Pour eux, un garçon – qui plus est un fils unique – ne pouvait que se marier et avoir des enfants, de préférence du sexe masculin, pour perpétuer le nom !

Elle éclate de rire. Normal ! Cette motivation est burlesque pour une « meuf » de la génération Pacs !

À son tour, Damien relaye sa fille :

— Bref, pour masquer mes aspirations « malséantes », je me suis marié à vingt-quatre ans avec une jolie sainte-nitouche du même milieu que moi qui m'a épousé en connaissance de cause, uniquement pour quitter sa famille et être libre.

— La pauvre ! s'exclame Victoire avec sincérité, le soir des noces...

Elle s'arrête et d'un regard tristounet invite son père à continuer.

— Nous étions aussi éméchés l'un que l'autre. On a couché ensemble, et neuf mois plus tard, Victoire est venue au monde. Peu après, sa mère le quittait.

— Vous voulez dire que...

— Oui, confirme Damien, elle a eu une rupture d'anévrisme à la clinique même, le jour prévu pour son départ.

C'est dit sobrement, sans chagrin, mais avec une excuse à la clé :

— Il y a eu dix-huit ans de cela le mois dernier. Victoire est un « Poissons » de février.

— Astrologiquement et caractériellement adaptable, dit-elle en visible complicité avec son père.

Ces deux-là se sont construit une belle tendresse sans « à cause » et sans « malgré ». Quand Damien a jugé le moment propice, il a offert ses confidences à sa fille. Il lui a tout expliqué sans plus de complexe que de forfanterie. Elle a tout compris sans le moindre problème. Question de chance ou question de personnalité ? Damien laisse Montaigne trancher :

— Parce que c'était elle. Parce que c'était moi.

Elle renchérit :

— Et avec Pascal, c'est pareil. J'avais treize ans, l'âge prétendument difficile pour les enfants, quand papa me l'a d'abord annoncé, puis présenté, puis enfin déclaré comme compagnon officiel. Ça s'est tout de suite très bien passé entre nous deux.

— Parce que c'était lui. Parce que c'était elle.

— Et ça s'est bien passé entre nous trois : parce que c'était « nous ».

Dieu de Dieu ! Pourquoi est-ce un pédé qui a droit à une fille de rêve ? Et pas moi ?

Cette question qui m'est venue spontanément à l'esprit après ma conversation avec Damien et Victoire, je la pose une heure plus tard à François qui me répond :

— Peut-être parce que tu traites ton fils de pédé et que lui ne t'a sûrement jamais traité de « sale con de père démissionnaire » ou d'« hétéro arriéré » !

— Tu n'en sais rien.

— Ça se sent. Et ça se voit : il a une gueule d'évolué.

L'expression m'amuse mais me paraît gratuite :

— A quoi ça ressemble, selon toi, un évolué ?

— En tout cas, pas à nous !

— Pourtant, on est plutôt dans le coup. Non ?

— Non ! On essaye ! On s'habille « cool » mais on a une cravate en filigrane sur le survêt' ! On parle « décontract' », mais on a le subjonctif qui nostalgique sous le verlan. On veut aller de l'avant, mais on garde toujours un œil sur le rétroviseur et on reste en retrait.

— Note bien que parfois, quand on voit ce qui nous dépasse, on peut être content d'être en arrière.

— Eh bien ça, mon vieux, crois-moi, ce n'est pas une phrase d'évolué. Mais rassure-toi : j'aurais pu la prononcer.

Je nous regarde : nous sommes en train de marcher, les pieds dans l'eau, pantalon retroussé, le long de la plage des Sables-d'Olonne. Il est évident que nous ressemblons comme deux gouttes d'écume à ces « pépés-pataugeurs » dont on rigolait en douce quand nous étions gamins. Cette ressemblance n'échappe pas à François qui s'en console ainsi :

— Ce n'est pas forcément une question d'âge.

— Tu crois ?

— Oui... Par exemple, ta chouanne de belle-mère qui sans problème a ouvert son cœur et son ancestrale demeure aux très exotiques Elvis et Jean-Lotus, comme s'ils s'appelaient Yannick ou Yves-Marie. Autre spécimen d'évoluées : nos femmes. La tienne, qui a considéré comme normal les marginalités de sa progéniture, et la mienne, qui m'a plaqué du jour au lendemain pour un voyant belge !

— Et Agnès m'a affirmé qu'elle était loin d'être un cas unique.

— Oh... ça ressemble à un avertissement. Tu devrais te méfier.

— Tu es sérieux ?

— Bien sûr ! Je la crois tout aussi capable qu'Aline de se tirer du jour au lendemain si par exemple tu poussais le bouchon trop loin avec Lorraine, comme moi avec Chantal.

— Il n'y a pas de rapport. Moi je n'ai jamais eu Lorraine « dans la peau ».

— Non... mais dans la tête... et dans le portable ! C'est à peine mieux, pour ta psychorigide.

— De toute façon, Lorraine va quitter bientôt le bureau pour s'associer avec le fils Bruggen, sans doute pas uniquement sur le plan du travail.

— Elle va te manquer ?

— Professionnellement beaucoup : elle injectait du sang neuf dans l'étude. Mais pour le reste... non.

— Tu as bien de la chance ! Moi, Chantal me manque... comme un drogué sa drogue. Malheureusement, il n'y a pas de cure de désintoxication pour ça.

— Il y a quand même des palliatifs...

— Non ! J'ai essayé. Ça ne marche pas.

— Tu veux dire que tu es...

François achève ma phrase avec la puissance du taureau qu'il n'est plus :

— Impuissant ! En berne ! En limace. En nouille ! Et ça me fait chier... Chier ! Chier !

Des ramasseurs de coquillages se redressent pour observer avec méfiance le forcené. Des enfants pouffent de rire. Je suis mal à l'aise. J'essaye de glisser quelques mots d'apaisement. Ils sont arrêtés par une rafale de grossièretés et d'injures à mon endroit. Je ne lui en veux pas. Colérique moi-même, je sais qu'il ne s'appartient plus et qu'à moins d'un miracle...

Et le miracle a lieu : le portable de François perce ses vociférations. Il prend la communication. Il crie : « Allô ! » La seconde après il susurre :

— Ce n'est pas vrai ! Ce n'est pas vrai ! Je suis aux Sables-d'Olonne. Et toi ? Suresnes ! Devant ma maison... J'arrive ! Oui ! J'arrive ! Non ! J'arrive ! Moi aussi ! J'arrive !

Il juge inutile – et il a raison – de me dire que c'est Chantal qui vient de l'appeler.

Il prend tout juste le temps de me préciser qu'il part à l'instant avec sa BMW, que je serai donc obligé de prendre le train pour revenir à Paris avec Agnès, et qu'il compte sur moi pour expliquer aux enfants... ce que je veux. Il s'en fout. Il court déjà vers le remblais. Vers sa voiture. Vers Suresnes. Vers ELLE.

Chapitre 13

Comme je suis un « non-évolué », selon François, j'ai menti. Je n'ai pas eu la désinvolture de dire à son fils : « Ton père avait tellement le feu aux fesses qu'il s'est tiré ventre à terre pour rejoindre sa pute, directo, sans passer par la case "famille". » Non ! J'ai dit à Arnaud : « Ton père a été rappelé de toute urgence à la clinique à cause d'une folle angoissée qui a arraché les pansements de son lifting pour regarder comment elle était dessous ! Il était navré et m'a prié de te transmettre... plein de choses gentilles de sa part. » Arnaud m'a répondu sans illusion : « C'est bien. Je vois qu'il n'a pas changé ! »

J'ai sorti le même boniment aux autres, ceux qui dans un coin du « Mieux-Être » l'attendaient, nous attendaient, devant un buffet dînatoire, chargé de leurs meilleures spécialités. Je dois reconnaître que leur déception a été modeste.

Ma fille a dit : « Tant pis pour lui ! Il ne goûtera pas au rosé de Provence qu'on avait sorti à son intention ! »

Pascal a laissé tomber d'une lippe méprisante : « C'est con ! »

Damien m'a glissé dans le tuyau de l'oreille : « Le principal c'est que, vous, vous soyez là ! »

Victoire a bougonné : « Pas de veine ! Moi qui voulais lui demander un tuyau sur ma cicatrice. C'est horrible avec mes strings ! »

Elvis a exprimé le même genre de regret : « Ah, merde ! Il m'avait promis de jouer au ping-pong avec moi demain. »

Jean-Lotus l'a consolé : « C'est pas grave ! Je jouerai avec toi ! »

Agnès a profité d'un instant où nous étions seuls pour me prouver sa perspicacité : « Évidemment, c'est Chantal qui est revenue. »

J'ai confirmé avec une moue fataliste. Alors elle a ajouté : « Il a suffi qu'elle l'appelle et il est accouru... comme un toutou ! »

J'ai encore confirmé cette fois avec un sourire désolé. Alors elle a enfoncé le clou : « Vraiment Aline a bien fait de partir. Bruggen est arrivé pile poil au bon moment. »

Là, je n'ai pas confirmé. Je me suis demandé si la phrase d'Agnès était innocente ou porteuse d'un message ; si elle ne voulait pas m'avertir que Domani risquait d'arriver lui aussi « pile poil au bon moment ». Impossible d'en être sûr devant les deux lacs indéchiffrables de ses yeux. Dans le doute, j'ai détourné la conversation sur les conséquences pour nous du départ de François, dans la voiture qui aurait dû nous reconduire normalement ce soir aux « Oublières » et demain à Paris.

La « diva du quotidien » y avait déjà pensé et tout organisé :

— Pour ce soir, nous rentrerons dans la voiture d'Arnaud avec Isabelle et lui bien sûr. Demain, comme ils doivent revenir travailler ici trop tôt pour nous, maman nous conduira à La Roche-sur-Yon après le déjeuner pour que nous prenions le train. Il est à quinze heures quarante-deux. Damien nous y a déjà retenu deux « face-à-face » sur son ordinateur. Nous n'aurons plus qu'à prendre les billets. Comme il n'y a que dix-huit kilomètres entre les « Oublières » et la gare, je pense qu'en démarrant vers quinze heures-quinze heures dix, ce sera suffisant. Le voyage – si tout va bien – dure un peu moins de trois heures. Deux heures cinquante-cinq exactement. Un peu de rêvasserie, un peu de sieste, un peu de lecture et on sera à la gare Montparnasse... à deux pas de chez nous. Finalement, ce sera beaucoup moins fatigant que dans le bolide de ce fou de François.

Une fois de plus j'apprécie – avec néanmoins un rien d'agacement – la rapidité d'esprit d'Agnès, son sens pratique, son calme. Elle aurait été épatante dans un magazine féminin pour tenir une rubrique du genre « Les petits trucs de Madame Parfaite » ou « Ne pétez plus les plombs. Réparez-les ! » par Agnès 2 C. Non pas comme Cazeaux-Cormantin, mais comme chic et commode.

Quand nous rentrons aux « Oublières » vers vingt-deux heures trente – vingt-deux heures vingt-huit dirait Agnès –, ma belle-mère est seule dans le grand salon devant sa télévision en train de crier :

— Mais shoote ! Bon sang ! shoote !

Elle s'adresse là, nous explique-t-elle, à David Beckham, un footballeur anglais disputant avec son équipe – le Manchester United – un match comptant pour la Champion's League. Elle l'a enregistré sur son magnéto parce qu'elle n'a pas pu le voir en direct le jour où il a eu lieu. Poliment elle nous propose d'arrêter la cassette, au cas où nous voudrions regarder une émission. Mais Agnès et Isabelle sont comme leur mère et grand-mère des fans de foot : à croire que c'est héréditaire. Elles se récrient et se regroupent autour de dame Antoinette dont en outre elles partagent les goûts pour le beau Beckham. Arnaud, lui, se déclare fatigué et va se coucher après avoir suggéré tendrement à Isabelle dans le creux de son oreille de ne pas trop s'attarder. Il emmène avec lui les deux garçons. Il promet à Jean-Lotus de lui lire une histoire de Titeuf, et à Elvis de lui apprendre une prise de judo. Ça sera sûrement un bon père pour le troisième de ma fille, semblable à l'un de ceux que j'ai croisés cet après-midi sur la plage, portant – comme si c'était normal – leur nourrisson sur le ventre, dans un kangourou, ou leur donnant le biberon, ou, pire, changeant leurs couches. C'est ce qu'on appelle des « papas poule », mariés à ce qu'on appellera bientôt des « mamans coq ». Je sais bien que je n'ai pas le droit de juger, moi le père absent, muni d'une mère omniprésente, mais j'ai encore le droit de dire (pas pour bien longtemps) que derrière le mot « berceau », moi, je vois le visage d'une femme, pas une gueule de mec. C'est automatique. C'est viscéral. Il a raison, François : je suis un non-évolué. Je m'intéresse à la politique et à l'économie. J'aurais volontiers pris les informations sur LCI. Métier oblige. Agnès devine ma déconvenue et y trouve aussitôt un remède :

— Va dans ma chambre, il y a une télé. Moi je

dormirai dans la tienne. Comme ça tu pourras regarder ce que tu voudras, jusqu'à l'heure que tu voudras.

— Ça ne te dérange pas ?

— Du tout ! Je n'ai pas sorti nos affaires. Tu n'as qu'à changer nos deux sacs de chambre. Je te rappelle que le mien, c'est le bleu...

Aaah ! Madame Parfaite a du bon ! Je l'embrasse avec reconnaissance. J'embrasse ma belle-mère qui s'en fout à un point... qui force mon estime. J'embrasse enfin ma fille qui s'extasie littéralement... sur Beckham qui vient de marquer un but ! Pas moi !

Me voilà dans l'ex-chambre de jeune fille d'Agnès qui fut un temps la nôtre pendant les premières années de notre mariage, jusqu'à la naissance des jumeaux où, sur la demande de leur mère, soucieuse de mon repos... et de mes nerfs, on m'a installé en face.

Je m'affale sur le lit sans en ôter bien sûr la couverture ni les housses des oreillers. Le tout dans le même tissu que les murs : une toile de Jouy où, sur un fond écru, des princes bleus courtisent des bergères bleues. Je souris en pensant que, au moins, la société, elle, a évolué : le modeste berger que j'étais a épousé la princesse des lieux.

J'allume la télévision. Des images de guerre : des flammes, des ruines, des blessés, des morts. Des sons de guerre : des explosions, des vrombissements, des cris, des gémissements. Et puis des mots, des communiqués, des démentis, des commentaires et des commentaires sur les commentaires. Le contraste est saisissant entre les horreurs qui défilent sur l'écran et la douceur de vivre qui émane de la toile de Jouy. Entre le tumulte et le calme. Entre le rouge sang et le bleu ciel. Mes yeux passent de l'un à l'autre. S'attardent de moins en moins sur l'un ; de plus en plus sur l'autre, s'émerveillent sur la préciosité d'une marqueterie, la grâce d'une miniature, l'originalité du serre-livres. Le raffinement des reliures...

Soudain mes yeux s'arrêtent. Dans un dessin animé, ils sortiraient de leur orbite, pour se poser sur l'objet qui a mobilisé toute leur attention. Moi, c'est ma main qui s'y pose et s'empare de l'objet en question : la copie exacte du livre-coffret que j'ai trouvé par hasard dans la chambre d'Agnès à Paris. Je l'ouvre et...

J'ai le cœur qui bat la chamade.

Je découvre une feuille de papier semblable en tout point à celles que j'ai découvertes dans une cachette identique la semaine dernière et...

Je n'entends plus les bombes. Je ne vois plus les morts.

Je prends la feuille : manifestement une lettre, revêtue de ma signature et...

J'ai les mains tremblantes.

Je lis et...

Chapitre 14

Comme la dernière fois, je commence par lire la date : 9 août 1970, et puis :

« Ma princesse,

« Je t'écris ce matin, ma tête encore sous l'emprise de ton corps. Sous l'emprise de la nuit que tu viens de m'offrir. Mes aïeux ! Quel cadeau ! Et pour être franc, quelle surprise ! Pardonne-moi, mais je t'avais imaginée bien au-dessous de tes moyens ! Il y a un an que nous sommes mariés, ici même, aux "Oublières", un an que dans ton lit de jeune fille sage, tu es devenue mon épouse. Mais c'est seulement depuis cette nuit que tu es ma femme. Pour un peu, j'écrirais Ma femme à Moi, avec deux M majuscules – deux "aime" – tant je suis ébloui par ses possessifs, tant la profondeur de ton abandon m'incite à les employer. J'ai enfin compris avec toi ce que voulait dire pour une femme "appartenir" et "se donner". Tu m'appartiens et tu m'as tout donné. Ton corps en entier. En détail. Tes seins effleurés, léchés, mordus, pétris. Tes reins dociles, ployés, quémandeurs, commandés. Tes fesses rebelles, domptées, humiliées, consentantes. Ta langue indiscrète, ton sexe ouvert. Tes mains obéissantes. Ton ventre captif. Tes regards, tous tes regards : émerveillés, incandescents, éperdus, absents. Tes pudeurs vaincues. Tes hontes acceptées. Tes secrets violés. Tes mots, tous tes mots : tendres, passionnés, délirants, exaltés, exaltants, fous. Tes gémissements. Tes cris. Tes halètements. Tes soupirs. Tes silences.

« Oui, tu m'as tout donné, au-delà de mes rêves. Et pourtant, je peux te l'avouer maintenant, j'ai rêvé très fort, j'ai rêvé très rude. Je me souviens de la première fois où je suis allé aux "Oublières" sur ma bicyclette pour livrer deux sorbets à la fraise. La rage au cœur et au ventre j'ai fantasmé en trois dimensions sur la princesse Cormantin. Je l'ai soumise aux humiliantes volontés du petit livreur macho que j'étais. Ah ! mon pauvre amour, en as-tu supporté des sévices et des vilenies sur cette route qui conduisait à ton royaume ! Jamais vingt kilomètres ne m'ont paru aussi courts ! Mon imagination me poussait plus vite que le vent ! Eh bien, je peux te le jurer en impie, sur mes deux si chers possessifs : mon imagination d'hier est bien en deçà de ma réalité d'aujourd'hui. Tu es mille fois plus belle, plus troublante, plus sensuelle, plus désarmante, plus mystérieuse que dans mes divagations les plus euphorisantes.

« Tu as conquis ton vainqueur. Enchaîné ton geôlier. Ebloui ma fée du logis.

« En me donnant tout, tu m'as tout pris.

« Finalement c'est moi qui t'appartiens. Et moi qui t'en remercie.

« Je t'aime, toi mon fantasme de chair, Ma femme et je suis fier d'être ton mari. »

Suit mon prénom. Je le scrute à la loupe : la boucle de mon grand « P », le petit cercle à la place du point au-dessus de mon « i », mon premier « e » serré contre mes deux « r » pointus, mon dernier « e » à la queue longue et raide. C'est indiscutablement ma signature, et pourtant, pas plus que la lettre précédente, celle-ci n'éveille en moi le moindre souvenir. La moindre ombre de souvenir. Comment ai-je pu oublier de tels bonheurs ? De tels débordements ? De tels sentiments ? Cette fois, je m'inquiète. Le nom d'Alzheimer traverse mon esprit. Je le repousse comme je peux : je me remémore des détails infimes de mes premières années et de mes dernières semaines ; des numéros de téléphone, de code, des noms, des mois, des dates. Pas un chiffre, pas un mot ne manque au bataillon. Je me rassure. Je suis simplement victime à nouveau d'un trou de mémoire. Je range la lettre et le coffret-livre. Il était temps. J'entends les trois fans de foot, encore dans l'excitation du match, se séparer bruyamment.

Ma belle-mère couche en bas. Isabelle, dans l'aile droite avec Arnaud et les deux garçons. Agnès monte l'escalier. À toute vitesse j'ôte les housses d'oreiller. Je replie le couvre-lit. Je m'étends. La télé et la lumière sont toujours allumées. Agnès hésite devant ma porte, finit par l'ouvrir avec d'infinies précautions :

— Tu ne dors pas ?

— Pas du tout ! Je suis même très éveillé !

J'ai dit ça en lui tendant les bras, très clairement prêts à l'accueillir, avec un regard qui se voulait incitateur, et qui d'ailleurs devait l'être puisque la voilà couchée contre moi. Mon idée était de vérifier si j'étais capable de reproduire les gestes et les actions qui m'avaient inspiré le 9 août 1970 ce déferlement d'adjectifs extasiés que je me rappelais très bien, eux ! Je programme ma machine à aimer sur « coïts bouillonnants » avec « stimulus longue durée ». J'éteins la lumière. Je ne laisse que celle bleutée de la télévision dont j'ai bien sûr coupé le son. Comme avant un examen, je révise à la hâte quelques têtes de chapitre que je pense essentiels : la langue indiscrète, les fesses domptées, les mains obéissantes... Ah ! Justement, les mains ! Je me saisis de celles d'Agnès, leur commande fermement avec les miennes de me déshabiller. Un peu trop fermement car j'entends aussitôt un : « Aïe ! T'es dingue ! » qui n'a rien d'un spasme érotique. Les vieux réflexes jouent et je lui dis, bêtement je le reconnais :

— Excuse-moi, je pensais à autre chose !

— Merci bien ! À quoi ? me demande Agnès d'une voix plus amusée que rancunière.

La parade me tombe sans trop de retard – ce qui me rassure derechef sur le bon fonctionnement de mon cerveau.

— Je pensais à une nuit que nous avons passée dans cette même chambre, juste un an après notre mariage, le 9 août 1970.

— Et tu t'en souviens encore ?

— Comme si c'était hier ! Pas toi ?

— Je devrais ? Elle avait quelque chose de particulier ?

— Elle était... plutôt réussie.

— Elle n'a pas été la seule, heureusement.

— Non, bien sûr, mais elle a été... vraiment torride.

— Tu pourrais peut-être me rafraîchir la mémoire ?

— J'en avais bien l'intention !

Intention d'emblée approuvée par Agnès qui entreprend de me déshabiller sur-le-champ aussi lentement que Rita Hayworth se dégante dans *Gilda*. Elle m'inflige une halte démobilisante après chaque bouton de ma chemise... alors qu'elle est toujours, elle, dans un pantalon de zouave et un pull de marin assez peu motivant. Sous couvert d'une impatience irrépressible (qui est en réalité une menace de débandade imminente) je la supplie de presser le mouvement. En plein malentendu, sa main, non point obéissante, mais décisionnaire, serpente jusqu'à mon « orgueilleuse », peu fiérotte en l'occurrence, tandis que ses lèvres espiègles s'ouvrent pour déverser dans mon oreille abasourdie cette expression vaudoise avec l'accent du cru : « Attends donc ! Y a pas l'feu au lac ! » Malédiction ! Pourquoi Agnès a-t-elle prononcé cette phrase, à ce moment critique et en plus avec cette intonation chantante, traînarde, tout à fait en phase avec le pays d'origine mais complètement déplacée dans ce lit vendéen ? Pourquoi derrière le mot « lac » n'est-ce pas, comme d'habitude, l'image du visage lisse d'Agnès qui s'impose mais celle de ses fesses paisibles ? Ah non ! Ça, il n'y a pas le feu au lac ! Il y a panique à bord ! À mon bord ! Je cherche une bouée. Je tombe malencontreusement sur une image de la télévision terrifiante, une de celles qui seraient susceptibles de transformer un eunuque en un malheureux – ou un bienheureux ? – atteint de priapisme. Je me lève d'un bond.

— Qu'est-ce qui te prend ?

— Je vais fermer la télé. Il y a des images insoutenables.

Agnès se dresse sur son séant, statue du reproche vivant :

— Tu les regardais ?

— Non ! Je ne les regardais pas ! Mes yeux se sont posés dessus par hasard. Je suis désolé.

Le lac, un instant soulevé, s'apaise :

— Allez, viens !

— J'arrive !

— Tu veux que j'allume ?

— Merde !

Mon gros orteil droit vient de heurter le pied du lit : une patte de lion en fer forgé. Agnès a compris. Le plafonnier s'éclaire. Je suis assis sur le coin du lit, de son côté, la chemise ouverte (enfin !), le pantalon sur les chevilles, frottant mon pouce endolori, retenant des gémissements entre mes mâchoires crispées car on m'a appris qu'un homme ne gémit ni ne pleure. Agnès connaît par expérience les méfaits de cette patte de lion. Elle me plaint comme un enfant, me soigne comme un enfant, me jure comme à un enfant que « demain il n'y paraîtra plus rien ». Ce n'est pas Ma femme, c'est Ma maman. Je sens un coup de rogne qui monte. Je le sais injuste. Je le fuis. Je rajuste ma tenue de naufragé. Je regagne ma chambre avec mon bagage. Agnès, compréhensive, me suit sans un mot pour reprendre le sien dans la mienne. Avant d'en refermer la porte, elle a la mauvaise idée d'envisager une séance de rattrapage :

— Tu me la raconteras demain, ta fameuse nuit du 9 août !

Cette perspective gâcha ma nuit en la peuplant de rêves compensatoires où le marquis de Sade et Restif de la Bretonne n'étaient pas mes cousins ! Elle gâche en partie ma journée du lendemain aux « Oublières » avec ma belle-mère, aux Sables-d'Olonne avec mes enfants et consorts, dans le train avec Agnès où je ne cesse de chercher un prétexte pour échapper à la reconstitution attendue de nos exploits annoncés imprudemment comme torrides.

Le salut me vient à Paris d'une de ces grandes enveloppes rembourrées de plastique bulle. Elle a été déposée pendant notre absence au rez-de-chaussée de notre immeuble, dans notre boîte aux lettres, dont elle dépasse un peu. C'est moi qui la prends et moi qui lis : « Pour Agnès de la part d'Aline... avec les amicales pensées du commissionnaire », moi qui découvre la signature : Dominique. Seulement Dominique... comme si elle ne pouvait pas en avoir un autre dans sa vie ! C'est encore moi à qui saute désagréablement aux yeux la grande boucle du D, semblable à la grande boucle de mon P, et dans laquelle s'inscrivent les autres lettres du prénom.

Je passe l'enveloppe à Agnès qui sourit, nullement surprise.

— Je l'attendais, m'explique-t-elle en entrant dans l'ascenseur. C'est une commande que j'ai faite à Aline et qu'elle a dû confier à leur ami Domani. Il passait le week-end chez eux.

Premier étage :

— Tu as vu sa signature ?

— Oui, me répond Agnès sans la regarder. C'est amusant, la similitude, non ?

Deuxième étage.

— Tu la connaissais ?

— Qui ?

— Sa signature !

— Oui ! Il m'a déjà envoyé une carte... De Venise !

Troisième étage.

— Pour te dire quoi ?

— Bonjour !

— Ah bon !

Quatrième étage.

On descend. On rentre. Agnès : chatte montée sur coussinets de velours, prend possession de son territoire ; moi : pic-vert agacé, je m'agite et je pépie pour cacher mon agacement :

— Qu'est-ce que c'est que ce truc d'Aline ? Une spécialité de Waterloo ? Un Napoléon en miniature ? Des spéculos ? Un dessin ? Un tableau ?

— Tu ne peux pas deviner, c'est spécial. Je vais te montrer.

Elle me montre : un carnet d'adresses de la même dimension et dans la même matière que le nôtre, avec sur la couverture des fleurs peintes a priori par Aline. La seule différence : sur le nôtre ce sont des muguets. Sur celui-ci, ce sont des fleurs dont j'ignore le nom. Agnès se fait un plaisir de me renseigner :

— On les appelle impatientes ou impatiens.

— Jamais entendu parler !

— Ce sont des balsamines... très résistantes !

Pan sur le bec ! Je m'empresse d'aller le piquer ailleurs :

— Et pourquoi ce carnet d'adresses ?

— Simplement parce que le nôtre est vieux et que maintenant, avec les numéros de fax, des portables de monsieur, de madame, d'e-mails, il est tellement surchargé qu'il en devient illisible.

J'approuve. Je trouve l'idée excellente. Je crains seulement que ce transfert soit long et fastidieux.

— Ça, tu as raison. Il est certain qu'à deux ça irait plus vite.

Euréka ! Je tiens mon échappatoire :

— Je peux t'aider, si tu veux : je te dicterai les noms avec leurs coordonnées et toi tu les recopieras avec ta belle écriture sur le nouveau carnet. Ça te ferait gagner du temps.

— Sûrement ! Mais tu as peut-être mieux à faire ?

— Non ! Non ! Je n'ai aucun dossier à préparer pour demain et j'ai regardé dans le train : il n'y a rien d'intéressant ce soir à la télé.

— Aah... parce que tu veux t'y mettre tout de suite ?

— Ben oui ! plus vite on commence, plus vite on aura fini.

— Alors...

Alors, Agnès s'installe avec le nouveau carnet devant le bonheur-du-jour de feue Dame Eglantine, promu bonheur de ma nuit. Et moi, à côté d'elle dans un fauteuil avec le vieux carnet, tout gonflé de... Je l'ouvre : tout gonflé de ses pense-bêtes que l'on enfourne à la hâte, soi-disant en transit en attendant de leur trouver une place adéquate. Soudain je vois – ou je crois voir – un bout de mon papier à lettre blanc cassé. J'hésite : le tirer pour en avoir le cœur net ou alors peut-être...

— Je suis prête ! Je t'attends.

Agnès a tranché pour moi. Avant de savoir si mes yeux m'ont trompé – ou non – il va falloir patienter. Tant pis ! Ou peut-être... Tant mieux !

Chapitre 15

Je suis étonné de découvrir en haut de la première page du carnet d'adresses : Aline.

— Pourquoi l'as-tu mise dans les « A », l'initiale de son prénom ?

— Parce que pour moi, elle est depuis toujours et pour toujours Aline. Avant d'être Mme Bourdin. Et après qu'elle sera Mme Bruggen.

— Je suppose qu'il est inutile de te donner ses coordonnées à Paris ?

— Ni en Belgique. Je les sais par cœur, mais je les note quand même. Personne n'est à l'abri d'un trou de mémoire.

Allusion ciblée ? Ou innocente coïncidence ? Je lève les yeux sur Agnès. Je prends sans hésitation la deuxième option : elle écrit avec application comme une écolière consciencieuse et me donne en même temps les dernières nouvelles de Waterloo : tout y va pour le mieux. Aline travaille dans une folle excitation à son exposition. Sa première exposition... qui sera aussi celle de Daphné. Elle s'appellera : « Conversation à quatre mains ». Leurs deux mains de peintres ont traduit sur la toile l'histoire qu'elles viennent de vivre à travers les signes, exécutés par leurs deux mains de femmes : celles de Daphné, jeunes et sèches ; celles d'Aline avec leurs premières taches brunes. Leur difficile rencontre : avec le rejet de l'une et les efforts de l'autre. Leur lente approche avec les fluctuations de l'une et la patience de l'autre. Leurs espoirs timides, leurs espoirs confirmés, leurs espoirs triomphants. En tout, une vingtaine de tableaux où s'inscrit un dialogue passionnel entre haine et tendresse. Entre détresse et bonheur. La date du vernissage de l'exposition a été choisie et même exigée par Vincent Bruggen :

— Ça sera le 24 mai, m'annonce Agnès, la veille de la fête des mères.

Il y a toujours eu chez moi un conflit entre la glotte serrée et le rictus ironique. Un recul de l'émotion et la victoire de la dérision. C'est elle qui surfe à présent sur le vers de Musset que je déclame avec ironie : « Vive le mélodrame où Margot a pleuré ! »

— Surtout quand, après, Margot rit à cœur joie. À fortiori quand il y a deux Margot.

On ne discute pas avec le bon sens. On le contourne. En tout cas, moi, c'est ce que je fais.

— Je peux continuer ?

— Quand tu veux.

Je lis :

— Aubert – entre parenthèses un « C » majuscule. Ça doit être le prénom : Charles ? Christian ? Christophe ?

— Catherine !

Je feins la surprise... sans difficulté : c'est un souvenir si lointain.

— Catherine Aubert ?

— Oui. Notre voisine de palier, rue de l'Espérance, notre premier domicile.

— Ahh... une quinqua blondasse ?

— Non, une quadra brune, façon trentenaire.

— Aucun souvenir. On passe !

— Passons !

Je me replonge dans le répertoire. Et soulagé, je lis un nom qui ne me dit absolument rien :

— Argant Yvon.

— Non, vonne. Yvonne.

— Il y a écrit Yvon.

— Fais voir !

Je fais voir. Agnès pointe son doigt sur le prénom litigieux et remarque :

— C'est ton écriture.

— C'est écrit en lettres d'imprimerie !

— Oui, justement ! Moi, je n'écris jamais en lettres d'imprimerie. Donc c'est toi qui as écrit au lieu d'Yvonne Yvon, un jour où tu étais pressé sans doute...

— C'est une amie à toi ?

— Pas exactement. Une relation de quartier. Elle dirigeait une agence de voyages à côté de notre deuxième domicile, rue de la Convention.

Un souvenir châtain et pâlot surgit de cette précision. Presque en même temps l'esquive me vient :

— Ah là... c'est loin ! Depuis on en a changé !

— De quoi ?

— D'agence de voyage !

— Ah oui !

— Alors ? On passe !

— Passons ! Le nom suivant ?

Je replonge dans le répertoire : merde ! C'est la loi des séries ! J'ai la tentation de sauter le nom suivant, mais je crains qu'Agnès ne l'ait repéré. Alors, j'affronte le risque sur un ton d'une neutralité opaque – du moins le crois-je.

— Adelin. Entre parenthèses un « K » majuscule. Ce n'est pas courant. Moi, je ne vois que Kléber.

Agnès, elle, voit tout de suite autre chose :

— K, comme kinési. Et ce n'est pas Adelin, mais Adeline.

Impossible après cela de jouer l'amnésie. Je tente la bonne foi :

— Ah oui, effectivement : Adeline... elle m'a soigné pour une lombalgie, mais tu sais, j'en ai eu tellement...

— Des kinésis ?

— Non ! Des lombalgies ! Des kinésis aussi, forcément.

— La spécialité de celle-ci était le palpé-roulé.

Je froncc du sourcil et de la paupière comme si elle venait de me parler dans une langue étrangère. D'ailleurs, dans un certain sens, c'est vrai. Elle vient de me parler dans une langue qui jusque-là n'était pas la sienne : celle de l'agressivité sous-jacente. Elle l'emploie encore, pour m'expliquer à sa façon le « palpé-roulé » :

— Palper l'argent. Rouler le pigeon.

Je suis décontenancé par ce nouveau langage. D'autant plus qu'il cerne assez bien la personnalité de cette garce d'Adeline. J'en suis réduit à lui poser une question, en forme d'aveu :

— Comment sais-tu ça ?

— Par tes talons de carnets de chèques.

Cette parenthèse, même pas inconsciente, m'arrache un ton de tragi-comédie :

— Toi ! Tu as fouillé dans mes affaires !

— Évidemment ! Comme toutes les femmes qui aiment leur mari. Il n'y a que les indifférentes qui ne fouillent pas. Donc, j'ai fouillé.

Je suis abattu. La statue de Madame Parfaite vient de se lézarder.

— Moi qui avais tellement confiance en toi !

— Mais tu pouvais : je n'ai jamais rien dit ! Et crois-moi, j'y ai eu souvent quelque mérite.

Comme la plupart des menteurs pris au piège, je chipote sur le détail pour noyer l'essentiel :

— Souvent, n'exagérons rien. En trente-quatre ans de mariage, mes... mes incartades peuvent se compter sur les doigts d'une main.

— Non ! Des deux mains et d'un bout de pied ! Et encore... à condition d'exclure de ce chiffre la petite Lorraine qui n'est pas une incartade comme tu dis mais une liaison.

Je suis sonné. J'étais si peu préparé à ce duel à fleurets à peine mouchetés ! Je donnerais n'importe quoi pour qu'un arbitre en siffle la fin... à condition bien sûr qu'il ne me déclare pas perdant. Ça non ! Je n'ai pas du tout envie de perdre. Surtout ma « diva du quotidien » et de me retrouver comme François seul ou avec des analgésiques ou des sous-marques. Faute d'arbitre, je réclame moi-même un arrêt de jeu, le temps qu'Agnès aille dans la cuisine me chercher... non, pardon, le temps que j'aille dans la cuisine nous chercher une bouteille d'eau, avec deux verres.

— Badoit ou Vittel ?

— Evian ! Ça te rappellera des souvenirs !

Ce n'est pas vrai ! Comment est-elle aussi au courant de ça ? J'ai passé un week-end à Evian avec Lorraine, un an après notre rencontre et à la toute fin de septembre : il n'y avait personne. Ma question à peine formulée, j'ai déjà ma réponse :

— Il y a toujours quelque part quelqu'un du CEDEC.

CEDEC était le sigle désignant le Club Ecologiste De l'Ecole Chambord. Etablissement très chic où – vous vous en souvenez peut-être – on apprenait aux jeunes filles de bonne famille à devenir des maîtresses de maison hors ligne et que ces demoiselles de Cormantin et Bénin-Chovillon avaient fréquenté entre leur bac et leur mariage. Elles y avaient créé avec quelques condisciples proches de leurs aspirations ce club classique à l'âge scolaire, entre « amies à la vie à la mort », qui s'effrite en général peu à peu au contact des réalités d'adulte, avant de disparaître complètement. Mais celui de l'Ecole Chambord avait échappé à la règle : il survivait. Régulièrement, Agnès m'annonçait qu'elle se rendait à un déjeuner du CEDEC. C'était vrai, à cela près, je viens de l'apprendre, que le sigle avait changé de sens, qu'il signifiait depuis de nombreuses années : « Comité d'Entraide Des Épouses Combattantes », réseau de soutien où l'on collationnait tous les renseignements susceptibles de servir, un jour ou l'autre, le combat mené par les femmes pour défendre leur couple. Ce réseau s'infiltrait partout, grâce à des complicités diverses, allant de l'amie huppée à la caissière du boucher, de la cousine-people à la tante-secrétaire et de la coiffeuse à l'employée de maison.

C'est ainsi qu'Agnès avait appris mon week-end avec Lorraine par notre dévouée Monica qui tenait l'information d'une de ses copines, femme de chambre saisonnière à Evian ! Pauvres hommes ! Si naïfs ! Si innocents ! Si démunis devant l'armée féminine de l'ombre ! Il ne me reste plus qu'une chose à savoir :

— Pourquoi n'as-tu rien dit avant ?

— Question de circonstances et surtout question de caractère. Je suis une orgueilleuse et une patiente : j'avais voulu de toutes mes forces notre mariage, je ne voulais à aucun prix admettre son échec.

— Ce n'était pas un échec.

— Pour dire cela, il faut vraiment que tu aies de l'amour une conception bien différente de la mienne.

— Je ne t'ai jamais caché que...

— Non ! Non ! Tu as été très honnête. Tu m'as prévenue que tu ne m'aimerais jamais. C'est moi qui ai été présomptueuse : j'ai cru que l'on pouvait changer les êtres. Erreur de jeunesse !

Curieusement, alors qu'Agnès ne m'attaque pas, je prends ma défense :

— N'exagérons rien ! Tu n'as pas été vraiment malheureuse.

— Non, je n'en ai pas eu le temps !

— Comment ça : pas le temps ?

— Tu ne t'en es pas aperçu, parce que tu étais très absorbé par ton métier... entre autres... mais j'ai été pas mal occupée et préoccupée pendant ces trente dernières années : Isabelle, Pascal, la lente agonie de mon père, la dépression de ma mère, sa résurrection progressive, son installation aux « Oublières », notre emménagement ici, dans son appartement, celui de ma jeunesse, les renseignements du CEDEC me concernant et concernant François, les découragements d'Aline, ses déceptions maternelles, ses frustrations artistiques...

Agnès interrompt sa longue liste sûrement non exhaustive, soupire et conclut de façon bizarre :

— Heureusement que de temps en temps il y avait les dépanneurs !

— Des dépanneurs ?

— Des amis qui décrassaient mon moteur quand il était trop encombré de salissures, qui vérifiaient mes freins quand ils menaçaient de lâcher, ou nettoyaient mes essuie-glaces quand mes carreaux étaient embués...

En même temps qu'Agnès parle dans ma tête défilent des images pour moi insolites : le « lac » sur le point de déborder ; le « lac » en proie à une marée noire ; et au-dessus de ces images-là, celle floue et mouvante de « Madame Parfaite » avec ses amis de SOS-dépannage. Je ne résiste pas à la tentation d'une mise au point de cette image :

— Enfin quoi... tes amis dépanneurs, ils étaient tes amants ?

— Ça peut s'appeler comme ça.

— Et toi, comment tu les appelais ?

— Des « nutramants ».

— Des nutramants ?

— Oui, par analogie avec les nutriments qui sont comme tu le sais des suppléments alimentaires. Eux, c'étaient des suppléments affectifs que j'ajoutais à l'ordinaire pour le faire passer.

— C'est d'un goût...

— Discutable, je le reconnais. C'est pourquoi je les appelais aussi – et de préférence – mes oiseaux de passage.

— Il y en a eu beaucoup ?

— Non ! Deux ! Mais avec beaucoup d'allées et venues.

— Je les connais ?

— Personnellement, non. Mais tu les as sûrement vus au théâtre ou à la télé. Ce sont des comédiens. Mes intermittents du spectacle conjugal.

Elle me cite leurs noms. Ce sont effectivement deux hommes célèbres ; l'un pour sa cocasserie insolite ; l'autre pour son humour à froid. Ça, c'est le bouquet ! Agnès l'effacée, Agnès la sérieuse, Agnès la respectable a séduit deux champions de la rigolade ! Agnès la « Transparente » m'a trompé sous mon nez sans que je m'en aperçoive. Dans un roman, le héros pourrait s'écrier : « C'est impossible ! Je rêve ! » Mais moi, hélas ! je ne peux pas. Je sais très bien que je ne rêve pas. Que je vis réellement un cauchemar. Que je suis réellement le mari d'une femme qui vient de se révéler au bout de trente-quatre ans réellement une inconnue et qui en plus me joue la provocation souriante :

— Finalement, tu vois, ça peut être une bêtise comme ça, l'imprévisible : découvrir sa femme – ou son mari – autrement qu'on l'imaginait !

L'imprévisible ! La nouvelle Agnès n'a pas lâché ce mot par hasard mais bel et bien pour m'apprendre, puisque je l'ignore, ce que jalousie veut dire. Eh bien, allons-y ! Apprenons !

— A propos d'imprévisible, c'est à cause de ton « latin lover » que tu as décidé tout d'un coup de me faire ces aveux ?

Agnès réfléchit, soucieuse apparemment de s'approcher au plus près de la vérité.

— Dominique est sans doute pour quelque chose dans notre impromptu de ce soir, mais pas en tant qu'homme, en tant qu'éditeur.

— C'est-à-dire ?

— Il va publier l'un de mes « petits ouvrages de dame ».

— Ah ! pas bête ! C'est un bon truc pour draguer !

— Oh ! il n'a pas besoin de ça : il a d'autres arguments.

Immédiatement, je trace sur mon écran intérieur le portrait-robot du « latin lover » avec le sourire de Mastroianni, le regard de De Sica, la voix de Placido Domingo. J'y ajoute la prestance de Vittorio Gassman, et me voilà prêt à griffer ce portrait, à le déchirer en mille morceaux, à le piétiner. Bravo Pierrot ! Attendre d'être sexagénaire pour en arriver là, c'est une réussite ! Je suis furieux contre moi. Furieux contre mon protectionnisme mesquin :

— Méfie-toi quand même ! À ta place, moi j'exigerais un contrat.

— Mais j'en ai un... Que j'ai fait déjà superviser par Me Bruggen, le fils de Vincent. Il l'a trouvé on ne peut plus correct, avec un à-valoir et un projet de lancement inespérés pour l'inconnue que je suis.

— Et il doit sortir quand, ce livre ?

— Le 12 mai prochain en France. Le 24 en Belgique.

— Ce n'est pas le jour du vernissage d'Aline ?

— Si, justement ! Dominique va organiser à Bruxelles, dans la galerie où elle expose, un cocktail de presse pour présenter aux journalistes les deux mamies débutantes que nous sommes. Pour la fête des mères. C'est une bonne idée, non ?

— A priori, oui.

— Tu viendras ?

— Ça, ma chérie... c'est imprévisible !

J'ai été assez content de ma réplique. Agnès la salue

d'un sourire de connaisseur, pas comme une épouse séduite, comme un adversaire fair-play. Puis elle referme le nouveau répertoire. Regarde la couverture peinte, selon ses vœux, par Aline et passe lentement sa main... sur les impatientes !

Chapitre 16

Le lendemain, j'appelle François sur son portable. J'entends une voix de femme. Je crois à une erreur. Je rappelle. J'entends la même voix qui cette fois m'interpelle :

— Allô Pierre. C'est Chantal.

— Mais...

— J'ai vu votre numéro s'afficher sur le petit écran.

— Je comprends, mais...

— François n'a pas trouvé ce matin son portable au moment de partir. Il était en retard, le pauvre chou ! Il n'avait pas beaucoup dormi...

J'ai l'impression qu'elle suce les mots avant de les pousser entre ses lèvres siliconées. Si j'avais le temps, je me demanderais si on naît pétasse ou si on le devient. Dans son cas, je crois que c'est de naissance. Je la déteste ! Traiter François de « pauvre chou » ! Lui ! Le « Big Lover » ! Le macho pur sucre ! Comment peut-il supporter ça ? Oui, d'accord ! Question idiote ! Le cœur a ses raisons que la raison ignore. Le cœur ? My God !

Délicat euphémisme ! Qu'est-ce qu'elle me raconte encore ?

— Je l'ai récupéré sous le lit.

— François ?

— Non ! Le portable !

— Vous n'avez pas été lui rapporter à la clinique ?

— Non ! Je prends les communications. Si elles sont professionnelles je donne le numéro de son secrétariat. Sinon, je dis qu'on le rappelle ce soir à la maison.

La maison ! Je vois le mot sortir aussi de sa grosse bouche avide, insatiable, aspirante. J'entends déjà les futurs possessifs : *ma* maison, *mon* jardin, *ma* terrasse, *ma* piscine, *mon* jacuzzi, *mon* sauna, *mon* garage, avec *mes deux* voitures, *mes deux* anges gardiens qui veillent sous *mes* ordres à l'entretien de tout cela ainsi qu'à l'excellence de *ma* table. Tiens ! qu'est-ce que je disais ? Écoutez-la !

— Pour le moment, je suis encore comme une chatte qui cherche ses marques dans son nouveau panier. Mais dès que j'aurai rajeuni ce caravansérail, un peu bourge il faut bien le dire...

Je m'abstiens de lui répondre : « Non justement, pétasse, il ne fallait pas le dire ! Il ne faut jamais débiner celle dont on prend la place. C'est indélicat et en plus c'est maladroit. Parfaitement ! Maladroit parce que nous les hommes, on n'aime pas qu'on crache dans notre ancienne soupe. Nous-mêmes, on n'y crache jamais. Pas fous ! Ça serait comme si on se désavouait, comme si on reconnaissait nos erreurs. Les femmes elles s'en fichent, elles, de se déjuger, de déboulonner leur ex-idole, de flinguer le passé. On est bien plus sensibles qu'elles. » Je suis sûr que François, si détaché qu'il soit d'Aline, n'aimerait pas que sa mousmé la critique, surtout en tant que femme d'intérieur, comme elle le fait en ce moment :

— Moi, je vais organiser des petites bouffes sympas, pas de ces dîners-cravate dont son ex avait le secret, avec bristol, candélabres et extras en gants blancs, des dîners « relationnels » comme elle disait.

Je m'abstiens encore de lui répondre : « Comme Aline avait raison de le dire, gourdasse ! Des dîners grâce auxquels la carrière de François a démarré en flèche et s'est poursuivie au plus haut niveau. »

Chantal, elle, ne s'abstient pas de s'enferrer :

— Des dîners où l'on s'ennuyait à cent sous de l'heure.

Moi je m'abstiens encore de répondre : « Non ! Pas à cent sous de l'heure, à un million la minute ! À ce tarif-là, tu ne serais pas volontaire pour t'emmerder, grognasse ? »

Il vaut mieux que je raccroche, je finirais par ne plus pouvoir m'abstenir :

— Excuse-moi, Chantal, il faut que je te quitte. J'ai un client qui s'impatiente.

— OK ! Je dirai à François que...

— Rien ! Je lui dirai moi-même.

Dans les vingt secondes qui suivent, j'ai François au bout du fil à la clinique sur sa ligne ultra privée. Nous convenons rapidement d'un déjeuner dans le quartier de mon bureau, au « Comme avant », un bistrot pas du tout branché qu'on a adopté un peu à cause de ça, un peu à cause de son nom, beaucoup à cause de la « salle d'en haut » que la patronne, Edith – comme Piaf –, n'ouvre que pour ses « connaissances ». Dont nous. Ce n'est pas notre lieu de rendez-vous pour les « waou-tout baigne ! » ni même pour les « bof bof ça va ». On ne s'y rencontre que pour les « bip bip problèmes ! ».

C'est pourquoi François s'apprête à m'écouter parce que lui estime n'avoir aucun problème, si ce n'est celui, partagé par tout le monde actuellement, d'une récession économique. À part ça, il nage en plein nirvana : ses retrouvailles avec Chantal ont été géniales ! Leur fusion – pardon, leurs fusions (avec il ne sait plus combien d'« s ») bénéficiant de leur récent et douloureux éloignement ont été à proprement parler extra-ordinaires (au-delà de l'ordinaire, précise-t-il encore enflammé – oui merci, j'avais compris). Chantal était encore plus belle, plus déchaînée, plus amoureuse qu'avant. Et lui, ma foi, il me le dit sans vanité, il me le dit comme elle le lui a dit, il l'a épatée ! Elle lui a trouvé un tonus d'enfer. (Autrement dit, la queue du diable, me précise-t-il encore. Re-merci. J'avais également compris.) Bref, il n'a vraiment de ce côté-là, pas l'ombre d'un problème. Sans hésitation, avec plus de certitude encore que Bruggen, je lui prédis :

— Tu vas en avoir !

— Avec Chantal ?

Je confirme. François a l'air moins étonné que je le craignais, mais me demande quand même l'origine de cette affirmation :

— Je n'ai pas du tout apprécié qu'elle réponde sur ton portable.

— Pourquoi ?

— Dans la mesure où avec ses numéros de téléphone préférentiels enregistrés, ses messages et ses textos confidentiels préservés, le portable s'est intégré à notre intimité. Donc, s'approprier celui d'un tiers à son insu, c'est violer son intimité.

— Chantal ne s'est pas approprié mon portable. Je l'avais perdu. Elle l'a retrouvé. Il a sonné. Elle a répondu. C'est aussi simple que ça.

— Non ! Ce n'est pas aussi simple ! Primo : elle n'avait pas à répondre. Elle pouvait... elle devait laisser ton correspondant soit raccrocher, soit enregistrer un message et bien sûr ne pas l'écouter après. Secundo, je pense que tu n'as pas égaré ton portable, mais qu'elle te l'a caché. Avec le double objectif de recueillir quelques renseignements plus ou moins secrets et de te priver, ne serait-ce que temporairement, d'un appareil dont elle est bien placée pour savoir quel précieux agent de liaison il peut être...

Il a un éclat de rire... un peu forcé. Il juge mon hypothèse un peu tordue, mais... pas démente. Il hausse les épaules quand je le mets en garde contre une récidive de l'opération portable mais... il promet d'être vigilant. Il ricane quand je lui conseille d'acheter un deuxième portable et de le garder en dehors de sa maison, mais... il admet que de toute façon ça peut toujours servir et qu'il le fera.

Je suis content. François n'a pas l'air de m'en vouloir de mes préventions envers sa dulcinée. Il en est juste un peu surpris :

— Je ne t'aurais pas cru aussi méfiant avec les femmes.

— J'ai appris en une seule soirée. Hier, avec Agnès.

— Agnès !

Ça lui paraît tellement incongru qu'il ajoute, pour éviter toute erreur :

— Ta femme ?

— Oui... pour le moment !

Après cette introduction, j'ouvre le chapitre des

confidences. Il le ponctue avec une pauvreté d'exclamations qui trahit sa stupeur.

Le réseau du CEDEC ? – « Ça alors ! »

Le silence radio sur mes incartades ? – « C'est pas vrai ! »

Un livre à paraître dans même pas deux mois ? – « Ça alors ! »

Les projets de marketing ? – « C'est pas vrai ! »

Son penchant avoué pour le charme de M. Domani ? – « Ça alors ! »

Ses dépanneurs ? – « C'est pas vrai ! »

Deux rigolos ? – « Ça alors ! »

Des velléités de rupture dans l'air conjugal ? – « C'est pas vrai ! »

À la fin de mon récit, son vocabulaire s'élargit enfin pour exprimer une légitime curiosité :

— Mais est-ce que, par hasard, Aline n'aurait pas suivi en gros le même parcours qu'Agnès ? Avec le CEDEC au départ, les dépanneurs en cours de route et, à la fin, l'exposition de tableaux à la place de la publication du livre... et Bruggen à la place de Domani ?

— Oh là..., doucement, je n'en suis pas là ! Pour le moment Agnès ne m'a pas menacé de partir avec son « latin lover ».

— Oui... pour le moment, mais, sans vouloir t'inquiéter, une semaine avant le départ d'Aline, j'aurais juré sur la tête de Chantal... et dans ses bras, que je ne divorcerais jamais !

— Évidemment...

— Et toi, tu n'envisages pas de quitter Agnès ?

— Ça, pas une seconde ! D'abord, depuis que j'ai constaté sur toi les difficultés d'un quotidien solitaire, je n'ai pas du tout envie de m'y frotter. Ensuite, moi je n'ai pas une Chantal comme doublure.

— Et Lorraine ?

— Elle ne veut à aucun prix entendre parler de cohabitation. Ni de mariage. Ce qui était d'ailleurs un de ses grands avantages.

— Et si tu réussissais à la convaincre ?

— Mission impossible ! D'autant plus maintenant qu'elle va cesser d'être ma collaboratrice pour devenir l'associée du fils Bruggen.

— Ça ne veut pas dire qu'elle va coucher obligatoirement avec lui.

— Ça ne veut pas dire non plus obligatoirement le contraire.

— Ça t'embête ?

— Un peu. Mais moins que mon problème avec Agnès.

François se tait. Lisse intensément entre ses sourcils ses deux rides, dites du lion, geste qui lui est familier en cas de réflexion et qui aboutit en l'occurrence à cette judicieuse question :

— Dans le fond, où est le problème ?

Pour moi, il va de soi. Il est lié à une redistribution des cartes dans mon couple. Je me croyais le mari à l'abri de tout reproche, de tout jugement, d'une « Madame Parfaite » à l'abri de tout soupçon. Et du jour au lendemain, je suis devenu le roi déchu, le coupable découvert, l'accusé en garde à vue, en attente de sa peine : la relégation à perpétuité ? Ou provisoire ? La liberté sous surveillance ? Sous condition ? Et quelle condition ? Quant à Agnès, dans le même temps, elle est passée de potiche à écrivain, d'ordonnance du général à général, d'épouse trompée à femme adultère, et d'innocente à rusée. Quatre promotions en quelques heures ! Et François me demande où est le problème ! Je m'efforce au calme :

— Le problème il est dans le rééquilibrage des forces, figure-toi !

— Malheureusement, tu es en position de faiblesse. Donc c'est à toi de faire des efforts. Des concessions. Jusqu'où ? Ça, tu es le seul à pouvoir répondre. Le seul à savoir si tu es prêt à vivre avec Agnès... à certaines conditions. Ou à n'importe quelles conditions.

— Ça, sûrement pas à n'importe quelles conditions !

— Alors il te reste à décider en cours de route celles qui sont pour toi acceptables ou non.

— Autrement dit, la balle est dans le camp d'Agnès ?

— Comme elle est pour moi dans le camp de Chantal.

François vient de me prouver – phénomène courant – qu'on voit mieux ses propres problèmes à la lumière de ceux des autres.

J'accroche un espoir à nos inquiétudes, maintenant communes :

— La balle sera surtout, comme toujours, dans le camp de l'imprévisible.

Dans l'après-midi, entre deux clients, Lorraine passe le bout de son nez par la porte de mon bureau :

— Tu n'as pas d'emmerdes ?

— Non... pas spécialement.

— Eh bien, tu vas en avoir, m'annonce-t-elle caricaturalement péremptoire, puis elle éclate de rire devant mon air inquiet.

— Pourquoi tu dis ça ?

— Ce n'est pas moi qui le dis, c'est Bruggen... le père, et c'est Bruggen... le fils, qui me l'a répété. Il a passé le week-end à Waterloo, en famille.

— De quoi je me mêle ? Il ne me connaît pas !

— Si ! « De vue » si je puis dire !

Décidément d'humeur allègre, Lorraine me raconte qu'à la fin du déjeuner dominical le voyant avait eu subitement un « flash » d'information de l'ARAD (Âgence de Renseignements de l'Au-Delà), flash qui concernait François et moi (F et P, en langage codé). Aussitôt Aline, de sa propre initiative, est allée chercher deux de nos photos, ayant appris que l'image servait traditionnellement de support à l'intuition médiumnique. Sur l'une, prise le jour de nos fiançailles communes aux « Oublières », François et moi étions au bras de nos fiancées respectives. Sur l'autre, beaucoup plus récente, prise par l'ange gardienne de la maison de Suresnes, après l'un de ces dîners « relationnels » évoqués par Chantal, nos deux épouses affalées dans un canapé enlevaient leurs chaussures en riant aux éclats. En face, François et moi debout et, raides comme la justice, nous les regardions avec commisération.

— Je me souviens de cette photo que je trouvais assez drôle.

— Pas Bruggen ! m'apprend Lorraine. Dès qu'il l'a prise en main il a eu un mouvement de recul et l'a rendue très vite à Aline avec cette seule explication : « Ils vont avoir des emmerdes ! »

— Quel genre ?

— C'est la question qu'Aline lui a posée.

— Et alors ?

— Il a pris l'autre photo, celle des fiançailles. Il a hoché la tête affirmativement, comme s'il répondait à quelqu'un, et il s'est contenté de répéter avec un geste vague : « Des emmerdes... » Après quoi, il a indiqué en employant le langage des signes compris de tous là-bas qu'il ne fallait plus lui poser de questions sur le sujet.

Lorraine n'a pas besoin, elle, d'être extra-lucide pour voir que cette histoire me contrarie. En revanche elle ne comprend pas pourquoi, puisque j'ai toujours affiché mon rejet de l'irrationnel. Ai-je changé d'avis ?

— Non ! Mais... quand même... il y a des choses...

— Je suis désolée. Si j'avais su, je ne t'aurais rien dit.

— Non ! Tu as bien fait. Finalement, on n'est jamais sûr de rien. Alors... autant être prévenu.

— Vrai ? Tu ne m'en veux pas ?

— Au contraire ! Je voudrais même te demander... mais ça peut être gênant... étant donné notre situation...

Lorraine dénoue mon écheveau de scrupules du bout de son sourire :

— Tu voudrais que je me renseigne – via Bruggen fils – sur les prédictions que Bruggen père a faites à ta femme. C'est ça ?

J'acquiesce de la tête. Elle me promet d'essayer. Je la remercie d'un regard qui n'est pas purement amical et qui croise le sien, pas totalement indifférent. J'essaie de traduire ma pensée :

— Dommage que l'on ne s'aime pas !

Elle me traduit la sienne, opposée et pourtant semblable :

— Quelle chance que l'on ne s'aime pas !

Je rentre chez moi plus tôt que prévu. Agnès absente m'a laissé un message dans l'entrée : « Je te rappelle que je prends mon premier cours d'informatique à dix-huit heures trente. Sauf imprévu, je serai là pour le dîner. Avec imprévus, il y a le portable... et tout ce qu'il faut dans le réfrigérateur. Je t'embrasse. Agnès. »

Je m'interroge : « Serait-ce le commencement des emmerdes ? »

Je me réponds : « Non ! Ne nous laissons pas influencer. Je ne me souviens pas qu'Agnès m'ait parlé d'un cours d'informatique, mais j'avoue ne pas être toujours très attentif à ce qu'elle me dit et il est possible que l'information m'ait traversé l'esprit sans s'y arrêter. » Je relis le message en m'efforçant à l'objectivité.

Je soupire : « Quel changement de ton quand même ! »

Je me raisonne : « Ce n'est peut-être pas plus mal ! Ça réveille ! »

Je ne me convaincs pas. Je m'efforce de penser à autre chose. Je me frappe le front. Moi aussi, j'ai un flash : le carnet d'adresses ! L'ancien ! Celui où j'ai cru voir un petit bout de mon papier à lettre. Je le trouve là où on l'a laissé la veille. Mes bouts de doigts s'en vont patrouiller dans la poche intérieure et en retire... non ! pas une lettre, un « petit mot de billet » : quelques lignes dont je suis une fois de plus le signataire.

Je lis :

« Ma trop parfaite,

« Au fil du temps, avec lucidité, je vois s'accumuler mes dettes de reconnaissance envers toi... et j'ai peur. Peur qu'un jour tu ne m'en réclames le remboursement, peut-être même avec des intérêts. Peur d'être incapable de te rendre ton dû. Peur que tu me juges à juste titre comme un sale profiteur et que tu me condamnes. À quoi ? À la peur à perpétuité. Je l'aurai bien mérité, moi qui ne te mérite pas. »

Suivait comme les deux autres fois ma signature caractéristique.

Ce n'est pas possible ! Je n'ai pas pu écrire ça. Même pour me faire pardonner quelque négligence... ou quelque incartade. Ce n'est pas mon style ! Ce n'est pas moi, ni ma façon d'écrire, ni ma façon de penser. Et puis, toujours pareil, même en imaginant que j'aie réussi à forcer ma plume et ma nature, je m'en souviendrais !

À moins que...

Chapitre 17

Je suis plongé dans les dictionnaires :

Hypnose : Sommeil artificiellement provoqué, soit par des procédés mécaniques, physiques, psychiques ; soit par des substances chimiques.

Je ne retiens que le dernier point comme éventualité. Il est courant que les faits divers des journaux nous apprennent que des femmes – et des hommes – administrent à leur conjoint des doses infinitésimales d'un produit nocif pour arriver à leurs fins. Pourquoi pas Agnès ? Cette hypothèse qui m'aurait paru naguère abracadabrantesque me paraît aujourd'hui envisageable. Néanmoins, je poursuis ma lecture : « L'état d'hypnose peut être provoqué par la prise du regard. » Je lève le nez. Je réfléchis. Certes, parfois, Agnès me dévisage de façon insistante avec son regard bleu glacier. À la réflexion, évidemment, ça peut être un regard de serpent s'essayant à fasciner sa future proie. Mais ça peut être aussi un regard de coquette presbyte qui sans lunettes correctrices est obligée de vous fixer longtemps pour distinguer vos traits. Jusque-là j'ai privilégié la deuxième version mais maintenant... j'ai un doute. Voyons la suite : « L'état d'hypnose peut également être provoqué par la compression des globes oculaires. » Allons bon ! Tous les six mois, Agnès me traîne pour une visite de contrôle chez une de ses anciennes condisciples de l'Ecole Chambord, devenue ophtalmo et sans doute membre du CEDEC. Elle m'accompagne toujours à ces rendez-vous, soi-disant pour être sûre que je m'y rends. Or, la spécialiste, une fois pour toutes, m'a recommandé d'appuyer tous les matins, à travers mes paupières, sur mes blocs oculaires afin d'en extraire les particules graisseuses qui s'y accumulent pendant la nuit. Agnès, immédiatement, m'a proposé son aide, et depuis, tous les jours, elle me presse le globe oculaire. Jusque-là, je n'ai vu dans ce geste qu'une manifestation de sa serviabilité naturelle. Mais maintenant... à nouveau, j'ai un doute. À nouveau, je sonde le dictionnaire : « Au cours de l'état d'hypnose le sujet [éventuellement moi] manifeste à l'égard de son hypnotiseur une grande docilité, peut recevoir toutes ses suggestions, accomplir des actes de commandement, recevoir des ordres à retardement qui seront exécutés après son réveil. »

À la lumière du dernier paragraphe, l'énigme de mes lettres s'éclaire : je les ai écrites sous hypnose ! Dans la mesure où des opérations chirurgicales peuvent être effectuées sans anesthésie, grâce à ce procédé – la télévision nous l'a montré –, pourquoi n'aurais-je pas pu, moi, faire mon courrier dans les mêmes conditions ? Alors qu'a priori il est quand même plus douloureux de cisailler un bout de boyau que de ciseler un bout de phrase ! Donc, à présent, pour moi tout est clair : Agnès m'a hypnotisé – ou fait hypnotiser – et m'a dicté à mon insu cette prose amoureuse qu'elle me savait incapable d'imaginer, pour compenser certaines frustrations.

Ouf ! Voilà cette question réglée ! Malheureusement, d'autres aussitôt lui succèdent : pourquoi Agnès ne m'a-t-elle pas montré ces lettres dont l'une date de plus de trente ans ? Les ai-je découvertes vraiment par hasard ? N'est-ce pas elle qui s'est arrangée pour les mettre à portée de ma curiosité ? Et pourquoi, s'il y a manœuvre de sa part, n'a-t-elle eu lieu que maintenant ? Et dans quel but ? Il me faut des réponses. Et vite ! Je regarde ma montre : deux heures du matin ! Je déchante : d'abord c'est l'heure où l'insomnie vous souffle les fables les plus folles. Ensuite ce n'est pas une heure pour aller titiller le point d'interrogation. Mieux vaut dormir afin de prendre des forces avant l'attaque. Je décale l'offensive de quelques heures et la prévois dans ma salle de bains à l'instant déterminant où Agnès va y entrer avec l'intention de me presser la rétine. Seulement voilà, ce matin-là, à cet instant-là, qui se situe en général entre sept heures trente-deux et sept heures trente-trois, pas d'Agnès ! J'attends jusqu'à sept heures quarante-cinq, puis me dirige vers sa chambre. À travers la porte j'entends sa voix tour à tour monocorde, agacée, suppliante. Oui, suppliante ! Au deuxième « s'il te plaît ! » j'entre avec la fureur d'un cocu de Feydeau et je la trouve... en train de parler à l'ordinateur qu'on lui a livré la veille, le mode d'emploi à la main. Décontenancé, je commence à bredouiller des excuses. Elle m'interrompt d'un geste impératif et me donne rendez-vous aussi impérativement « dans treize minutes pour le petit déjeuner ». Soit ! Ce n'est pas grave : j'aborderai le sujet de l'hypnose directement sans passer par le nettoyage oculaire.

Dans la cuisine, entre mon jus d'orange où il reste deux pépins et mes toasts insuffisamment grillés, je guette le premier silence pour lancer mon pavé dans la mare. Comme un fait exprès, Agnès, qui laisse toujours la parole à l'Homme, aujourd'hui l'accapare sans vergogne. Telle une amoureuse au début d'une idylle, elle ne peut s'empêcher d'évoquer le nom de l'élu – en l'occurrence son ordinateur – et d'en chanter les vertus. Néanmoins, elle reconnaît son exigence et m'avertit que, pour le maîtriser complètement, il lui faudra lui consacrer une heure par jour. Elle a choisi le créneau entre sept et huit. Donc elle ne pourra plus me presser le globe oculaire. Enfin ! Le mot déclenchant est lâché : je démarre !

— A propos de globe oculaire...

Départ manqué ! La sonnerie de l'interphone coupe mon élan. Je suggère :

— Ça doit être Monica qui a oublié sa clé.

— Non ! s'écrie Agnès en bondissant, visiblement ravie ; ce qui me paraît bizarre d'autant qu'elle ajoute : Ce sont mes épreuves ! Je suis au courant !

Je viens d'achever mon café, beaucoup trop allongé, quand elle revient portant comme le saint sacrement un assez gros paquet d'aspect commercial, surmonté d'une coupe de pois de senteur – sa fleur préférée – dans les bleu-mauve – sa couleur de prédilection. Il est clair qu'il ne s'agit pas d'un cadeau d'entreprise. Ou alors... quelle entreprise ! Elle pose le tout sur la table, détache la carte de visite qui accompagne la vasque fleurie et y jette un prudent coup d'œil avant de me la lire :

— « Pour alléger l'épreuve des épreuves. Votre éditeur et ami : Dom'. »

— Qu'est-ce que ça veut dire au juste ?

— Les épreuves sont les feuilles, pour la première fois imprimées, du futur livre. L'auteur doit les relire très attentivement afin d'y corriger soit les fautes de typographie qui ont pu s'y glisser, soit des fautes qui lui incombent à lui et qu'il découvre avec horreur.

— Des fautes d'orthographe ?

— De tout ! Des lourdeurs de style, des impropriétés, des obscurités... C'est un travail qui réclame à la fois lucidité, humilité, concentration. Ce n'est pas toujours facile... surtout pour les débutants comme moi. D'où les encouragements de mon éditeur.

— Et ami, ai-je l'imbécillité d'ajouter, comme si vraiment j'étais jaloux !

Alors qu'à mon avis de novice en la matière, je suis simplement agacé par cet envoi. Par les deux envois, dois-je dire pour être honnête. Car le premier – les épreuves – prouve tangiblement qu'Agnès est devenue une professionnelle de l'écriture alors que je l'ai toujours considérée comme un amateur et donc met en évidence une cuisante erreur d'appréciation de ma part.

Quant au deuxième envoi si judicieusement ciblé – les pois de senteur bleu-mauve – il prouve que l'expéditeur a des connivences avec la destinataire et un désir flagrant de lui plaire. Oui, je le répète, ça m'agace. Ainsi d'ailleurs que la signature « Dom' » qui pour moi est une espèce d'affirmation « d'homme » et qui trahit une familiarité un peu abusive de la part d'un éditeur envers un de ses auteurs. Mais ça ne dépasse pas les limites d'une irritation raisonnable que je maîtrise sans effort – disons... sans beaucoup d'effort –, et c'est sur un ton détaché – disons... presque détaché – que je demande à Agnès, désignant le paquet des épreuves :

— Je peux l'ouvrir ?

— Ah ça, sûrement pas ! Tu ne te rends pas compte ! Il contient mes premiers mots imprimés. Mon premier bébé-livre. Le découvrir est pour moi aussi émouvant que de découvrir un vrai nouveau-né. D'autant plus dans mon cas où il s'agit d'une naissance tardive.

— Et inespérée !

— Ah non, au contraire ! Imprévisible d'accord, mais terriblement espérée.

— A ce point-là ?

— Ah oui ! Ça t'étonne ?

— Un peu. Je ne m'en suis pas vraiment aperçu.

— Il y a beaucoup de choses dont tu ne t'es pas vraiment aperçu.

La flèche a été amortie par un sourire de miel, puis par ce pansement protecteur :

— Mais c'est normal, tu étais tellement absorbé par tes propres ambitions. Et j'aurais mauvaise grâce à t'en vouloir puisque tu voulais réussir avant tout pour prouver à mes parents que leur fille chérie en t'épousant n'avait pas fait une mésalliance. Et aussi pour ne pas me décevoir.

Je me récrie :

— Surtout pour ne pas te décevoir. Contrairement à ce que tu as l'air de penser. J'étais non seulement flatté mais touché par les sentiments que tu me témoignais. Malheureusement, je n'ai jamais été très expansif et je n'ai jamais su te le dire.

— C'est vrai, mais tu as tellement bien su me l'écrire !

Panique dans ma tête ! Qu'est-ce que je fais ? Qu'est-ce que je dis ? Dois-je jouer les amnésiques inquiets ? Les pudiques modestes ? Opter pour la franchise intégrale ? Le louvoiement ? La navigation à vue ? Trop tard ! Agnès s'étonne de mon silence :

— Qu'est-ce que tu as ? Tu ne te souviens pas que tu m'as écrit ?

— Si ! Si ! Bien sûr !

— Ah bon ! Tu me rassures. Ça m'aurait ennuyée que tu aies oublié. Elles sont si révélatrices, tes lettres...

— Révélatrices ? De quoi ?

— De ce qui est ta nature profonde et que tu t'obstines à enfouir au plus profond de toi.

— Par pudeur, certainement...

— Oui, je sais. Dangereuse pudeur ! Car j'aime autant te dire qu'il y a des moments où, sans tes lettres, je serais partie.

— Vraiment ?

— Ah oui ! Tu ne te rends pas compte ! Mais c'est fou, la différence entre l'homme que tu es dans la vie et l'homme que tu es dans tes lettres...

Là-dessus, contente d'avoir enfermé le problème dans une formule et pressée d'aller corriger ses chères épreuves, Agnès se lève et enlève sa tasse alors que je cherche l'inspiration dans le fond de la mienne :

— Effectivement, finis-je par dire, je ne me rends pas compte. Au point que...

Je m'arrête, hésitant au bord du puits de vérité. Agnès m'y pousse :

— Quoi ?

Je saute :

— Je me demande si je n'écrivais pas ces lettres sous hypnose ?

J'attends une dénégation excessive, donc suspecte : soit un grand éclat de rire suivi d'un presque affirmatif : « Tu plaisantes, je suppose ? » soit un froncement de sourcils suivi d'un glacial : « J'espère que tu plaisantes. » Rien de tout ça. Agnès debout, derrière moi, m'ébouriffe les cheveux du bout des doigts, comme je l'ai vu faire à Elvis et à Jean-Lotus, et désamorce le sérieux de mon interrogation avec une réponse pour gamin espiègle et non pour mari soucieux :

— Tu es bête !

Courte ponctuation d'un bisou-cheveux et d'une joyeuse suggestion :

— Tu devrais te reconvertir dans la littérature : finalement tu as plus d'imagination que moi !

Mes soupçons se désintègrent. Elle a raison : je suis bête et imaginatif à l'excès. En tout cas pendant mes nuits d'insomnie. Bon ! D'accord ! Mais... L'hypnose éliminée, comment expliquer ces lettres exubérantes sous la plume du réservé que je suis ?

Est-il possible, comme me le suggère Agnès, que je sois un sentimental refoulé ? Une espèce d'omelette norvégienne renversée : froid à l'extérieur, enflammé à l'intérieur ?

Est-il possible que je sois en proie à un dédoublement de la personnalité ? Que mon inconscient cultive la rose pourpre et mon conscient la pâle orchidée ?

Est-il possible que... tout soit toujours possible ?

Chapitre 18

La grande transhumance pascale a commencé dès hier soir. Aujourd'hui, vendredi 18 avril, le cabinet est fermé. J'y suis venu quand même sous le prétexte d'une affaire à étudier. En vérité, je n'avais pas envie de flâner dans l'appartement : Agnès y travaillait. J'ai du mal à employer ce verbe-là, accolé à son prénom. Et pourtant... Elle doit passer au crible dans la journée le second jeu d'épreuves de son livre, c'est-à-dire son texte avec les corrections qu'elle y a déjà apportées. Dernière opération avant la publication. Après, à Dieu vat ! Fouette cocher ! Advienne que pourra ! Je comprends que ce soit important. Elle a promis de remettre « son bébé » définitivement nettoyé mardi prochain, et comme nous partons demain matin jusqu'à lundi soir pour les « Oublières », je comprends qu'elle ait voulu se débarrasser de cette tâche dans le calme de sa chambre.

Je comprends mais... je n'avais pas envie d'être le témoin désœuvré de l'exaltation laborieuse de ma femme. Oisif pour oisif, je préfère être à mon bureau. Une autre raison y explique ma présence : celle de Lorraine. C'est son dernier jour ici. Elle est en train d'empaqueter des dossiers, de vider ses tiroirs. En quelque sorte de laisser les lieux dans l'état où elle les a trouvés en arrivant, il y a sept ans. Ça, elle n'y arrivera pas. Il y aura toujours, en tout cas pour moi, quelques souvenirs qui traîneront autour des deux fauteuils où nous discutions « d'homme à homme », et du canapé où nous nous taisions toujours avec plaisir. Toujours ? Du moins je le crois, quoique depuis quelque temps je me méfie de ce mot-là comme de son homologue : « Jamais ». Depuis quand ? Depuis le jour où j'ai reçu un cadeau de Damien, l'ami de mon fils Pascal, au retour de ce week-end vendéen où j'ai fait sa connaissance, renoué avec mes enfants, découvert mes petits-fils. Un cadeau symbolique que je viens de sortir du tiroir où je l'avais caché pour éviter les questions. Aujourd'hui je ne le range pas quand Lorraine entre dans mon bureau et ne me dérobe pas quand elle me demande :

— Qu'est-ce que tu fais ?

— Je réfléchis autour d'une gomme !

— Si tu crois m'épater : moi je viens de réfléchir autour d'un porte-mine en bois.

— Celui que je t'ai offert en cadeau de bienvenue le jour où tu as pris possession de ton bureau ?

— Oui, en me disant...

— « Souvenez-vous, chère Lorraine, que dans certains dossiers il est préférable d'écrire certaines choses au crayon pour pouvoir les effacer. »

— Bravo ! Ça marche, la mémoire !

— Ça dépend...

— Et merci encore pour le porte-mine. Je m'en suis beaucoup servi.

— C'est drôle comme coïncidence. Regarde !

Je lui montre la gomme que Damien m'a offerte, lui aussi en cadeau de bienvenue... mais dans ma famille ! Elle est beaucoup plus longue et plus large que les gommes des écoliers. À l'une des extrémités, Damien a inscrit l'initiale du prénom de Pascal. À l'autre, l'initiale de son prénom à lui. De gauche à droite P. D., deux initiales que j'ai maudites et que je n'ai prononcées qu'avec autant de honte que de haine ! Entre les deux, cette exhortation à l'encre rouge : « Vive la Saint-Oubli ! » Et ce commentaire sur une carte jointe : « C'est mon saint préféré. Je vous serais infiniment reconnaissant qu'il devienne le vôtre. Pascal aussi. »

La réaction de Lorraine est mitigée :

— Pour Damien et pour tes enfants, je suis plus que d'accord. Il y a belle lurette que vous auriez dû ensemble lever votre verre à la Saint-Oubli. Mais, pour le reste, non ! Je ne suis pas systématiquement d'accord pour passer l'éponge sur le mal qu'on m'a fait, les crasses gratuites, stériles, pernicieuses. Pas davantage d'accord pour oublier le bien dont j'ai bénéficié, les mains que l'on m'a tendues, les sourires que j'ai croisés... et les porte-mines qu'on m'a offerts !

Lorraine a le mien dans la main. Elle le porte à ses lèvres et s'en sert comme d'un doigt pour m'envoyer un baiser. Je force ma nature et accepte l'attendrissement qui me vient.

— Tu as raison. La minute présente est un bon moment et je te promets que j'essaierai de ne pas l'oublier.

— J'espère bien. J'espère surtout qu'on ne va pas se perdre de vue ; qu'on continuera à se voir autour du hamburger de l'amitié : une tranche de confidence entre deux tranches de sourires.

— Oh ! tu sais, je n'y compte pas trop : tu vas avoir une autre vie, dans un autre quartier, avec d'autres intérêts professionnels... et d'autres loisirs.

— Pas plus accaparants que ceux partagés avec toi.

— Sauf que Nicolas Bruggen est plus jeune... et qu'il est libre, lui !

Elle s'incline d'un geste fataliste devant cette double vérité et m'en annonce avec un rien de gêne une de ses conséquences immédiates : Nicolas va venir la chercher ici pour l'aider à déménager. Après quoi, ils partiront chez son père à Waterloo. Elle en profitera, m'assure-t-elle, pour essayer de circonvenir le voyant afin d'en savoir un peu plus sur les félicités promises par lui à ma femme et sur les emmerdes prévues pour François et pour moi.

— A propos, toi, pour le moment, tu n'en as pas eu ?

— Non... pas spécialement. Mais il paraît que les prédictions sont toujours livrées sans date précise. Alors... peut-être que je ne suis qu'en sursis.

— Comme tout le monde !

— Comment ça ?

— Rien n'est définitif. Nous sommes tous plus ou moins en sursis : des malheureux ou des heureux en sursis. Les uns en attente de bonheur. Les autres en attente d'emmerdes.

— Eh bien, disons que je me placerai plutôt dans la deuxième catégorie.

— Et François ?

— Je le saurai tout à l'heure. Nous devons déjeuner ensemble... à moins qu'il ne se décommande, à la dernière minute, comme les autres fois, sous de faux prétextes.

— Et avec quelle vraie raison, selon toi ?

— Des emmerdes, justement. Mais j'ignore lesquelles.

— Vraiment ?

— Disons que je les subodore.

La sonnette de la porte d'entrée fige le sourire de Lorraine. Quatre coups brefs en deux fois.

— C'est Nicolas ! m'annonce-t-elle.

Déjà une connivence entre eux. Un code.

— Va lui ouvrir ! Et surtout ne me le présente pas.

— Pourquoi ?

— Laisse-moi imaginer qu'il est petit, gros et chauve.

— D'accord... Mon chevelu grand et mince !

Encore un baiser du bout du porte-mine en bois et Lorraine s'en va sur la pointe des pieds, comme elle est arrivée dans ma vie. Sur la pointe du non-dit, comme elle y est restée.

François est en face de moi. Au premier étage du « Comme avant », à notre table, celle des « bip bip problèmes », comme la dernière fois où nous nous sommes vus.

Il était là quand je suis arrivé. Devant un whisky... lui qui ne boit jamais dans la journée. Il avait le teint terreux... lui qui en toute saison et à toute heure a une mine insolente. Il porte des lunettes noires... lui qui depuis toujours a adopté des lentilles correctrices pour ne pas être privé de son atout majeur, « un regard qui déshabille », appellation utilisée surtout par les dames qui rêvaient de l'être...

Pour moi le détail le plus inquiétant : il affiche la bonne humeur fanfaronne du gosse qui vient de prendre une bûche et veut cacher qu'il s'est fait mal.

— Attention ! Je vais t'en mettre plein la vue ! m'annonce-t-il en relevant ses lunettes pour me montrer son œil gauche tuméfié.

— Tu es tombé ?

— Du plus haut : du nirvana !

— Ah... et tu t'es relevé ?

— Il n'y a pas longtemps ! Et non sans mal !

Comme s'il devinait mes pensées, il évoque *L'Ange bleu*, le film où l'on voit Marlène Dietrich, chanteuse dans un misérable beuglant, subjuguer un digne professeur et l'amener peu à peu jusqu'à la déchéance : triste victoire des jambes sur la tête !

François se félicite d'avoir pu, lui (la tête), échapper au sortilège des jambes (Chantal). Il plaint les malheureux qui, faute d'avoir son expérience et sa force de caractère, y ont succombé. Il reconnaît que ma méfiance était justifiée et me raconte que...

— Tout a commencé le soir de notre dernière rencontre ici où tu t'étais montré choqué que Chantal t'ait répondu sur mon portable. Tu t'en souviens ?

— Et comment ! Je l'ai soupçonnée de te l'avoir dérobé à des fins pas vraiment innocentes.

— Tu avais raison. Quand je suis rentré à la maison elle m'a accueilli dans un déshabillé arachnéen, avec rien en dessous si ce n'est un string, également transparent, qui n'était là que comme présentoir pour le portable...

— Mise en scène plaisante, servant de prélude à jeu érotique, je suppose ?

— Évidemment ! Elle m'a entraîné dans une partie de « cours après moi que je t'attrape », absolument époustouflante : poursuite, capture, étreinte, évasion. Et on repart ! Une fois ! J'ai adoré. Deux fois ! J'ai commencé à tirer la langue. Trois fois ! Je devenais fou. Quatre fois ! J'ai demandé grâce. J'ai voulu passer aux choses sérieuses : récupérer mon portable et faire l'amour.

— Et elle, elle n'a pas voulu ?

— Si ! le portable contre cent euros. L'amour contre deux cents.

— Oh ! je vois...

— Tu ne vois rien du tout ! C'était un prolongement du jeu. Excitant à un point que, toi, tu ne peux pas imaginer.

— Effectivement ! Ce n'est pas vraiment mon genre.

— Le mien non plus ! Justement ! C'est ça qui est extraordinaire. Tu te rends compte : à mon âge, grâce à Chantal, j'ai découvert un moyen de renouveler jouissances et réjouissances !

La naïveté des hommes que Lorraine m'a souvent dénoncée et que j'ai aussi souvent niée me saute soudain péniblement aux yeux.

— Bien entendu, le jeu s'est reproduit ?

— Bien entendu ! Avec des suppléments de programme, de plus en plus variés, de plus en plus stimulants, et de plus en plus coûteux !

— Mais enfin... tu n'es pas un enfant de chœur : tu as dû comprendre assez vite le système, démonter la mécanique.

— Oui, mais c'est exactement le même processus que pour la drogue ou l'alcool : tu te crois plus malin que les autres. Tu es sûr que, toi, tu vas pouvoir t'arrêter quand tu voudras, mais c'est moins facile qu'il n'y paraît.

— As-tu au moins essayé ?

— Oui. Avant-hier : quand j'ai vu les proportions financières que ça prenait, j'ai mis le holà.

— De quelle façon ?

— J'ai pris une bonne dose de bromure, pensant que le combat allait cesser, faute de combattant !

— Et alors ?

— Alors... quand elle a compris ma tactique, elle a été furieuse et dans un accès de rage...

Il désigne son œil gauche sous ses lunettes noires et conclut dans un faux éclat de rire qui me désole :

— Poing. Barre.

Je m'efforce de ne voir que le côté positif :

— Le principal, c'est que ce soit terminé.

— Ça ne l'est pas.

— Quoi ? Tu ne vas pas me dire qu'elle t'a forcé à échanger le bromure contre du Viagra ?

— Pas forcé. Convaincu. Mais cette fois, avec des moyens plus traditionnels : des chants de sirène ; une soumission de mousmé ; une compétence de geisha.

— Et tu as marché ?

— Non ! J'ai plané !

— Ce n'est pas reparti quand même ?

— Si !

Je suis consterné. J'ai devant moi un homme lucide qui voit parfaitement la comédie qu'on lui joue et qui accepte le rôle de pantin qu'on lui destine. Je suis certain que, s'il se trouvait comme moi, en face d'un ami comme lui, sous l'empire – céleste et diabolique – des sens, il le traiterait de « sous-con », son injure préférée. Ou bien il essaierait de le raisonner. J'opte pour la deuxième solution. Je ne vais pas loin. François refuse tout appel à la raison, tout conseil de prudence, tout catastrophisme prévisionnel. Alors, si c'est pour me réduire au silence, pourquoi avoir voulu me rencontrer ? Sa réponse me laisse pantois :

— Pour te parler affaires. De mes affaires. Savoir où j'en suis.

— C'est Chantal qui t'a réclamé l'évaluation de ton patrimoine ? Les échéances de tes assurances vie ? Le montant de ta future retraite ?

— Non... c'est moi qui voudrais être au courant.

Je suis partagé entre pitié et colère. Comment peut-il me dire ça à moi, moi qu'une fois pour toutes il a chargé de gérer ses biens, avec pour seule recommandation : ne jamais l'emmerder avec des histoires de fric.

François essaye de me rassurer en m'expliquant qu'après mûre – très mûre – réflexion, il avait décidé de poursuivre son aventure avec Chantal sur des bases nouvelles, carrément franches : celles d'une association capital-plaisir. En conséquence de quoi, il voulait vendre la maison de Suresnes afin d'acheter deux appartements : un à son nom à lui, où ils vivraient ; un plus petit à son nom à elle, qu'elle pourrait louer... ainsi qu'un commerce – de fringues par exemple : domaine où elle est championne –, car elle souhaitait absolument travailler pour, à l'avenir, éviter toute histoire d'argent entre eux.

Je crève d'envie de hurler à François la vérité dans les oreilles.

Je crève d'envie de réduire ses mensonges en charpie et de lui étaler les morceaux sous les yeux.

Je crève d'envie de transpercer à coups de vérités pointues sa poupée gonflable et hypergonflée et de le forcer à respirer l'air vicieux-vicié qui s'en échapperait...

Mais ça ne servirait à rien : il a le nez, les yeux et les oreilles bouchés ! Pis ! Il a la volonté de les avoir ainsi, même si parfois un éclair de doute réussit à le traverser. La vérité le ferait fuir... chez n'importe quel autre conseiller peu scrupuleux qui lui donnerait raison sur tous les points et l'entraînerait à sa perte. Moi au moins, je vais essayer de limiter les dégâts en gagnant du temps avec un maximum de diplomatie. En avant pour le pluriel de précaution :

— Je pense que *vous* avez pris Chantal et toi de bonnes décisions... à condition de ne pas réaliser *vos* projets dans la précipitation, à n'importe quel prix.

— Évidemment, mais il ne faut pas trop tarder quand même...

— Il n'en est pas question ! Je vais aux « Oublières » pour le long week-end de Pâques. J'aurai tout le temps d'éplucher ton dossier là-bas et à mon retour je pourrai te donner mon avis.

— Et surtout le montant de mes disponibilités immédiates.

Je réduis au maximum mon bouillonnement intérieur :

— Il serait peut-être plus raisonnable pour Chantal d'envisager des locations, plutôt que des achats.

— Peut-être... Mais tu comprends, je suis beaucoup plus vieux qu'elle... S'il m'arrivait quelque chose... elle aurait au moins ça... parce que le reste... avec mes enfants... elle ne peut pas compter dessus... Tu comprends ?

J'acquiesce comme à une évidence. Il m'interroge à nouveau :

— Et une donation, ce n'est pas possible ?

L'interrogation est pathétique. J'ai pitié de lui.

— J'étudierai la question, et pendant que j'y serai, je téléphonerai à un de mes clients qui dirige une très importante agence immobilière. Je lui demanderai...

— Ce n'est pas la peine, Chantal a déjà mis une de ses amies sur le coup.

— Ah bon... Comment s'appelle-t-elle ?

François fait semblant de chercher le nom et ne trouve qu'une piètre excuse :

— C'est bête, elle me l'a dit, mais je ne m'en souviens plus.

Je prends une grande gorgée d'eau pour avaler le mensonge et François une grande gorgée de whisky pour diluer sa gêne.

— Et toi ? me demande-t-il subitement, comment ça va ?

— Pas très bien.

— Ah bon ?

Il y a dans sa voix comme une lueur d'espoir. Je l'éteins aussitôt :

— Mais je vais quand même beaucoup mieux que toi.

Semblable à une partie de bras de fer, s'engage entre nous une partie de regards de fer où chacun se demande celui qui va céder. C'est François. Il ôte le masque et baisse les yeux. Je retrouve mon ami :

— Ne t'inquiète pas pour moi, me dit-il. Je crois savoir jusqu'où je peux aller trop loin. Mais je n'en suis pas sûr : mon corps a ses raisons que ta raison ignore. Et ton corps aussi d'ailleurs.

— J'ai cette chance.

— Pas sûr que ça en soit une. Toi, tu vas passer Pâques aux « Oublières » à jouer au gin-rami avec ta belle-mère, au ping-pong avec tes petits-fils, et peut-être au bilboquet japonais avec ta femme. Pendant ce temps-là, moi je serai à Venise avec mon Explosive, en train de grimper aux rideaux, de m'éclater, de me croire jeune... Est-ce vraiment une malchance ?

Je conclus par un lieu commun où se réfugie ma prudence :

— L'avenir nous le dira.

Chapitre 19

En vérité... pendant mon séjour vendéen où j'ai joué, comme prévu par François, les gendres bien élevés, les grands-pères coopératifs, les maris modèles, il m'est arrivé assez souvent d'envier le sort de mon bouillant ami. Bêtement d'ailleurs. Car je me sais incapable de vivre ce qu'il vit à Venise : je ne suis pas l'homme des folles galipettes. Pas plus celui des douces roucoulades. Je suis un « fonctionnaire de la bagatelle », selon l'expression d'une hystérique, forcément déçue, qui m'avait pris d'assaut. Avec plus de modération et de justesse, Lorraine dit, elle, « que je suis quelqu'un qui met son pantalon sur un cintre avant de se coucher ! ». Nous avons ri ensemble de cette définition, et depuis, parmi les clients du cabinet ou des restaurants que nous fréquentons, nous cherchions à deviner qui étaient les « pantalon-cintre » et les autres... que nous avions baptisés les « chaud devant ! ».

— La vacherie, m'avait-elle dit, c'est quand un « pantalon-cintre » tombe amoureux d'une « chaud devant ». Ou vice et versa. Ce qui devait arriver souvent autrefois, quand les hommes épousaient des vierges sages.

Sur le moment, j'avais acquiescé de bon cœur, me félicitant qu'Agnès soit, comme Lorraine et comme moi, un « pantalon-cintre ». Mais depuis que j'ai découvert il y a trois semaines, dans sa chambre de jeune fille, cette lettre commémorant nos exploits amoureux, je me demande si je ne me suis pas trompé. Pas sur moi. Évidemment, non ! De ce côté-là, mon opinion est ferme et définitive. Mais sur Agnès ? N'est-elle pas une « chaud devant » refoulée ?

À notre arrivée aux « Oublières », cette question recommence à me trotter dans la tête, et avec elle toutes les autres : celles que je me suis posées à propos de cette lettre inspirée a priori par des moments inoubliables... que j'ai complètement oubliés. Ça m'empoisonne la vie à la façon d'un moustique. C'est idiot. Je vais m'en débarrasser en parlant dès ce soir à Agnès.

Cette décision prise, tout au long du dîner, je respire avec impatience l'air du XIXe siècle qui circule entre les imparfaits du subjonctif d'Antoinette de Cormantin et les guillemets précautionneux de sa fille ; puis, avec résignation, je prends dans la chambre des enfants en pleine figure une grande bouffée d'air du troisième millénaire avec les « putain de merde » du petit Jean-Lotus et les « fais pas chier » du grand Elvis. Enfin, je monte à l'étage des chambres avec Agnès... et avec l'espoir d'élucider en sa compagnie le mystère de la chambre bleue.

Devant sa porte, à l'instant où elle me tend sa joue pour un « bisou » d'aujourd'hui, chaste comme hier, je me lance :

— Je peux entrer une minute ?

Agnès a l'œil étonné d'un « pantalon-cintre » mais la voix provocante d'une « chaud devant ».

— Bien sûr. Et même... beaucoup plus d'une minute.

Gêné, je rectifie le tir :

— Je voudrais juste te montrer quelque chose.

Suit un : « Ah bon » déçu. Puis un : « Quoi donc ? » curieux. En deux enjambées, je rejoins le coffret-livre, l'ouvre et montre à Agnès l'objet de tous mes doutes.

— La dernière fois que nous sommes venus ici, je suis tombé par hasard sur cette lettre et je l'ai lue.

Voilà maintenant Agnès avec l'œil indulgent d'une mamie mais toujours la voix provocante d'une « chaud devant ».

— Je m'en suis doutée, figure-toi... quand je t'ai vu le soir même dans ce lit essayer d'y reproduire les performances érotiques qui semblaient être à la source de cet hommage, pour le moins chaleureux.

— Comment ça « les performances qui *semblaient* être » ? Elles n'ont pas existé ?

— D'une certaine façon, si ! Dans ma tête !

— Qu'est-ce que ça veut dire ?

Pouce ! On ne joue plus ! Menton relevé. Regard droit. Voix grave, Agnès avoue :

— C'est moi qui ai écrit cette lettre.

Je suis partagé entre surprise et soulagement. Finalement le soulagement l'emporte. Adieu, l'hypnose et l'insomnie ! Adieu, mes idées-moustique ! Tout s'explique. Tout s'éclaire. Cette lettre apocryphe n'est rien d'autre qu'« un petit ouvrage de dame » brodé sur un fond d'insatisfaction conjugale. Comme la lettre de Saint-Pétersbourg ou le message du carnet d'adresses... que je me garde bien d'évoquer. Inutile de réveiller de vieilles acrimonies, de provoquer de nouveaux remous. Hypocritement, je demande à « mon lac » retrouvé :

— Je pense que c'est la seule fois où tu m'as prêté ta plume ?

Après une hésitation, trop courte pour m'inquiéter, hypocritement, elle m'affirme que oui, puis ajoute :

— Désormais, si tu veux m'écrire, tu le feras toi-même.

— Hélas ! Je suis un homme de chiffres... pas de lettres !

— Ni même de cartes postales, je sais. Mais je continue à croire que tout est toujours possible.

Je suis si content d'être débarrassé de cette histoire, si rassuré par l'ombre de ce brave Athanase de Cormantin qui vient de purifier le visage d'Agnès, si... si... que soudain je l'embrasse... comment dirais-je ? Amoureusement ? Non ! Fougueusement ? Non ! Tendrement ? Oui ! c'est ça, tendrement. Et ma foi, de fil en aiguille, nous finissons par faire l'amour comme deux « pantalon-cintre » avec de fort agréables envolées, suivies d'un atterrissage sans heurt. Ce que décidément je préfère – n'en déplaise à mon ami François – aux vertiges périlleux du saut à l'élastique.

Le lendemain, dimanche de Pâques, nous passons la journée aux Sables-d'Olonne. Moitié sur la plage avec nos petits-fils, moitié avec nos enfants et leurs coéquipiers, dans l'établissement : « Le Mieux-Être » qu'ils dirigent avec autant de bonne humeur que de succès. Il est certain que sur la plage, devant les châteaux de sable d'Elvis, je rêve au palais des Doges, et que, devant les pédalos échoués lorgnés par Jean-Lotus, je rêve aux gondoles...

Au « Mieux-Être », je m'ennuie moins. Chacun y profite d'un moment de liberté entre deux clients pour nous apporter des « amuse-gueules » et des « amuse-oreilles ». Cette dernière expression a été inventée spontanément par Agnès. Elle a sorti un carnet et l'y a notée, ainsi qu'une autre phrase de la même cuvée qu'elle m'a montrée : « Un bouquet de conversation composé de brins de causette. » J'ai été étonné. Non par la phrase, à mon goût un peu Bibliothèque Rose. Mais par le fait qu'elle ait inscrit une pensée – ou assimilée – sur un papier, comme un achat ou un rendez-vous qu'elle a peur d'oublier. C'est la première fois que je la voyais faire ça. Devant mon regard surpris, elle m'a expliqué très naturellement :

— Beaucoup d'écrivains ont l'habitude de noter ainsi tout ce qui leur passe dans la tête ou sous les yeux, les oreilles, les mains...

Elle s'assimilait donc à un écrivain : ça aussi, c'était la première fois. Contrairement à moi, les autres avaient l'air d'avoir déjà intégré ce nouveau statut. Leurs brins de causette le prouvent. Je les cueille au passage :

Damien : Je voulais vous dire, Agnès, ce matin très tôt, je suis allé à l'église et j'ai mis un cierge à votre intention, pour que votre livre soit un succès. Ne me remerciez pas ! C'est égoïste : je serais tellement heureux que ça marche, pour vous bien sûr, mais surtout pour Pascal, vous comprenez ?

Pascal : C'est vraiment dommage que tu ne veuilles pas me dire le titre de ton bouquin ! Je me suis défoncé pour toi sur un gâteau en forme de livre. Ç'aurait été chouette que j'écrive le titre dessus avec des lettres en chocolat ! Tant pis ! Ce sera pour la prochaine fois !

Isabelle : Ça y est ! J'ai compris le déroulement des

opérations. D'abord : ton service de presse, c'est-à-dire dédicacer des livres aux journalistes de tous les médias, aux personnalités, aux amis. Ça, c'est pour jeudi prochain, le 24 avril. Ensuite : la sortie du livre dans les librairies. Ça, c'est pour le 12 mai. Enfin : la fiesta organisée à Bruxelles par ton éditeur à la fois pour toi et pour Aline. Et ça, c'est le 24 mai, la veille de la fête des mères.

Arnaud : On en est malade, Isabelle et moi, de ne pas pouvoir y assister. C'est tellement formidable ce qu'il vous arrive à maman et à toi. Même si ça n'a pas les suites que nous espérons tous, ça ne vous enlèvera rien. Ce qui est pris est pris et personne ne pourra vous le reprendre : toi, tu seras un écrivain. Et maman sera un peintre. Le succès, c'est secondaire.

Victoire : Je ne vous promets rien, Agnès, mais j'ai une copine dans la presse-people. Je lui ai annoncé la sortie de votre livre comme un hyperscoop qu'il ne fallait absolument pas répéter... alors normalement, elle ne devrait pas tarder à en parler.

Je n'en reviens pas. Moi, je n'ai droit à aucun brin de causette. Ni simplement poli : « Et comment ça va les affaires ? » Ni compatissant : « Vous ne souffrez pas trop de la récession ? » Ni intéressé : « Qu'est-ce que vous me conseilleriez comme placement ? » Ni inquiet : « Vous croyez à une reprise rapide, vous ? » Rien ! On me traite comme une potiche ! Comme qui dirait une femme !

En fin d'après-midi, au retour de la plage, avec la perspective réconfortante d'un thé bouillant au « Mieux-Être », surprise du chef : Aline est là. Personne ne l'attendait. Même pas Agnès. Tout le monde est heureux. Sauf moi. Pascal et Isabelle ne l'ont jamais appelée autrement que « Maline », compromis entre madame, maman et son prénom. Arnaud, son fils, les a imités. Damien et sa fille leur ont emboîté le pas. Elvis et Jean-Lotus également. Agnès, elle, l'appelle « Malinou ». Il n'y a que moi pour l'appeler Aline devant son petit monde. Mais pour mon usage personnel, depuis sa victoire à Waterloo, je l'ai surnommée « Maligne ». En pensant aux deux sens du mot : rusé et malfaisant. Elle ne m'incite pas à le regretter. Elle a apporté un cadeau à chacun... une bricole, valorisée par un petit plus :

Des chocolats pour les enfants, mais... en forme d'anges. Eux, ils s'en foutent, mais les adultes s'extasient.

Des ronds de serviette en bois mais... sur lesquels elle a peint une fleur ou une plante en rapport avec la personnalité ou la situation du destinataire : un lis pour Victoire, la présumée pure jeune fille ; des violettes pour le réellement modeste Damien ; un roseau « qui plie mais ne rompt pas » pour Pascal ; une rose épanouie et son bouton pour Isabelle en attente de rejeton ; un tournesol pour Arnaud son fils, son soleil ! un trèfle à quatre feuilles sortant des pages d'un livre, pour Agnès, bien entendu.

Et pour moi... un cactus ! Ça m'agace ! Ce qui m'agace encore plus que tout, c'est qu'aucune des personnes présentes se récrie ou s'étonne. Alors je m'en charge sur un ton malencontreusement hérissé d'épines :

— Pourquoi un cactus ?

Pour toute explication, Aline me reprend le rond, le tourne et m'en présente l'autre côté. Je m'y vois en caricature avec, sortant de ma bouche dans une bulle, les trois mots que je viens de prononcer : « Pourquoi un cactus ? »

Le rond de serviette passe de main en main, provoquant rire après rire, y compris celui d'Agnès qui félicite sa copine pour son don de prémonition.

— Quand tu vas raconter ça à Vincent, il va être épaté !

— Non ! Ça ne le surprendra sûrement pas car il prétend que tous les créateurs ont ce don-là.

— Je ne serais pas éloignée de le croire.

— Regarde-toi ! Tu as écrit plein de choses qui sont arrivées après coup.

— Et toi... ton obsession des mains dans tes tableaux... qui aboutit au langage des signes avec Daphné... et à votre exposition.

Allons bon ! Si on ne les arrête pas, ces dames qui échangeaient naguère leurs recettes de cuisine vont se mettre à échanger leurs impressions de créatrices. Et puis quoi encore ? Il est temps d'intervenir, de rappeler à la « peintresse » et à « l'écrivaine » qu'elles sont aussi des femmes !

— Pardon de vous interrompre, mais il est presque six heures et je voudrais bien rentrer pour prendre un bain : j'ai du sable dans les cheveux.

— Moi de la poussière, s'exclame Aline, et je prendrais bien une douche !

— Pourquoi de la poussière ?

— Ah c'est vrai ! Je ne vous ai pas dit ! Je suis venue en hélicoptère.

— Toi ! s'écrie Agnès. Mais tu avais juré de ne plus jamais mettre les pieds...

— Dans un avion ! Pas dans un hélicoptère ! Et puis

Vincent m'a rassurée : il m'a vue mourir très vieille et dans mon lit !

Je pars sur le gourou :

— Il n'aurait pas dû dire ça : tu ne vas plus te coucher !

Agnès revient sur l'hélico :

— Qui est-ce qui était aux commandes de l'hélico ?

— Dominique !

— Domani ?

— Évidemment !

— Raconte !

La bonne dame Maligne ne demande pas mieux. À croire vraiment qu'elle n'est venue que pour ça. Juste quelques minutes de patience ou d'impatience : le temps pour elle de prendre congé de « mon grand Pascal », de « mon gentil Damien », de « mon exquise Victoire », de « mon fils chérissime », de « ma future belle-fille : Isa-la-belle » ; le temps d'embrasser mon « grand Elvis », et mon « poétique Jean-Lotus » ; le temps de souhaiter à tous et à chacun le meilleur du meilleur ; de les inviter à Waterloo ; de leur rappeler son numéro de portable ; le temps de reprendre sa valise à roulettes, un cadeau de son cher Vincent pour la Saint-Valentin qu'il a rebaptisée la Saint-Nous Deux... le temps qu'en douce Agnès note cette appellation... le temps que j'agite mes clés de voiture dans ma main pour un au revoir global et que je tire le coude d'Agnès pour l'inviter fermement à me suivre... le temps de regagner la voiture en ayant bien soin de séparer dame Maligne de son amie, et me voilà au volant, Agnès à mes côtés, renouant le fil de la conversation avec le naturel d'un acteur de vieux western mal doublé :

— Tu disais donc ?

— Moi ? Rien !

— Si ! Tu voulais nous parler de ton voyage en hélicoptère.

— Ah oui ! C'est tout simple. Samedi, Dominique est venu déjeuner à la maison. Il nous a dit qu'il avait l'obligation professionnelle d'aller voir le lendemain un auteur... à La Roche-sur-Yon. Comme Vincent savait que c'était à côté des Sables... et des enfants, il m'a proposé gentiment d'accompagner Dominique. Et comme Nicolas, le fils de Vincent, était là pour le weekend, je n'ai pas eu de scrupules à accepter.

Je suis bien incapable de dire ce qui me « chiffonne » le plus dans cette histoire : apprendre que M. Domani devait sans faute rendre visite, un dimanche de Pâques, à un auteur qui se trouvait comme par hasard à trente kilomètres des « Oublières », ou bien imaginer Lorraine en compagnie de son « associé », faisant une entrée officielle dans la famille Bruggen à Waterloo. Du coup, j'en ai oublié l'hélicoptère. Pas Agnès :

— Mais où avez-vous atterri ?

— A l'aéroport de Nantes. Et de là, Dominique a loué une voiture... décapotable ! D'où la poussière dans mes cheveux.

— Tu ne lui as pas dit que tu ne supportais pas le vent dans la figure ?

— Je n'ai pas osé, il avait l'air si content... Et puis c'était si gentil de me conduire jusqu'aux Sables...

Je ne peux m'empêcher de demander :

— Vous êtes arrivés à quelle heure ?

— Vers midi.

Agnès déplore que son cher éditeur n'ait pas pu nous saluer puisque...

— Nous étions sur la plage.

Je ne peux pas m'empêcher, moi, de rectifier :

— Non ! J'étais sur la plage avec les enfants. Toi, tu étais à la messe.

— Ah oui... C'est juste !

— De toute façon, enchaîne Aline, il est reparti aussitôt après m'avoir déposée. Il ne voulait pas être en retard à son rendez-vous.

Je ne peux m'empêcher de suggérer :

— C'était peut-être un rendez-vous avec une minette... ou un minet...

— Oh, non ! Avec un homme cent pour cent hétéro... que vous connaissez d'ailleurs.

— Qui ?

— Secret Défense ! Il s'agit d'un homme politique qui a écrit, paraît-il, un véritable brûlot sur une certaine « affaire ». Un futur best-seller, déjà convoité par plusieurs éditeurs. C'est pourquoi Dominique s'est déplacé un dimanche de Pâques jusqu'en Vendée où ce monsieur a une propriété, pour essayer de doubler ses confrères.

Ça se tient. C'est plausible. Agnès renforce l'histoire d'Aline avec des informations sur le milieu éditorial qu'elle a lues dans les magazines spécialisés. Je me rappelle une mise en garde de François : « Tu devrais te méfier de ta méfiance. » Je m'efforce donc à la confiance. Je me « déchiffonne ». Je commence à siffloter une vieille chanson de Maurice Chevalier : « Dans la vie, faut pas s'en faire... » Je ne vais pas plus loin. Aline m'interrompt avec une grande claque sur l'épaule et cette exclamation joyeuse :

— Ah ! J'allais oublier...

— Quoi ?

— Le fils Bruggen était à Waterloo avec ta collaboratrice... enfin, ton ex-collaboratrice.

Avec de nouveau la voix d'un acteur de western mal doublé je m'entends questionner :

— Me Vaneau ?

— Oui, Lorraine ! Tu n'étais pas au courant ?

— Vaguement...

— En tout cas, elle, elle était au courant que tu allais aux Sables, car quand elle a su que j'y allais aussi, elle m'a chargée d'un message pour toi.

— Ah bon ? Quel message ?

— Attends que je me rappelle.

Dame Maligne distille son poison :

— Ah ! ça y est, je me souviens ! La petite Lorraine... entre parenthèses elle est tout à fait charmante, peut-être un peu plate à mon goût, mais sûrement très finaude... Toujours est-il qu'elle m'a chargée de te dire qu'elle avait oublié son porte-mine dans le tiroir de son bureau et qu'elle viendrait le chercher jeudi soir.

Je ne peux pas m'empêcher d'être content. Dommage qu'Agnès s'écrie :

— Ça tombe bien ! Jeudi, c'est le jour de mon service de presse, et mon éditeur m'a invitée à dîner.

Je ne suis plus content du tout !

Chapitre 20

— Alors, qui va me remplacer ? Pas dans ta vie. Dans ces murs ?

— Personne ! Tu es irremplaçable.

Lorraine hausse les épaules. Elle est en face de moi, dans son ancien lieu de travail devenu sinistre comme une barque échouée. La vie vient d'y revenir avec elle. Avec la pizza encore chaude, l'assortiment de yaourts, de fruits et de boissons non alcoolisées qu'elle est en train de déposer sur le bureau. J'ai fourni le couvert – en carton – et les serviettes – en papier. Elle n'avait pas souhaité aller au restaurant. Elle voulait rentrer tôt chez elle pour regarder à la télévision un débat auquel participait l'un de ses clients auteurs. Toujours cette rigueur professionnelle, si rare à notre époque. Si rare que je n'ai pas eu l'envie de vraiment chercher quelqu'un pour lui succéder. Il faut dire que je n'avais pas envie non plus de m'habituer à un nouveau visage, à un nouveau caractère. Lorraine m'accuse de « délit de fuite morale ». Elle a raison. Je plaide cependant non coupable.

— J'ai passé le cap de la soixantaine et j'ai décidé de ralentir un peu le rythme.

— Tu te sens fatigué ?

— Du tout ! Justement ! J'ai l'intention de me ménager pour être en forme quand je prendrai ma retraite.

— Très mauvaise idée !

Condamnation discutable sur laquelle, comme souvent, seul l'avenir pourra trancher. Donc inutile d'en discuter.

— Tu es trop jeune pour comprendre. Parle-moi plutôt de ton week-end à Waterloo.

— Feuilletonesque !

— C'est-à-dire ?

— J'ai eu l'impression d'être l'invitée surprise d'un feuilleton télé. D'abord le cadre : l'ensemble – maison-jardin – est ravissant, impeccable, mais ressemble à ce que tu as déjà vu ou pourrais voir sur ton petit écran. Ensuite, les personnages : « Tout le monde il est beau. Tout le monde il est gentil. » Le voyant n'a pas l'air d'un voyant, mais d'un bienveillant patriarche, moitié moine, moitié paysan. Daphné, jolie comme un cœur qui saigne, pourrait illustrer la couverture du livre de Cyrulnik : *Un merveilleux malheur*. Quant à Aline, elle est la fourmi industrieuse et gaie que tu m'as décrite. Peut-être maligne comme tu le penses, mais je n'en suis pas sûre. En tout cas, elle est parfaitement intégrée dans le décor.

Pour compléter le tableau, Lorraine me cite encore quelques personnages stéréotypés : un gardien factotum, prêtre défroqué qui est amoureux en silence de Daphné (si ! si ! je te jure !), une servante noire, d'origine zaïroise, pittoresque et dévouée à souhait, qui confectionne de savoureux congolais (non ! non ! je n'invente pas, je te jure !), enfin un chien qui n'a qu'un œil, un chat qui n'a qu'une oreille et un mouton qui a cinq pattes !

— Tu rigoles ?

— Moi oui, mais eux, pas !

Par discrétion, Lorraine a omis dans sa description de mentionner son associé, le fils Bruggen. Par souci d'afficher mon indifférence, c'est moi qui lui signale son « oubli ».

— Tu ne m'as pas parlé de Nicolas Bruggen.

Elle répond avec une franchise roborative :

— Comme les autres : feuilletonesque ! Adorable ! Absolument rien à lui reprocher ! Un « Monsieur Parfait » de la même espèce sans aspérité à laquelle ta femme a appartenu.

— Pourquoi parles-tu au passé ?

— Parce que maintenant qu'elle est officiellement écrivain, elle va avoir officiellement des aspérités.

— A propos...

Lorraine ne me laisse pas finir. Elle va droit au but réel de notre rendez-vous : ma curiosité concernant les prédictions que Bruggen a faites à Agnès et qu'elle a refusé de me révéler. Ma complice s'est renseignée, comme elle me l'avait promis, mais déplore de n'avoir recueilli qu'un minimum d'informations. Certainement au courant par Aline de l'amitié un peu particulière qui me liait à Lorraine, il s'est douté que ses propos me seraient répétés et s'est montré particulièrement circonspect :

— Néanmoins, je pense qu'il m'a lâché la prévision, plus exactement la vision la plus précise qu'il ait eue en présence de ta femme. La plus conséquente aussi pour elle... et peut-être pour toi.

— Quelle vision ?

— Une pluie d'or !

Je répète avec une intonation subtile où l'incrédulité le dispute à l'ironie :

— Une pluie d'or ?

— Ce sont ses propres mots. Il m'a dit que dès que ta femme est entrée dans son bureau avec Aline, il a vu avec une netteté qui l'a surpris lui-même une pluie d'or tomber sur elles deux. La pluie a cessé, mais elle est revenue par intermittence, tout au long de la consultation qu'il a donnée : d'abord à Aline, en pleine débâcle conjugale ; ensuite à ta femme qui n'était venue en principe que pour soutenir le moral de sa copine.

— Pourquoi « en principe » ?

— Parce que, en réalité, elle avait déjà écrit le livre qui va paraître et voulait interroger le voyant sur sa chance d'être publiée ou non.

— Tu crois ?

— J'en suis sûre. Je l'ai appris non par Bruggen, mais par Domani lui-même qui a déjeuné samedi à Waterloo avec nous.

— Ça, je sais. Alors ?

— Bruggen avait été plus bavard avec lui qu'avec moi. Il lui avait raconté le phénomène de la pluie d'or en y ajoutant un détail essentiel pour lui – comme pour ta femme : la pluie inondait un monceau de pages manuscrites.

À partir de là, j'imagine facilement la suite : Bruggen, bon samaritain, avait mis en rapport son ami Domani, toujours en quête d'un best-seller, et Agnès, en quête, elle, d'une reconnaissance littéraire dont, j'en conviens, je n'ai jamais envisagé l'éventualité. Non plus que l'intérêt pour une épouse au foyer comme elle. Domani a pris connaissance du livre que, de toute façon, bon ou mauvais, sous l'influence de la prédiction de Bruggen, il avait décidé de publier, avant même de le lire.

— Je parie que, à sa première rencontre avec Agnès, dis-je, il avait déjà dans sa poche un contrat prêt à signer.

— Il ne te vient pas une seconde à l'idée que le livre de ta femme peut être intéressant ou pour le moins prometteur ?

Mon silence et mon regard étonné sont une réponse explicite dont Lorraine ne se satisfait pas. Elle remet le couvert :

— Tu n'as jamais pensé que ta femme puisse avoir du talent ?

— Euh... du talent ? Non ! Mais... des facilités d'écriture, oui ! C'est toujours elle qui répondait aux faire-part de deuil, de naissance ou de mariage qu'on recevait, et elle qui remerciait pour les invitations. Elle pondait ça avec une rapidité qui m'épatait !

— Qui t'épatait... mais quand même pas au point de l'encourager à rédiger autre chose que le courrier ?

— Je n'avais pas besoin de l'encourager : elle passait entièrement ses loisirs à écrire. C'était son violon d'Ingres.

— Ecrire quoi ?

— Tout et rien. Des histoires. Des impressions sur un voyage, un spectacle, un événement. Des contes pour les enfants.

— Elle te les donnait à lire ?

— Hélas, oui ! J'ai vite mis le holà, mais au début

de notre mariage elle ne m'a pas épargné une seule ligne de sa prose.

— Et alors ? C'était comment ?

— Honnêtement, je ne m'en souviens pas. Je parcourais ces œuvrettes en diagonale et avec une seule idée : me replonger dans les délices de mes gazettes financières.

Lorraine soupire. Par solidarité féminine, elle s'indigne de mon égoïsme envers Agnès. Par amitié pour moi, elle s'en inquiète :

— Tu vas peut-être regretter de ne pas avoir été plus curieux.

— Pourquoi tu dis ça ?

Lorraine s'octroie une rasade de Schweppes Tonic au goulot, avant d'aborder un passage qu'elle doit juger épineux :

— Imagine que la prédiction de Bruggen se réalise : que le livre de ta femme devienne un best-seller, qu'on la couvre d'or mais aussi de compliments, d'hommages ; qu'on reconnaisse son talent... Toi qui ne l'as pas pressenti et encore moins encouragé, te sentiras-tu à l'aise ?

— Non, évidemment !

— Imagine maintenant que dans la presse littéraire, relayée par la presse féminine, çà ou là, on s'étonne que le talent de ton épouse, si évident pour tous les lecteurs, n'ait pas été découvert plus tôt, et notamment par son mari qui vivait à ses côtés depuis trente-quatre ans. Toi qui n'as rien vu et, pis ! rien lu, te sentiras-tu à l'aise ?

Elle enchaîne sans attendre ma réponse par trop évidente :

— Imagine enfin que, dans une interview poussée

habilement par un journaliste, ta femme chante les mérites de son éditeur qui a osé miser sur une inconnue et avoue avoir pour lui une reconnaissance sans borne... Toi à qui elle ne doit que des moqueries, te sentiras-tu à l'aise ?

Je me lève brusquement, furieux contre Lorraine qui m'a rendu furieux contre moi :

— Ça suffit ! J'ai compris ! Je suis un con ! Ou, en tout cas, je me suis conduit comme un con.

Charitablement drôle ou drôlement charitable, Lorraine m'envoie un ballon d'oxygène :

— Attends ! Ne désespère pas ! Le bouquin va peut-être faire un flop intégral et c'est Domani qui aura l'air d'un con.

Cette hypothèse m'enchante : Agnès déçue, un peu honteuse d'avoir cru à « la pluie d'or », découragée, rangeant son carnet de notes, ressortant sa panoplie de « diva du quotidien », de Madame Parfaite, de « lac » juste un peu ridé par l'amertume. Et lui, Domani, l'Imprévisible dépité, avec son sourire de séducteur, figé par son échec, avec son hélicoptère de secours, avec son flair d'éditeur en berne, ses projets de conquête à l'eau.

— A propos...

Là encore, je n'ai pas besoin d'aller plus loin. Lorraine a suivi le chemin de ma pensée et maintenant m'y précède :

— Tu voudrais savoir à quoi ressemble l'éditeur de ta femme ?

— Ben oui... Au cas où il ne serait pas un con...

— Ça, dans tous les cas, il ne l'est sûrement pas.

— Tant pis ! Mais j'espère au moins que lui aussi est « feuilletonesque ».

— Désolée ! Pas du tout. Plutôt quelqu'un avec aspérités, facettes et tiroirs à double fond.

— Un homme à femmes ?

Je n'aime pas du tout la réponse de Lorraine, dûment réfléchie :

— Plutôt un homme à risques.

Sa grenade lancée, Lorraine n'attend pas de savoir si elle va éclater ou non. Elle ne part pas, elle se sauve. Elle fuit mon agacement visible et qui visiblement l'agace. Je ne cherche pas à la retenir :

— A bientôt. Au téléphone.

— A tout le temps. Où tu veux.

Il n'est pas tard. Je vais regagner mon appartement. Je veux y être avant Agnès. Je veux savoir à quelle heure elle va rentrer. J'ai hâte de voir la tête qu'elle aura après son dîner avec son cher éditeur. Hâte de recueillir ses premières impressions d'auteur sur son premier service de presse. Hâte de découvrir enfin son livre, dont j'ignore tout. Même le titre ! Hâte d'en lire la première ligne et toutes les autres ! Cette fois sans en passer une seule. Hâte de connaître vraiment le fond de ma pensée...

Eh ben !... Si j'avais su, j'aurais été moins impatient !

Rien que le titre... Quelle horreur ! *Les Lettres qu'il ne m'a jamais écrites...*

Chapitre 21

Sur la couverture du livre, après le titre, c'est le nom de l'auteur qui m'a sauté au cœur : Agnès de Cormantin !

Heureusement Agnès n'était pas là pour voir mes yeux s'en détourner, mes joues blêmir, mes mains se crisper. Elle était rentrée quelques minutes avant moi. Bien plus tôt que je ne m'y attendais. Elle voulait être en forme le lendemain : un photographe allait la suivre du matin au soir et la prendre sous tous les angles, dans différents lieux, dans différentes circonstances afin d'illustrer un reportage qu'un nouveau magazine dédié au troisième âge – *Seniorissimo* – lui consacrait sur le thème : « Une quinquagénaire débutante ». Domani avait demandé personnellement au directeur de l'hebdomadaire – un de ses amis – un petit coup de main pour lancer le livre de sa protégée. Il avait obtenu deux pages ! Pour une inconnue, c'était inespéré. Agnès était très contente de son si dynamique et si bienveillant éditeur. Lui-même était très content de sa si coopérative et si reconnaissante romancière. Et c'est radieuse qu'Agnès m'avait tendu un sac en plastique de notre pharmacien avec dans le fond son « bébé » recouvert de plusieurs produits que je l'avais chargée de m'acheter. Le temps que je sorte du sac ma lotion capillaire, mon shampooing, mon gel bain-douche, mon déodorant, mon eau de Cologne, mes lames de rasoir, mon complexe vitaminé, mon calcium, mon magnésium et quelques bricoles en cas de douleurs, de migraines, d'insomnies et de digestions difficiles... le temps enfin que j'atteigne le livre... Agnès s'était envolée vers sa chambre en me souhaitant « Bonne nuit ! ».

J'avais à peine surmonté les deux premiers chocs provoqués par la couverture du livre que j'en éprouvais un troisième en lisant à l'intérieur la dédicace explicite d'Agnès : « Pour toi, ce petit ouvrage de dame qui te doit tant et qui finira peut-être par te convaincre que tout est toujours possible. Affectueusement. Agnès. » Et en prime, ma femme – Mme Pierre Cazeaux – avait signé Agnès de Cormantin !

Ce que j'ai eu envie de faire à cet instant ?

Bondir dans sa chambre. Lui jeter son sale bouquin à la tête. L'insulter. Lui flanquer une paire de gifles à l'envoyer au tapis. Me jeter sur elle. La défoncer comme un soudard. L'avilir. Lui prédire une « pluie de merde ». Et bien entendu lui apprendre que demain je déposerais une requête en divorce à ses torts.

Ce que j'ai fait ?

J'ai respiré façon yoga. Je me suis rué vers ma chambre avec le livre, façon rugbyman avec le ballon. Je me suis installé à mon bureau sur une chaise dure, façon écolier studieux. Et j'ai commencé à lire. Il était vingt-deux heures quarante-cinq. Le livre avait deux cent quatre pages. À raison de cinquante pages par heure (je m'étais minuté pendant mes études de droit), j'aurais terminé vers deux heures cinquante – un peu avant si je lisais de temps en temps en diagonale comme autrefois. Mauvais calcul ! J'ai terminé à trois heures trente... après avoir lu deux fois certains passages et m'être interrompu à plusieurs reprises pour tempérer mes ébullitions.

À présent, je réfléchis aux suites que je vais donner à cette lecture. La dédicace d'Agnès est complètement justifiée : je suis impliqué d'un bout à l'autre de son livre. Il est composé de quatre-vingt-six lettres de longueur variée – de trois lignes à trois pages –, on y suit un couple dont l'histoire ressemble à la nôtre comme deux points sur des « i ». La seule, mais énorme différence, c'est que l'homme s'y montre conscient de toutes les qualités de sa femme, de tous les efforts qu'elle fait, de toutes les corvées qu'elle assume pour que sa vie à lui soit un long fleuve tranquille. Par voie de conséquence, étant conscient, après coup, de vivre avec une perle, il lui tartine sur papier des louanges, des « bravo ! bravo ! », des « merci ! merci ! », et des « pardon ! pardon ! ». Bref, il lui écrit des lettres calquées sur celles que j'ai trouvées par de faux hasards successifs dans les deux coffrets et dans notre ancien carnet d'adresses. Des lettres que toutes les femmes rêveraient de recevoir et qu'elles reçoivent rarement. Agnès, jamais, je le reconnais. Mais ce n'est pas ma faute. C'est elle qui a voulu épouser un homme pudique et réservé. D'accord ! Ma pudeur confine souvent au mutisme et ma réserve fond comme par enchantement sous mes orages. Mais je n'ai pas été dans l'ensemble un mauvais mari. J'ai été un mari comme beaucoup. Un homme d'autrefois qu'il ne faut pas juger avec les critères d'aujourd'hui. Je ne supporterais pas que Mlle de Cormantin ait réglé publiquement les comptes de Mme Cazeaux. Je ne supporterais pas de voir dans une librairie ce titre qui m'accuse. Je ne supporterais pas d'être considéré par ceux qui vont le lire – connus ou inconnus – comme un ingrat ou un salaud. Je ne supporterais pas que M. Domani me prenne pour un con. Non ! Je ne le supporterais pas. C'est pourquoi, je vais... Je vais quoi ? Le livre paraît le 12 mai. Le mal est en route. Je ne peux l'arrêter. Alors, je vais partir. Loin. Très loin. Comme ça, au moins, j'échapperai aux commentaires de mes amis, de mes clients, de mes voisins ; à leurs regards ironiques méprisants, compatissants. Ou à leur prudent silence. J'échapperai au reportage-photos de la quinquagénaire débutante et à tous ceux qui risquent de suivre sur « l'épouse frustrée », « les vengeances tardives », « la strip-teaseuse du cœur ». J'échapperai à toutes les trompettes de sa renommée.

Au cœur de la nuit, je fantasme sur une Agnès mythique, une Agnès-culte, couronnée à la fois des lauriers de la gloire et de l'amour. Je finis par m'endormir sur cette vision cauchemardesque. Je me réveille, complètement abruti à... je n'en crois pas mes yeux : dix heures du matin ! Sur ma table de chevet, un post-it d'Agnès : « Je ne pensais pas que mon livre puisse avoir un tel pouvoir soporifique. Je n'ai pas voulu te réveiller. Il est neuf heures trois, je suis obligée de m'en aller. J'ai laissé un message sur le répondeur de ton bureau pour prévenir que tu serais en retard et j'ai dit à Monica qu'elle te prépare ton petit déjeuner. À ce soir. Je t'embrasse. Agnès. »

La diva du quotidien dans ses œuvres : Vigilante.

Précise. Attentionnée. Organisée. En un mot : irréprochable... si toutefois on oublie qu'elle vient de m'inoculer un venin puissant, insidieux, perfide. Et pour le moment, sans antidote.

Chez moi, je peste contre le café trop chaud de Monica. Dans mon parking, contre ce maudit voisin qui a garé sa voiture trop près de la mienne. Dans la rue, contre tout ce qui roule, qui marche, qui stagne. Au bureau, je mitraille la secrétaire, j'expédie les clients, j'annule un déjeuner important et, enfin, je cherche un calmant... dans mon téléphone de secours :

— Allô, Lorraine, j'ai lu cette nuit le livre de ma femme.

Entre autres qualités, Lorraine a une oreille particulièrement fine qui entend ce qu'on ne dit pas et une vivacité d'esprit qui lui permet d'y répondre :

— Et alors ? me demande-t-elle aussitôt, tu peux espérer un flop ? Ou tu dois redouter un triomphe ?

— Je ne sais pas. Je suis trop concerné. Je ne peux pas juger.

— Moi, je pourrai. Tu veux me passer le bouquin ?

— Je l'ai pris avec moi. Bêtement : pour que notre employée de maison ne le voie pas !

— Envoie-le-moi tout de suite par coursier, j'en lirai dans l'après-midi suffisamment pour avoir une opinion et je te la donnerai avant ce soir. D'accord ?

— D'accord, je...

Lorraine a déjà raccroché. Je glisse le livre dans une enveloppe capitonnée. Je renforce la fermeture de l'enveloppe avec un large ruban adhésif. En plus du nom et de l'adresse de Lorraine, j'écris en rouge « personnel ». Je souligne le mot. On croirait vraiment que je lui envoie un document secret ! Alors que dans quelques jours... je verrai peut-être le livre sur le bureau de la secrétaire ! Sur le comptoir de la caissière du café d'en bas ! Dans la loge de ma gardienne ! Sur la pile de magazines de ma coiffeuse ! Dans le sac d'une cliente ! Quelle horreur ! Je l'imagine partout ! Et partout, entre des mains de femmes. Non ! On ne naît pas misogyne, on le devient ! Ou alors on devient débile comme François. Pauvre Big Lover ! Pauvre roi déchu... ou en passe de l'être !

Depuis son retour de Venise, tous les jours au téléphone, François me réclame « le montant de ses disponibilités que je lui avais promis de calculer pendant mon week-end vendéen ». Tous les jours, j'ai remis ma réponse au lendemain, excipant de mes propres ennuis auxquels il n'a prêté qu'un intérêt très limité. Tous les jours, de son propre aveu, pressé par Chantal, il s'est montré de plus en plus impatient. Aujourd'hui, je prends les devants et lui annonce comme une mauvaise nouvelle ce que je considère en réalité comme une bonne :

— Ton assurance ne te remboursera rien sur ta maison du Luberon tant que l'enquête menée par la police pour cause d'incendie criminel ne sera pas bouclée.

— Mais... dans combien de temps ?

— Ça dépend : ça peut être six mois, comme ça peut être trois ans. Tu sais, une enquête...

— Mais c'est très embêtant, je comptais absolument sur cet argent pour acheter le magasin de Chantal.

— Je comprends bien, mais il n'y a quand même pas urgence !

Un silence. Le temps que Chantal, en sentinelle, lui souffle son texte :

— En attendant, on peut peut-être vendre des actions sur mon portefeuille ?

— Tu es fou ! Tu ne vas pas vendre à la baisse ! Tu as déjà perdu quarante pour cent !

Un silence. Nouvelle proposition soufflée par Chantal :

— Et mon compte impôts ?

— Comme son nom l'indique, il est destiné à payer tes impôts. Or, je te rappelle que dans le mois qui vient tu vas avoir à payer le deuxième tiers provisionnel, la CSG et l'ISF. Après, il sera vide.

Troisième silence. Troisième intervention « différée » :

— Alors, il ne me reste plus qu'à revenir à ma première idée : vendre la maison de Suresnes.

— Au prix proposé par l'amie de Chantal ?

— Ben... oui...

— Tu m'as dit toi-même que son offre était inacceptable, « monstrueusement sous-évaluée ». Ce sont tes propres mots. Tu te souviens ?

— Oui... mais...

François est coincé entre sa folie et sa raison. Ses fantasmes et les réalités. À Venise, il a dû promettre à Chantal le palais Rezzonico. À Paris, il chipote pour lui offrir le magasin de ses rêves qu'elle a déniché dans un quartier génial (avenue Montaigne, c'est vous dire !) pour un prix dingue : deux petites bouchées de pain. Pourquoi deux ? Parce qu'il y a un appartement au-dessus !

J'ai écouté cette conversation par Chantal interposée puis j'ai proposé à François un rendez-vous qui serait un véritable tête-à-tête afin que nous puissions examiner plus à fond son problème. J'ai ajouté :

— Et même *nos* problèmes.

J'ai eu la surprise de l'entendre me répondre :

— Tu as des problèmes ?

— Mais enfin, je t'ai expliqué hier...

— Ah oui... excuse-moi...

Il a enchaîné directement sur le traditionnel : « Je t'appelle. Tu m'appelles. On s'appelle. » Prélude en général d'un silence prolongé.

Je suis tourneboulé. Le mot décrit bien l'état mental où je me trouve : ma tête, comme une boule, tourne dans toutes les directions et se cogne tour à tour aux emmerdes de François et aux miennes. À sa presque indifférence et à la presque mienne.

Le manque de sommeil aggrave mon tournis. Je vais m'étendre sur le divan. Je crois simplement m'assoupir. En réalité je m'endors carrément. Je suis réveillé en sursaut vers quatre heures par la sonnerie du téléphone. Je vais répondre et, encore dans les vaps, j'entends une voix d'homme inconnue qui pourtant m'appelle par mon diminutif :

— Allô, Pierrot ?

— Oui, c'est moi.

— Ah ! Mon poussin, je ne reconnaissais pas ta voix.

— Mais qui est à l'appareil ?

— Eh ben... c'est moi ! Jacky !

— Il doit y avoir une erreur. Qui demandez-vous ?

— Pierre Chazot.

— Ah ! la secrétaire ne vous a pas branché sur le bon bureau. Ce n'est pas grave. J'ai l'habitude. Ne quittez pas. Je vais...

C'est ainsi que j'ai appris que le plus ancien de mes collaborateurs, Pierre Chazot, spécialisé dans l'immobilier, marié et père de deux grandes filles, avait viré sa cuti. Cinq minutes plus tard, il est venu me le confirmer avec une digne sobriété. Son histoire ressemble à celle de Damien : par peur des foudres paternelles, adolescent il a caché ses penchants homosexuels et a fini par se marier avec une jeune fille gentille qui s'est révélée par la suite une épouse et une mère... gentilles également. Lui a été un mari convenable... sans plus. Un père consciencieux jusqu'au jour où... ses parents morts, ses enfants élevées, il a rencontré Jacky, agent immobilier sur la Côte basque où il passait ses vacances. Coup de foudre réciproque. Effusions estivales. Fusion automnale. Froidure hivernale. Noël... familial pour l'un ; solitaire pour l'autre. Insupportable pour les deux. Ça sera le dernier. Le 31 décembre à minuit, la décision est prise : la nouvelle année sera celle de leur union. Et donc, fin février, après quinze jours de vacances communes à Ibiza, Pierrot et Jacky décident de vivre ensemble et commencent à organiser leur nouvelle vie de couple. Jacky va monter à Paris, y emménager avec son Pierrot dans un nid d'amour qu'il a déjà trouvé et créer une nouvelle agence immobilière comprenant un service juridique et financier qu'il confiera à Me Chazot. J'apprends à cette occasion que celui-ci va libérer son bureau fin juin, mais qu'il peut, si je le souhaite, me présenter un remplaçant, extrêmement compétent : un homosexuel – indétectable dans l'exercice de ses fonctions – qui vit avec le même compagnon depuis quinze ans un bonheur sans nuage. C'est d'ailleurs l'exemple de leur couple joyeux et paisible – aux antipodes du sien – qui a beaucoup encouragé mon collaborateur à sauter le pas. « Finalement, a-t-il conclu, on a beaucoup moins de problèmes avec les hommes qu'avec les femmes ! » Un œil sur mon alliance, il a ajouté : « A part quelques exceptions... bien sûr ! » Il pensait sans doute à ma femme qu'il ne connaissait pas. À moins qu'il ait pensé, comme moi, à Lorraine, avec laquelle il sympathisait. Il m'a laissé les coordonnées de son éventuel successeur puis s'est envolé vers le Sud-Ouest où la météo prévoyait un ciel uniformément bleu, après m'avoir souhaité un bon week-end à Paris où ma météo personnelle clignote de partout sur « avis de tempête ».

Lorraine au téléphone ne m'a pas annoncé un apaisant anticyclone. Elle a lu d'un seul trait, sans avoir l'envie de passer une seule ligne, *Les Lettres qu'il ne m'a jamais écrites*. Elle aussi trouve le titre accrocheur, le livre malheureusement excellent, le sujet médiatique. Bref, elle me conditionne à un futur succès et me suggère plusieurs attitudes à adopter dans cette optique :

— Première solution : tu joues le monsieur pas concerné. Tu dis avec désinvolture : « Ma femme et moi nous faisons chambre et affaires à part. Tu vantes l'imagination débordante de ton épouse. Tu t'écries avec un maximum de conviction : je me demande où elle va chercher tout ça ! »

— Impossible ! Je vais parler faux.

— Alors, deuxième solution : je te présente un éditeur. Il te fournit un nègre qui t'écrit, vite fait bien fait, un pamphlet incendiaire contre ta femme intitulé : *Les Réponses qu'elle n'a jamais reçues*. Avec un peu de chance, vous créez une polémique, vous gagnez beaucoup d'argent, vous vous réconciliez et vous sortez au plus vite, signé par vous deux : *Les Lettres que nous nous sommes enfin écrites !*

— Tu es folle ou quoi ?

— Je me doutais que ça ne te plairait pas. Mais on ne sait jamais. Peut-être qu'un jour...

— Impensable !

— Bon ! Troisième solution : tu demandes le divorce... pour cruauté mentale, atteinte à la vie privée, diffamation. Au choix. Et dès à présent, tu cohabites avec ta femme, mais tu ne vis plus avec elle. Tu ne lui parles plus. Tu sors. Tu rentres. Sans aucune contrainte d'aucune sorte.

— Invivable !

— Faut voir...

— C'est tout vu !

— D'accord ! Quatrième solution : tu t'en fous !

— Quoi ?

— Tu réfléchis. Tu penses que, à part quelques proches, tous les gens de ton entourage se fichent de ce qui peut t'arriver, comme toi d'ailleurs tu te fiches de ce qui leur arrive. Dans le meilleur des cas, on peut évaluer à cinq minutes l'intérêt qu'autrui porte aux joies ou aux chagrins de son prochain.

— Tu exagères ! Heureusement ! Les gens ne sont pas aussi indifférents !

— Tu veux dire heureusement qu'ils le sont ! Sinon, la vie serait insupportable. Tu te rends compte : avec toutes les catastrophes, les détresses, les horreurs, les morts que les médias nous déversent quotidiennement dès le réveil, si nous n'avions pas la faculté salvatrice de les oublier, ou du moins de les enfouir dans notre mémoire sous la couche de nos propres ennuis ou de nos propres satisfactions, l'humanité entière serait noyée dans les larmes !

Le raisonnement de Lorraine est odieusement juste. Qui de nous, en train de dîner pendant le journal télévisé de vingt heures, ne s'est pas ému devant des corps mutilés ou des ruines fumantes et ne s'est pas extasié, dans les cinq minutes suivantes, sur l'excellence d'un petit salé aux lentilles dont il s'est resservi sans vergogne ? Qui de nous, à un enterrement, n'a pas présenté ses sincères condoléances aux survivants éplorés, et ne s'est pas réjoui avec plus ou moins de discrétion de retrouver sur le parvis de l'église un vieux copain qu'il avait perdu de vue ou une relation importante qu'il ne savait pas comment relancer ?

Alors, dans ces conditions, évidemment, il y a toutes les chances pour que le livre d'Agnès – même en cas de triomphe et ses répercussions pénibles pour moi – ne soulève autour de nous que des commentaires soit amusés, soit réprobateurs. De toute façon : fugitifs. Ce qui est un raz-de-marée pour moi sera clapotis pour les autres. Comme le « coming out » de mon collègue Chazot a dû être un raz-de-marée pour lui, alors que pour moi ce n'est qu'un clapotis.

— Je crois, dis-je à Lorraine, que ta dernière solution est pour moi la meilleure : je vais m'efforcer à l'indifférence.

— Et pour y arriver... relativise !

Elle répète le mot en le martelant syllabe après syllabe pour qu'il entre bien dans ma tête : re-la-ti-vi-se !

— Message reçu, cinq sur cinq.

— Tiens-moi au courant des suites. Ça m'intéresse.

— Tu n'es donc pas indifférente ?

La réponse m'est livrée avec l'airbag de l'ironie :

— Re-la-ti-ve-ment !

Le souvenir de ma conversation avec Lorraine accompagne mon retour chez moi. Je repense à une chanson de Mireille que mon père aimait à chanter. Détendu je la fredonne :

Chacun sur terre
Se fout, se fout
Des p'tites misères
De son voisin du dessous.

Je la sifflote encore dans l'ascenseur. Sur le palier, je m'arrête. À travers la porte, je viens d'entendre ma femme :

— Dominique... je vous ai dit non.

— Partiellement faux ! Chère Agnès, vous m'avez dit : « Non... pas maintenant ! »

— C'est vrai et je vous le répète.

— Alors quand ?

— On verra. Allez-vous-en ! Mon mari va rentrer.

— Non ! Je ne partirai que si vous me dites quand.

— Dominique ! Je vous en prie, relevez-vous !

— Dites-moi quand.

— Dominique... lâchez-moi !

— Dites-moi quand.

Un silence. Puis la voix d'Agnès :

— Au cent millième exemplaire vendu !

— Non ! Au dix millième ! Pour un premier livre c'est déjà un beau résultat.

— Je sais, mais...

— Allez ! Je suis bon prince : je coupe la poire en deux : au cinquante millième exemplaire.

Un soupir et puis :

— D'accord ! Au cinquante millième exemplaire !

— Tope là ?

— Tope là !

— Magnifique ! C'est le plus beau pari du monde !

J'ai beau me brancher sur SOS Indifférence... je n'arrive pas à relativiser.

Chapitre 22

J'ai fait beaucoup de bruit et j'ai mis beaucoup de temps pour ouvrir la porte. Je suis rentré dans mon appartement et conjointement dans le conventionnel souriant de ce genre de rencontre :

— Pardon de vous déranger...

— Ravi de vous rencontrer...

— J'ai beaucoup entendu parler de vous par...

Arrêt brusque : mon attention, polarisée jusque-là sur Domani, vient de se fixer tout à coup sur Agnès. J'ai quitté avant-hier soir une femme portant joliment son âge entre une masse de cheveux, plus poivre que sel, des joues plus pêche que kiwi, et un pantalon-tailleur dans les gris, plus chic que choc. Et voilà que je me retrouve devant une créature aux cheveux agressivement plus sel que poivre... du genre « qui veut précéder l'événement », et séparés en mèches courtes, dressées sur la tête par un gel, comme des piques de hérisson. À la mode « pétard », m'a-t-on dit. Quant au reste : le teint est ensoleillé par un bronzant quasi insoupçonnable ; les cils sont épaissis par un mascara quasi invisible ; les lèvres « glamourisées » par un brillant quasi naturel ; et le corps, sanglé dans une salopette en satin bleu... de mécanicien pour Rolls !

Incontestablement rajeunie, Agnès est une autre. Au charme moins rare mais plus percutant. Moins distancié mais plus accessible.

Le changement est spectaculaire. J'apprends que les différentes phases en ont été captées non seulement par le photographe de *Seniorissimo*, mais aussi par celui du relookeur en vogue, responsable de cette transformation, qui ne manquera pas de diffuser ses photos pour sa promotion personnelle et par la même occasion celle de son modèle. Domani, lui, a filmé le tout sur son Caméscope dans l'espoir de susciter avec ce document « exceptionnel » l'idée d'une émission télévisuelle, soit populaire sur le thème « L'âge, connais pas ! », soit plus ambitieuse sur le thème « L'image et l'écrit », soit carrément culturelle, sur le thème « L'influence du paraître sur l'être ». Il n'est pas sûr que cette petite graine germera. Mais pas sûr du contraire non plus. Alors dans le doute... Domani ne s'abstient jamais. Il m'explose de joie en pleine figure :

— Avec tout ça, s'écrie-t-il, plus le talent d'Agnès, ma baraka, les bonnes ondes de Bruggen et mes prières à Padre Pio, ça serait bien le diable que le livre de votre femme n'atteigne pas les cinquante mille exemplaires ! Et plus vite qu'on ne le pense !

Je ne lui envoie pas mon poing dans la figure ; ni mon genou un peu plus bas ; ni mon pied dans les tibias. Je m'admire beaucoup. Je me vois raconter cette performance à Lorraine. Ça m'est d'un grand secours pour répondre avec une courtoisie grand siècle à la provocation de ce mufle :

— Comme a dû vous le dire votre cher auteur, tout est toujours possible... dans un sens, comme dans l'autre.

Agnès m'approuve et touche la médaille qui est à son cou : l'effigie de saint Dominique – patron des Cormantin. Croyance chrétienne. Sculptée dans du bois : matériau réputé porte bonheur. Superstition païenne. C'est ce qui s'appelle jouer sur les deux tableaux... mais pour gagner quoi ? S'agissant d'Agnès sûrement moins la poule aux œufs d'or que le miroir aux alouettes. Peut-être moins une aventure facile qu'une passion à risques avec un homme à double fond pour reprendre l'expression de Lorraine.

Encore lacustre – mais pour combien de temps ? –, Agnès prend congé de son éditeur :

— Merci mille fois de m'avoir assistée tout au long de cette journée...

— Merci à vous d'avoir été si coopérative...

— Nous n'avons plus qu'à souhaiter...

— Et à rêver...

Plus, ça serait trop. Il n'y a pas de plus. Il y a baisemain respectueux à Madame. Poignée de main chaleureuse à Monsieur. « Bon week-end à vous deux. » La porte qui s'ouvre. Mon doigt bête sur le bouton d'appel de l'ascenseur, et lui, le fringant éditeur, qui s'élance dans l'escalier, comme un elfe. Non ! Pas comme un elfe ! Comme moi... il y a quinze ans !

Et maintenant ? Comment attaquer ? Comment jouer la partition de l'indifférence soufflée par Lorraine ? Pourquoi ne pas laisser l'initiative à Agnès ? Et si elle ne disait rien ? Je suis encore dans l'entrée avec mon essaim bourdonnant de questions quand du salon la

« diva du quotidien », devenue la « diva de la littérature », résout mes problèmes :

— Pendant que je me démaquille, tu serais gentil d'aller dans la cuisine mettre au four les lasagnes que Monica a préparées et sortir du réfrigérateur les crudités qui y sont, soit dans un torchon, soit dans l'essoreuse.

— Mais...

— Je meurs de faim et de sommeil : ça ferait gagner du temps.

Je suis encore planté comme un poireau au milieu de l'entrée quand la diva passe ses bien nommés pétards par l'entrebâillement de la porte :

— Ah ! j'oubliais ! Le four... entre 150 et 200 !

Je m'admire encore. Je me raisonne. Je me dis : « Après tout, peut-être que se laisser relooker et prendre des pauses devant un objectif sont des activités plus éprouvantes que je ne l'imagine... Peut-être qu'elle est exceptionnellement fatiguée. Et comme moi, au bureau, je ne me suis pas tué au travail, dans le fond, il est normal que je lui donne un petit coup de main. »

Finalement, ce n'est pas un petit, mais un grand coup de main. Revenue de sa chambre, démaquillée, débarbouillée, ayant échangé son déguisement bleu électrique contre sa gandoura bleu amorti des soirs de détente, Agnès s'affale sur une chaise, supervise mon travail et me donne des ordres comme à un enfant. Pis ! Comme à un apprenti. Un stagiaire.

— Débouche le vin. Non ! Pas celui-là. Le Valpolicella. Remplis le moulin à poivre ! Mets le sel sur la table ! La sauce pour les crudités ! Les gressins qui sont dans le placard de gauche ! Le dessous de plat qui est dans le deuxième tiroir sous la plaque chauffante ! Les serviettes qui sont dans le troisième ! Parfait ! Maintenant, prends les gants ignifugés qui sont accrochés au mur, à côté de la gazinière et... (elle jette un coup d'œil à sa montre) c'est bon ! Tu peux sortir les lasagnes.

Je les sors et je rentre l'agacement qui monte en moi.

Apparemment affamée, Agnès enfourne tête baissée les lasagnes, bouchée après bouchée. À la dernière, elle relève le nez et constate :

— J'aime vraiment beaucoup la cuisine italienne !

Dans ce qui doit être, je suppose, un accès de jalousie, je lui demande :

— Et la cuisine belge ?

— Euh... oui, aussi.

— Eh bien, on pourra manger des moules-nouilles !

Agnès sourit de cette mauvaise plaisanterie avec un visible contentement. Puis, en ce soir quand même inhabituel, elle me pose calmement sa question quotidienne :

— Alors, quoi de neuf ?

Je gagne du temps :

— Oh ! pour moi, rien. Mais toi ?

— Tu sais, pour moi, tout est neuf. Ma journée d'aujourd'hui n'a été qu'une suite de découvertes.

— Vraiment ?

— Écoute ! Ça a commencé dès ce matin : Dominique est venu me chercher... en moto !

— Toi ? En moto !

— Oui ! Avec tous les déplacements prévus pour le reportage, c'était le seul moyen d'y arriver.

— Mais ça l'a obligé à t'accompagner partout.

— Ça, c'est sa méthode personnelle. Contrairement aux autres éditeurs, il publie peu d'auteurs, mais s'en occupe de À à Z. C'est agréable : il te conseille, t'encourage, te détend, et surtout gère ton emploi du temps à la minute près.

Agnès s'empresse de me donner celui de sa journée. Dans le moindre détail : après le relookage de neuf heures trente à midi trente, départ en moto, suivis du photographe en scooter, pour un McDo. Double objectif : restaurer l'auteur qui a un petit creux et montrer pour le reportage le côté ado de la quinqua dévorant des nuggets frites.

Treize heures quarante-cinq, histoire de digérer et de rentabiliser la moto, séries de photos autour de la rutilante Yamaha : Agnès, le casque... à la main pour ne pas aplatir les pétards ! Agnès, désenfourchant l'engin (plus haut la jambe, merci !). Agnès, déverrouillant l'antivol (les yeux en l'air, merci !). Agnès, poussant la 500 cc, sans doute en panne d'essence (avec le sourire ! merci !).

Quinze heures deux : changement de décor. Autre facette du « produit des éditions L'Imprévisible » : l'écrivain. Quand même ! Agnès, rêvant devant la vitrine d'un libraire. Agnès, surprise de découvrir son livre dans un coin de la librairie (exemplaire apporté par Domani et dédicacé par l'auteur au patron avec l'espoir qu'il boostera les ventes). Agnès, émue en train de rédiger cette dédicace (non, pas de lunettes, merci !).

Seize heures trente-trois : nouveau décor. La piscine du Racing Club dont l'éditeur est un membre apprécié. Nouvelle facette : la sportive. Séquence délicate, préalablement discutée entre l'éditeur et l'auteur et qui m'est confiée avec délectation. Domani, d'une prudente galanterie, a proposé que l'on fasse des photos en peignoir de bain ou alors juste la tête hors de l'eau. Agnès, musclée de naissance et de surcroît accro de sport, a récusé cette prévenance : elle pensait que le maillot, même une pièce, serait plus stimulant pour les lecteurs de *Seniorissimo*, donc plus bénéfique à l'auteur. Commentaire personnel, non exprimé : « Plus stimulant aussi pour M. Domani, n'est-ce pas, mademoiselle de Cormantin ? » Commentaire de mon épouse, joyeusement exprimé :

— Je crois que ce pauvre Dominique a eu peur que je réagisse ainsi par conscience professionnelle !

— Il a été rassuré, j'espère ?

— Sans doute. Car sur sa demande le photographe m'a vraiment prise sous tous les angles. Même en train de plonger.

— Avec tes pétards ?

— Il avait convoqué un coiffeur qui a réparé les dégâts en trois coups de gelée en pot !

— Il pense vraiment à tout !

— A tout ! Tu n'imagines pas comme c'est reposant !

C'est manifestement une pierre dans mon jardin. Je bute dessus mais ne la ramasse pas. Je m'admire une fois de plus en m'entendant réclamer la suite avec gourmandise :

— Ça s'est terminé à quelle heure la séance aquatique ?

— Dix-sept heures cinquante.

— Ah, quand même !

— On a eu juste le temps d'arriver jusqu'ici. Heureusement ce n'est pas loin. Le photographe a pris quelques photos de moi en train d'écrire, assise, couchée, debout, et puis il est parti... encore plus éreinté que moi !

— Et M. Domani ?

— Fatigué aussi, mais ravi. Il pense que nous avons fait du beau travail.

— Tu aurais pu l'inviter à dîner.

— Oui, c'est vrai, mais il avait encore un rendez-vous. Pour moi d'ailleurs. Et grâce à moi. Enfin, plus exactement grâce à Damien.

— Comment ça, grâce à Damien ?

— Tu ne t'en souviens pas ? Sa fille, Victoire, m'avait promis de brancher une de ses copines journaliste sur mon livre, comme si elle commettait une indiscrétion.

— Oui, je m'en souviens. Et ça a marché ?

— Oui ! La journaliste a téléphoné à Dominique pour en savoir davantage. Dominique a joué l'éditeur furieux contre le harcèlement médiatique, et puis bien sûr s'est calmé... jusqu'à proposer à la journaliste un rendez-vous pour discuter « de tout ça » et essayer d'obtenir un article... ou un simple écho : les petits ruisseaux font les grandes rivières.

— C'est formidable ! Je serais curieux de savoir si Domani se donne autant de mal pour tous ses auteurs.

— En principe, oui. Mais bien sûr de meilleur cœur quand il aime le livre qu'il défend et croit à sa réussite. Ce qui est, je le sais, le cas du mien.

— Ou quand l'auteur lui plaît. Ce qui est également ton cas... tu t'en es peut-être aperçue ?

— Évidemment ! Mais étant donné son physique et sa situation, il ne doit pas être en manque d'aventures.

— N'empêche que certaines peuvent le tenter plus que d'autres.

— D'accord ! Mais n'oublie pas qu'il a lu... et élu mon livre avant de me connaître.

— Aline avait pu lui montrer des photos de toi.

Faute de me mordre, Agnès se met à croquer une carotte crue... même la fane verte ! Elle la recrache, mâchée comme sa colère.

— Enfin, Pierre, tu ne peux pas imaginer que quelqu'un soit simplement touché par mon livre ? En dehors de toute autre considération ?

— Si ! Les femmes sûrement.

— Pas les hommes ?

— Moins ! Surtout ceux de ma génération.

— Autrement dit, il ne t'a pas plu ?

— Oh, tu sais, moi je ne m'intéresse qu'aux bouquins sur l'économie ou sur l'histoire. Les romans, ça ne me passionne pas.

Agnès me prend le poignet, le secoue comme pour me sortir d'un évanouissement et me parle avec une lenteur exagérée, les yeux dans les yeux.

— Voyons, Pierre, *Les Lettres qu'il ne m'a jamais écrites*, ce n'est pas un roman, pas pour toi. Ces lettres-là, c'est *moi* qui les ai attendues. C'est *toi* qui n'as même pas songé à me les envoyer. Or nous ne sommes *ni toi*, *ni moi* des personnages de fiction.

— Si ! En ce qui me concerne, je ne me reconnais pas du tout dans l'homme qui se révèle page après page égoïste, mufle, dur, irresponsable, prétentieux, ingrat, hypocrite. Et que sais-je encore ?

— Irascible ! me répond Agnès avec un calme qui fait encore monter d'un cran ma colère et chauffe à blanc le reste de ma phrase :

— Et si toi tu me vois comme ça, je ne comprends vraiment pas pourquoi tu es restée aussi longtemps à mes côtés et sans te plaindre encore ! Tu n'es quand même pas une sainte !

Elle repousse d'un geste élégant son assiette puis

quelques miettes qui s'étaient égarées alentour. Je sens tout de suite son intention de rendre entre nous les choses aussi nettes que son set de table. Je ne me trompe pas. Toujours lacustre, mais avec un effort exceptionnellement visible, elle commence à m'expliquer les raisons de cette persévérance... abusive ! Au premier rang de celle-ci : l'Amour. Sans forfanterie, au contraire presque avec gêne, je traduis ici sa pensée : elle m'a aimé d'un amour foudroyant, passionnel, donc déraisonnable, donc inexplicable si ce n'est une fois de plus par la géniale formule de Montaigne : « Parce que c'était lui. Parce que c'était moi. » Un amour de jeune fille romantique nourrie de Stendhal et d'Hugo, un amour de feu couvant sous la cendre dont ses parents, comme moi-même, ont cru qu'il s'éteindrait vite. À tort. Il a survécu. Il a vaincu. Si tant est qu'on puisse considérer notre mariage comme une victoire ! Notre relative entente physique – comme elle n'avait pas de point de comparaison – l'a confortée dans ses sentiments. L'orgueil, peu à peu, a relayé l'amour. Elle n'a pas voulu s'avouer ni avouer à ses parents, très réservés à l'égard de son choix, son erreur et sa déception. Elle s'en consolait avec Aline qui connaissait les mêmes déboires avec en plus, ceux que lui valaient avec François ses deux maternités rapprochées.

Agnès, malgré cela, a voulu un enfant – ferment de conciliation et d'attendrissement. Elle en a eu deux, les jumeaux – ferments d'incompréhension et de nervosité. Je l'ai déjà dit : je n'ai pas la fibre paternelle. Je n'y reviens pas. Si ! Juste une seconde pour dire que j'ai vu l'autre soir à la télévision un reportage sur « les nouveaux papas ». L'un d'eux avait pris un congé parental de trois ans pour pouvoir pouponner à plein temps, et on le voyait le soir, exténué, accueillir sa femme, pimpante, revenant du boulot. Là, on n'est plus dans la parité, on est dans le monde à l'envers ! Ce n'est pas le mien. Ni celui de mon père. Agnès me confirme à l'instant que ce n'est pas non plus celui qu'elle souhaitait. Certes, elle aurait préféré que je sois plus coopératif et ainsi disposer d'un minimum de temps et de liberté d'esprit, mais elle reconnaît que le fait d'avoir été totalement absorbée par les tâches, les responsabilités, les soucis causés par nos deux enfants a été aussi une des raisons pour lesquelles elle n'a pas eu le courage – physique et moral – de me quitter.

— Et puis, m'avoue-t-elle après un nouveau balayage de son set de table, il est certain que mon amour pour toi, malmené, mutilé, étêté, avait la vie dure. Il repoussait comme une hydre.

Autrefois, le vocabulaire pseudo-littéraire de ma femme me faisait rigoler avec François. Aujourd'hui il me hérisse et je répète, faussement admiratif :

— Une hydre !... Mazette !

Agnès ne se démonte pas. Au contraire. Elle persiste et signe :

— Oui, une hydre : c'est comme ça que j'avais baptisé mon rêve. Ça sera probablement d'ailleurs le titre de mon prochain roman !

— Epatant ! Tu sais comment il finira ?

— Pas encore ! Je sais seulement que j'y raconterai les différentes blessures auxquelles l'hydre a survécu... et la dernière dont chacun ignore encore les suites.

— Quelle dernière blessure ?

— Ton silence devant mes lettres. Pas celles de mon livre. Celles que j'avais cachées... de façon que tu les trouves. Avec l'espoir qu'elles te toucheraient, qu'elles t'ouvriraient les yeux et que nous pourrions repartir ensemble. Cette fois, dans la bonne direction.

Je me sens gêné, confus, penaud. Et encore un peu plus quand Agnès ajoute avec une mélancolie sans esbroufe :

— C'était comme trois bouteilles à la mer.

— Pourquoi ne me l'as-tu pas dit ?

— Parce que c'était à toi de m'en parler. Ton silence était en soi une réponse.

— Je suis désolé. Sincèrement désolé.

J'essaye par-dessus la table d'accrocher mes doigts à ceux d'Agnès. Mais elle recule sa main, la pose sur la mienne... et se met à la tapoter ! Oui, elle me la tapote ! Comme je l'ai vue tapoter celle de Jean-Lotus pour le consoler d'avoir perdu un dinosaure qu'en réalité Elvis lui avait chipé ! Moi, je suis en train de perdre ma femme sans que personne ne me l'ait... Crac ! La tête de Domani vient d'écraser ma pensée. Je retire ma main et emprisonne le poignet d'Agnès, façon menottes de policier :

— Réponds-moi : est-ce que par hasard tu ne compterais pas sur M. Domani pour trucider l'hydre, définitivement ?

Agnès va chercher la vérité au fond du fond de son lac. Elle me la sert en deux épisodes, avec cette franchise qui en a décoiffé plus d'un. Dont moi.

Le premier :

— Comme éditeur, sûrement !

Le second :

— Comme homme... peut-être !

Chapitre 23

Plus que dix-sept jours avant que le livre d'Agnès ne prenne le départ de la course aux cinquante mille exemplaires... ou plus, si affinités avec le public !

De temps en temps, atteint par le syndrome de l'île déserte, je suis tenté de partir dans un de ces ailleurs... où, finalement, on ne fait que jouer à cache-cache avec soi-même.

J'ai même failli succomber à cette tentation le jour où, sur la demande pressante de François, nous nous sommes retrouvés au « Comme avant » qui ce soir-là portait bien mal son nom. En tout cas pour nous deux qui étions si différents de ce que nous avions été, il y a seulement quelques mois. Dans un sursaut de raison, François avait renoncé à l'achat du magasin convoité, puis exigé par Chantal. À la suite d'une interminable scène où elle était passée d'un digest du Kãma Suṭra à la version intégrale de la mégère non apprivoisée, dans un sursaut de virilité (certaines traduiront machisme) il l'avait flanquée à la porte et avait fourgué ses bagages dans la voiture que malheureusement il lui avait déjà offerte.

Hélas, depuis il attendait d'elle un signe quelconque : une lettre de repentir ou d'insultes, un texto salace, un message-clin d'œil. Parallèlement il crevait d'envie de lui envoyer les drapeaux blancs de toutes les redditions sous n'importe quelle forme, y compris celle d'un chèque !

Jusque-là, il a résisté avec des calmants, des sorties, des DVD et des longueurs de piscine supplémentaires. Surtout grâce à son amour-propre. Mais il le sentait vaciller. Il se sentait faiblir. C'est pour cela qu'il m'avait appelé à la rescousse, épuisé par le duel qui opposait sa tête à son corps. Comme si je connaissais une botte secrète qui assurait le triomphe de l'une sur l'autre. Comme si je détenais le remède miracle contre la connerie lucide. Sans aucune conviction, je lui ai proposé :

— Le temps.

Il a haussé les épaules et m'a répondu, involontairement drôle :

— Pas le temps !

Avec davantage de conviction je lui ai suggéré :

— Un voyage au long cours ou une expédition polaire ?

— Ça oui ! Mais pas seul. Avec toi, quand tu veux.

— J'y ai déjà pensé, figure-toi, mais c'est irréalisable.

— Pourquoi ?

— A notre âge, le travail, si on le lâche... provisoirement, lui, il va nous lâcher... définitivement ! Et ça, ça serait pire que tout.

Cet argument dont François n'a pas discuté la pertinence ne l'a pas empêché de rêver à nous deux, blottis dans un igloo, dans la nuit antarctique, ou luttant contre un requin dans les profondeurs sous-marines, ou bivouaquant dans une crevasse de l'Himalaya, ou encore dans la jungle en tête à tête avec un fauve. Je me suis mis à rêver avec lui. Et puis à rigoler :

— Ça, c'est sûr que si tu tombes nez à nez avec un tigre... ta tigresse, elle va aller aux oubliettes !

— Et toi, si tu plonges tes idées noires dans le grand bleu, ton « lac », tu en verras vite le fond !

Un instant les soucis se sont envolés. Les années aussi. Et puis, tout est revenu. Mais amorti quand même. François m'a promis de résister.

Et jusque-là il a tenu sa promesse. Tous les matins, il m'a laissé sur mon portable un message, semblable par la solennité du ton, à ceux de la France libre diffusés par la radio anglaise sous l'Occupation : « Aujourd'hui : premier jour de la lutte de François Bourdin pour sa libération ! »

Ces messages m'ont dynamisé. Je me suis persuadé plus facilement qu'Agnès allait connaître un échec propre à démobiliser les ardeurs de son éditeur et qu'il fallait dès à présent commencer à caresser l'hydre dans le sens du poil. Mais...

Pour le 1er Mai, j'ai commandé une corbeille de muguet et de roses pompon rouges. Elle est livrée à l'heure de notre petit déjeuner, comme prévu, accompagnée d'une carte ainsi libellée de ma main : « Pour te porter bonheur... malgré tout ! » Agnès n'est pas arrivée à la déchiffrer et me l'a tendue pour que je la lui lise. Ça m'a contrarié. Toute la subtilité de ce petit mot était dans les points de suspension. Sans eux, ma volonté de conciliation était moins évidente. En tout cas, elle est passée complètement inaperçue aux oreilles d'Agnès.

— Tu écris vraiment de plus en plus mal, m'a-t-elle dit en reprenant la carte... pour la déchirer !

Elle a retiré la cellophane qui entourait la corbeille, s'est penchée sur les fleurs et a dit sans aménité :

— Ça doit être des muguets de serre : ils ne sentent rien !

Elle les a transportés néanmoins dans tous les coins du salon à la recherche d'une place où ils seraient le plus à leur avantage. Elle ne l'a pas trouvée : le salon est bleu et jaune. Elle s'est étonnée que je n'aie pas remarqué en trente-quatre ans de vie commune qu'elle a toujours évité le rouge dans les trois appartements que nous avons occupés successivement, ainsi que sur elle.

— C'est faux ! Tu portes quelquefois du rouge. Ne serait-ce que ton grand châle indien.

— Seulement quand François vient à la maison. C'est lui qui me l'a ramené d'une contrée lointaine où il chassait la panthère... ou la gazelle !

Sur cette suave perfidie, Agnès entre dans sa chambre d'un grège tout à fait compatible avec le rouge, ouvre la porte-fenêtre et relègue ma corbeille sur le balcon. Je suis ulcéré ! Un coup de sonnette m'empêche de le montrer. J'ouvre la porte à un coursier chargé de remettre « ça » à... Mme de Cormantin !

— Merci beaucoup !

— De la part de L'Imprévisible.

— Merci encore !

Quant à « ça », c'est un paquet plat dont l'emballage, manifestement « fait maison », est accompagné d'une enveloppe bleue. Agnès, accourue au nom de Cormantin, déchire le paquet avec une impatience, insolente pour moi. Elle en sort un T-shirt myosotis, ton sur ton avec ses yeux, à croire qu'il a été teint à l'échantillon ! À hauteur du cœur, deux discrets brins de muguet y sont imprimés. Dessous se cache une eau de toilette qui, bien entendu, elle, à la première vaporisation, sent son « Dom' » à plein nez... et l'odeur absente de mon envoi. Quant à la carte d'accompagnement, Agnès la lit sans la moindre difficulté avec un sourire d'appréciation que moi je n'apprécie pas du tout :

— Qu'est-ce qu'il t'écrit ?

— Message traditionnel...

Sûre d'elle, elle me le tend. Mon sang fait le circuit du Mans en lisant : « Cinquante mille... Vœux de bonheur ! » Là aussi, la subtilité de l'intention est dans les points de suspension. Mais ceux-là, Agnès les a vus. Je les pointe du doigt et les traduis sans fioritures :

— Cinquante mille exemplaires... avant de coucher avec toi, comme convenu !

Je marque un point. Agnès me regarde avec étonnement, mais sans véritable embarras.

— Comment es-tu au courant ?

— Je vous ai entendus l'autre jour à travers la porte d'entrée conclure ce galant marché.

— Pourquoi ne m'en as-tu pas parlé tout de suite après ?

— Pour te laisser une chance de m'en parler toi, la première.

Je ne suis pas mécontent de ma réponse. Malheureusement Agnès la récuse, et malheureusement avec raison :

— Non ! Une fois de plus, tu as appliqué ton vieux principe : « Le silence n'a jamais trahi personne. »

— Peu importe ! Maintenant le problème est posé et je te pose clairement cette question : « Supposons que ton livre atteigne les cinquante mille exemplaires... »

— Folle supposition !

J'élève la voix :

— Supposons ! Tout est toujours possible, mademoiselle de Cormantin.

— D'accord, supposons.

— Dans ce cas, deviendrais-tu la maîtresse de M. Domani ?

Agnès me répond avec une rapidité prouvant qu'elle s'est déjà interrogée à ce sujet.

— Ah non ! Je suis incapable de te tromper.

Elle s'est récriée avec une spontanéité qui me rassure... Malheureusement après une seconde de réflexion, elle ajoute :

— Je ne te tromperais pas. Je te quitterais !

La sentence est tombée avec la netteté et la froideur d'un couperet. Ah ça, vraiment, Agnès ce n'est pas Virginia Woolf ! En revanche, si je suis encore loin d'atteindre les paroxysmes de M. Woolf, je m'en approche :

— Enfin, quand tu m'as parlé de tes « dépanneurs », j'ai cru comprendre que tu n'avais pas songé à me quitter pour eux ? J'ai eu tort ?

— Non ! Mais ce n'est pas comparable ! Ils n'étaient que de gentils dépanneurs, tout à fait occasionnels, en aucun cas menaçants pour l'hydre. Je dirais presque « hélas ! ». Tandis que Dominique, ce n'est pas pareil. Indiscutablement, il représente un danger.

Si ma femme n'était pas au monde l'être le plus équilibré que j'aie connu, je la croirais tout de suite victime d'un pétage de plomb ! Pour le moment, c'est plutôt moi qui disjoncterais.

— Est-ce que tu te rends bien compte de ce que tu viens de me dire ?

— Évidemment... dans l'intérêt de notre couple.

— Quoi ?

— On peut mieux se défendre contre un danger que l'on connaît que contre un danger que l'on ignore.

— Se défendre ! Mais comment ? Qu'est-ce que tu veux que je fasse ?

— Ça, mon ami... c'est à toi de trouver. Je ne peux pas tout faire !

Heureusement, elle a le réflexe de s'écarter en voyant mon bras se lever pour une belle paire de gifles ! Ma main ne l'atteint pas. En revanche son ton glacial, lui, me touche de plein fouet :

— En tout cas, la démonstration de force est un mauvais moyen de défense.

Je m'en rends compte et la prie aussitôt d'accepter mes excuses.

— Je suis désolé.

— Moi aussi, me répond-elle, de dos, en regagnant sa chambre avec le paquet et la carte de Domani.

Au cours de la journée, notre accrochage s'est peu à peu dissipé grâce à un déjeuner que je lui ai proposé de partager dans un restaurant japonais qu'elle aime et que je déteste, puis grâce à un film où ingénieusement le réel se mêlait au virtuel, ce qui nous a permis, comme je l'avais prévu, une conversation sur l'influence de la technologie dans les arts, sujet qui m'emmerdait royalement mais la passionnait. Enfin, grâce à un plateau télé, préparé conjointement dans la cuisine et dégusté côte à côte dans le salon, en regardant une émission de jeux culturels, choisie également par moi, avec l'espoir – non déçu – qu'elle répondrait aux questions bien avant les candidats et avant moi bien entendu.

Après ces efforts de réconciliation couronnés de succès, le ciel conjugal devint uniformément d'un gris laiteux susceptible, soit de s'assombrir au point de se déchirer, soit de s'alléger jusqu'à laisser percer le bleu tendre.

Influencé par Lorraine, j'ai cultivé un optimisme prématuré plutôt qu'un pessimisme préventif... jusqu'à l'anniversaire de la Victoire. Celle de 1945. Pas la mienne !

Ce jour-là, le 8 mai donc, Agnès m'annonce qu'elle va partir pour les « Oublières » non pas vendredi soir afin d'y passer le week-end, mais dimanche soir, afin d'y fêter le lundi la sortie de son livre avec sa famille et avec, bien entendu, son éditeur qui a mijoté pour l'occasion quelques idées promotionnelles de derrière les ragots !

Impossible de l'accompagner : les ponts et les grèves de ce début de mai m'ont obligé à concentrer tous mes rendez-vous sur la semaine suivante. Je ne peux raisonnablement pas les décommander. Encore moins m'opposer à ce déplacement professionnalo-familial. Je ne peux que m'y résigner et, le matin de son départ, m'enfoncer dans ma tasse de café en l'entendant répondre à ma galante proposition de la conduire le soir à la gare Montparnasse :

— Non merci, tu es gentil, mais Dominique vient me chercher ici avec sa voiture. Et de là, nous irons à Villacoublay prendre son hélicoptère.

L'hélicoptère reste coincé dans ma gorge. J'avale de travers mon café. Elle éclate de rire comme une gamine espiègle. Puis, jouant les stars, elle me précise qu'un journaliste et un photographe feront partie du voyage, et s'amuse à prendre des poses sophistiquées et caricaturales. Elle est gaie comme... comme une femme heureuse. Même sans pétards, elle a rajeuni. Moi, à chaque seconde je me sens vieillir et je m'entends m'aigrir :

— Eh bien, décidément, il ne lésine pas, ton éditeur !

— C'est normal ! À tort ou à raison, il a misé sur moi. Alors, il a tout intérêt à ce que je gagne et donc à mettre un maximum de chances de mon côté.

Pour suivre ma ligne de conduite, j'encaisse cette fausse monnaie comme si elle était vraie, avec le sourire. Je pousse l'hypocrisie jusqu'à souhaiter à Agnès « Un bon séjour ! » mais, à peine dans ma voiture, à mon tour, j'appelle François au secours :

— Tu es libre ce soir ?

— Hélas oui, je devais dîner à la maison avec un couple d'amis très sympas, mais ils se sont décommandés hier. Ça m'embête d'autant plus que je me retrouve avec un couscous sur les bras !

— Ça, à la rigueur, je peux t'aider à le liquider !

— Quelle chance ! Tu viens avec Agnès ?

— Non... justement...

— Eh bien, tâche de venir avec une autre. Ou mieux : avec deux autres ! Ça serait génial ! Surtout si elles aiment le couscous !

— D'accord ! Je vais prospecter.

J'ai commencé ma prospection par Lorraine. Je suis tombé sur sa messagerie. Après la sienne, sur cinq autres m'indiquant l'indisponibilité momentanée de mes correspondants sur des modes très différents : badin, fonctionnel, incitatif, décourageant, inventif...

« Dis-moi ton message, je te dirai qui tu es. » Je soufflerai cette idée à Agnès. Peut-être aura-t-elle droit aux honneurs de son carnet de notes !

En désespoir de cause, j'appelle mon collègue Pierre Chazot et l'invite... avec son ami bien entendu : il accepte avec un enthousiasme reconnaissant. Il s'avoue en gloussant « Folle de joie ! ». Je préviens François qui se déclare enchanté à la pensée d'une soirée « entre mecs ».

Nous nous attendions à ce qu'elle soit détendue et détendante. Elle fut réjouissante d'un bout à l'autre. À commencer par l'arrivée de nos deux convives sur une Honda Goldwing, casqués, bottés, sanglés dans des imperméables que n'aurait pas désavoués la Wehrmacht en son temps. Viril de chez Viril, le juriste présente son agent immobilier :

— Fabien (comme Barthez) Chazal (comme Claire) !

Nous croyons avoir mal entendu. Mais non, il confirme :

— Un Chazal. Deux Chazot ! Elle n'est pas drôle la vie ?

Si ! Elle l'a été... pendant les cinq heures que nous avons passées avec ces deux hommes, enfin libérés. Enfin décomplexés. Enfin heureux. Que ce soit dans la piscine où ils nous ont entraînés à jouer comme des enfants ; autour du couscous sur lequel eux au moins n'ont pas chipoté comme ces bonnes femmes qui ont toujours peur de grossir ; ou encore en sirotant le café irlandais qu'ils nous ont préparé avec le whisky « conçu pour » qu'ils nous avaient apporté. Ce fut le festival de la gaieté avec des histoires, des souvenirs, des imitations de ceux qui les imitaient, et même quelques confidences sur leurs « fiançailles » difficiles auxquelles peu à peu se sont mêlées nos confidences à nous, sur nos liaisons laborieuses !

Pierre et Fabien nous ont quittés à deux heures du matin aussi ravis de la soirée que nous l'étions nous-mêmes, François et moi.

— Nous recommencerons ! ai-je affirmé.

— Je l'espère bien ! a répondu Pierre. Mais la prochaine fois, ça sera chez nous !

Et son « chez nous » sentait bon le feu de bois dans la cheminée.

Moi, je n'ai pas eu le courage de rentrer chez moi.

François m'a aidé à faire le lit dans l'ancienne chambre de sa femme. On a plaisanté sur la situation. Pas longtemps : on tombait de sommeil. La tête sur l'oreiller, je me suis endormi. Et j'ai rêvé de mon père... Ce macho au regard si doux !

Chapitre 24

Grande première pour moi : comme un vrai petit homme d'intérieur je viens d'élaborer le menu d'un repas ! Celui que je partagerai ce soir avec mon auteur de femme, revenue de Vendée après trois jours d'absence. Certes, Monica m'a aidé dans cette tâche nouvelle en me suggérant quelques plats pratiques : soit à manger froid ; soit supportant d'être réchauffés au micro-ondes. J'ai opté pour le froid, en conciliant subtilement le festif et le diététique : un homard breton avec une salade de mâche aux truffes. Comme dessert, une touche de romantisme dont je m'étonne d'avoir eu l'idée : un sorbet... aux fruits de la passion, accompagné de quelques tuiles aux amandes.

Quand je rentre du bureau avant l'heure habituelle, afin de m'assurer que tout est bien en place pour notre dîner de retrouvailles, Agnès est déjà là. Dans sa chambre, vêtue de sa gandoura basque... en laine des Pyrénées ! Je sais bien que ce 14 mai est anormalement frisquet mais quand même... Elle est démaquillée. Ses traits sont creusés. Les pétards de ses cheveux avachis.

Allongée sur son lit, elle est en train de lire des lettres qu'elle a reçues pendant son absence. Soudain, en me voyant, son visage s'éclaire :

— Grisant ! s'écrie-t-elle.

— Oh... pour un peu je rougirais.

Elle rectifie en haussant les épaules :

— Je parlais du courrier.

— Aah...

— C'est merveilleux ! Des amis plus ou moins lointains à qui j'ai envoyé mon bouquin... qui l'ont lu et qui m'écrivent des choses incroyables ! – entre autres, qu'ils s'y sont reconnus ! Les femmes surtout. Elles me remercient de l'avoir écrit. Tu te rends compte, c'est...

— Grisant !

— Exactement !

— Et à part ça ?

— Je suis claquée !

— Oui, je vois.

— Merci !

— Excuse-moi. Je voulais dire...

— Ce que tu as dit. Mais ne t'inquiète pas : j'ai les oreilles bouchées par les compliments !

Deuxième grande première de la journée pour moi : je viens de surprendre Agnès l'effacée en flagrant délit de vanité ! Je ressens ce que je pourrais ressentir devant une photo d'elle retouchée. Elle n'est ni tout à fait la même, ni tout à fait une autre. Mieux ? Moins bien ? Je ne sais pas encore. Mais j'ai envie de savoir. De creuser. De comprendre. Ça aussi, c'est nouveau. Je suis content de l'entendre m'inviter à m'asseoir, à renouer avec « le privilège de la ruelle », expression, m'apprend-elle, jouant les bas-bleus, datant du XVIIe siècle où les hauts personnages recevaient quelques privilégiés dans la ruelle du lit où ils étaient couchés.

— Tu ne préfères pas que je te laisse te reposer ?

— Non ! Non ! Au contraire, je serai ravie de bavarder avec toi.

Elle me le prouve : elle parle, parle, parle... avec volubilité. Je dirais même avec frénésie. Ses mots jaillissent de sa bouche comme l'eau d'un robinet qu'on vient de désentartrer. Oui c'est ça, Agnès est désentartrée. Nouvellement diserte, mais toujours aussi méthodique, elle commence par le commencement : son voyage aller. Un enchantement ! Agnès au pays des merveilles ! L'hélicoptère : idéal pour regarder la terre : assez près pour en apprécier les beautés. Assez loin pour que les laideurs soient estompées.

— C'est comme ça qu'on devrait pouvoir regarder la vie.

Je salue cette pertinente réflexion :

— Tu devrais noter ça sur ton carnet bleu.

— C'est déjà fait.

— Alors...

Elle continue. De l'hélico Agnès passe à la voiture de location – non décapotable – et de Nantes aux « Oublières » avec le même enthousiasme. L'idée de M. Domani évoluant dans le berceau de ma belle-famille m'est très désagréable. Pendant quelques instants, je n'écoute plus Agnès. Je le vois lui, ses Berlutti sport, foulant le tapis bleu de l'entrée brodé de fleurs de lis ; son blouson Cerutti déposé sur le dossier du prie-Dieu de Marie-Antoinette comme sur un cintre ; son Levis moulant enfoncé dans la soie d'une bergère Louis XVI ; sa Rolex narguant le cartel Louis XV ; son attaché-case Gucci jeté sous la vitrine Louis-Philippe où est exposée la besace d'Athanase de Cormantin. Jamais je n'ai autant respecté cette demeure qu'en imaginant dedans ce gougnafier d'éditeur. Jamais je n'ai autant détesté ma belle-mère, la comtesse Antoinette, qu'en apprenant de la bouche extasiée de sa fille que...

— Cette soirée a été... un enchantement ! Le courant est miraculeusement passé entre maman et Dominique ! Ils sont tombés tous les deux sous leur charme respectif et pourtant si différents : elle, la dame d'hier et lui, le senior... Domani ! Maman buvait littéralement ses paroles. Moi aussi d'ailleurs. Tu penses ! Il parlait de mon livre : en frétillant des narines comme un lapin devant une carotte, il nous disait qu'il sentait le succès... Que quelques journalistes avaient déjà réagi à sa lecture de façon très favorable... Que deux de ses confrères lui avaient demandé où il m'avait dénichée, et que ses représentants lui avaient signalé de la part des libraires un certain intérêt, incompréhensible à leurs yeux. Évidemment, ce ne sont là que des petits frémissements, mais on ne sait jamais, avec un peu de chance... et l'aide de saint Dominique...

— Tu crois vraiment que saint Dominique va s'intéresser à ton livre ?

— Pourquoi pas ? En tout cas, maman lui a promis une neuvaine.

— Au cinquantième mille ?

— Non ! Tout de suite !

— Et pas M. Domani ?

— Non. Lui, c'est à Padre Pio qu'il s'adresse.

— C'est du même tonneau !

La bouche d'Agnès se crispe. La mienne se fend d'une excuse :

— Pardon. Je voulais dire : du même bénitier !

J'ai droit à l'absolution d'Agnès :

— Toujours est-il qu'avec tous ces espoirs, tous ces souhaits, nous n'avons pas vu le temps passer, et qu'à minuit maman a proposé à Dominique de dormir aux « Oublières », alors, bien sûr, qu'il avait retenu une chambre aux Sables.

Général en chef des non-évolués, je m'offusque :

— Il a couché aux « Oublières » ?

— Oui !

— Où ça ?

— Dans la chambre que tu occupes chaque fois que tu viens.

— Autrement dit, dans « ma » chambre.

— Si tu veux !

Général en chef des bornés, j'insiste :

— Celle qui est en face de la tienne ?

— Voilà !

— Tu n'as pas pensé que cette proximité était pour lui un peu... incitatoire ?

— Pas plus que pour toi, si ça peut te rassurer.

Touché où le bât blesse, je ne peux hélas... que hausser les épaules et la laisser poursuivre, guillerette à plaisir :

— De toute façon, nous étions très fatigués et nous pensions que la journée du lendemain risquait d'être rude.

— Et elle ne l'a pas été ?

— Tout le contraire : un enchantement !

— Encore ! Ça fait trois fois que tu emploies ce mot-là ! En tant qu'écrivain tu devrais éviter les redites !

— Tu as raison. Mais en l'occurrence, je ne trouve pas de mot plus approprié.

Elle me le prouve en me le servant à chacune des heures les plus marquantes de son emploi du temps. Ainsi, le petit déjeuner dans la grande cuisine des « Oublières » avec Isabelle radieuse, enceinte de six mois, espérant, les deux mains sur son ventre, que le futur bébé aura le talent de sa grand-mère ; avec Arnaud, radieux, s'émerveillant du destin fabuleux et fabuleusement parallèle d'Aline, sa mère, et d'Agnès, sa marraine ; avec ma belle-mère, radieuse par anticipation à l'idée d'avoir enfanté la nouvelle marquise de Sévigné ; avec Perrine la servante au grand cœur, radieuse d'embrasser une dame qui écrit... comme M. Simenon... chez qui sa mère a servi autrefois dans sa maison des Charentes.

Et tout ça avec en bruit de fond les rires du « latin lover » qui dans le jardin jouait avec Elvis et Jean-Lotus d'une part au football, d'autre part à « qui c'est qui sera le plus radieux ».

Suite de l'enchantement : arrivée à la librairie où depuis son enfance Agnès achète tous ses livres de vacances et où, aujourd'hui, c'est son livre à elle que d'autres vont acheter ; la découverte de ses *Lettres qu'il ne m'a jamais écrites* en piles sur une table déjà installée pour la séance de signature qui aura lieu à seize heures ; sa première dédicace à Mme Nicole, la patronne du magasin, divorcée de fraîche date, qui a dévoré le livre et qui « en connaît plus d'une qui vont s'en régaler ! » ; l'émotion de voir sa photo dans le journal local ; de lire l'article qui lui est consacré, le premier. Titre : « De la pelle à la plume ». Il est signé Julien Thomas, un ami d'enfance, puis de jeunesse, avec qui elle a construit d'abord des châteaux de sable ; après, des châteaux en Espagne. Il lui avoue dans son article qu'elle a été son premier amour. Elle a pensé : « Décidément, les livres ouvrent les portes que les écrivains dessinent sur les murs de la vie. » Elle a ouvert son carnet bleu pour y inscrire cette phrase, mais elle s'est aperçue qu'elle s'y trouvait déjà... sous la signature d'un confrère ! C'est curieux parfois les rencontres... Ce fut un enchantement de plus ! Mais pas le dernier. D'autres l'attendaient au « Mieux-Être » où ils ont déjeuné avec l'équipe au grand complet et en pleine euphorie : en plus du couple Arnaud-Isabelle toujours radieux, Pascal, touché par ce livre qui, en racontant notre histoire, racontait un bout de la sienne. Il a sans doute été content de voir le mauvais rôle que j'y tenais et celui magnifié de sa mère chérie, bien qu'elle m'ait affirmé le contraire. Damien, lui, a surtout été frappé par le style incisif de l'ouvrage, son ton d'agressivité souriante. Il en a félicité chaleureusement Agnès mais s'est félicité, lui, d'avoir viré homo ! Je garde pour moi que l'ami Pierre Chazot est arrivé à la même conclusion. Victoire a été toute contente de poser au côté d'Agnès pour le Caméscope et le Nikon de Domani qui la capte sous tous les angles (les meilleurs quand même) et dans toutes les situations (les plus commercialement rentables). Pour la dernière photo, Agnès a posé au milieu de tous ses jeunes fans, groupés comme pour un mariage. Coup double : au-dessus de leurs têtes, l'enseigne bien visible du « Mieux-Être ». Dans leurs mains le livre d'Agnès : coup double ! Reconnaissance quadruplée ! Allégresse centuplée !

Au dernier clic-clac, M. Domani, l'éminent P-DG des éditions L'Imprévisible, était devenu pour chacun l'irrésistible Dom'.

Cet enchantement joyeux fut suivi d'un enchantement

émotionnel : la séance de dédicace. Mme Nicole l'avait minutieusement organisée, alertant de longue date le ban et l'arrière-ban de toutes ses clientes, susceptibles d'être intéressées soit par le sujet du livre, soit par la personnalité de l'auteur : la fille de la comtesse de Cormantin et la mère des deux jumeaux du « Mieux-Être ». Résultat : Agnès n'avait pas arrêté de signer son livre à ses futures lectrices. Au début, les dédicaces étaient longues et personnalisées, puis, devant l'affluence, sur les conseils de Domani, Agnès les avait écourtées et banalisées... à son grand regret ! Elle était si heureuse, si étonnée, si fière de ce qui lui arrivait ! Elle en avait tellement rêvé, sans jamais vraiment y croire, mais sans jamais vraiment non plus désespérer.

Pendant des années et des années, elle avait donné beaucoup, passionnément, à la folie, et puis, d'un seul coup : jackpot ! Tout lui est remboursé !

Elle « se la raconte » un peu, mais très bien : avec des cassures dans la voix et des silences. Elle m'a parfois touché, et je reconnais avoir la gorge serrée en l'entendant m'avouer :

— Après avoir signé mon dernier livre, j'ai éclaté en sanglots !

Rien que d'avoir évoqué ce souvenir, elle a les yeux embués. J'en suis attendri et j'ai envie de la prendre dans mes bras pour le lui dire. Mais subitement, je pense que Domani, lui, il a vécu la séquence en direct et qu'il a eu envie lui aussi de la prendre dans ses bras, et que, lui, il a pu ! Alors, je reste bien collé dans mon fauteuil et, général en chef des cons, j'ironise :

— M. Domani a dû être tout attendri...

— Tu n'imagines pas !

Toujours général en chef, je lui affirme :

— Si ! Si ! J'imagine très bien.

Perfide (ou inconsciente ?), Agnès en remet une louche :

— Je pleurais sur son épaule comme une gamine !

Histoire de briguer un galon de plus dans l'ordre de la connerie, je persifle :

— Et, bien sûr, ce fut un enchantement !

— Sans faille ! Et qui a duré pendant tout le dîner.

Me voilà simple soldat dans le bataillon de l'aigreur :

— Où ça, le dîner ?

— Chez la libraire, avec le maire, quelques membres du conseil municipal dont elle fait partie, leurs épouses, mon vieux copain Julien Thomas, complètement déplumé mais adorable, et, tu t'en doutes... l'incontournable photographe !

Elle m'énumère par le menu tous les enchantements de son dîner : les toasts portés à son honneur ; les compliments des hommes ; les confidences des femmes ; les histoires à consigner dans son carnet bleu ; le gâteau surmonté d'une plume aux couleurs – gris et bleu – des éditions L'Imprévisible, les porte-clés offerts à chaque convive avec d'un côté sa photo, de l'autre celle de la couverture de son livre. C'est la stratégie éditoriale de Domani : semer un peu partout des petites graines de publicité avec l'espoir qu'elles se transformeront en fruits de la réussite.

Le récit d'Agnès a été assez long pour que j'aie le temps de me ressaisir et de remonter dans mon estime. Je me félicite de ne poser aucune question à Agnès sur son retour aux « Oublières » avec son éditeur, autant enchanté qu'enchanteur. Pas plus sur leur voisinage nocturne. J'en suis venu directement au lendemain, c'est-à-dire à aujourd'hui :

— Ça s'est bien passé ce matin ?

— Divinement bien ! J'étais sur mon petit nuage. Mon seul souci était d'être en forme pour le déjeuner qui m'attendait.

— Aux « Oublières » ?

— Mais non ! À La Roche-sur-Yon, chez cet ancien ministre, actuellement député turbulent...

— Ah oui ! Celui qui a signé un contrat avec ton éditeur pour un livre-brûlot.

— C'est ça ! Aline nous en avait parlé le jour où...

— Oui, je me souviens. Mais qu'est-ce que tu as à voir avec cet homme, toi ?

— Rien ! Sinon qu'il sait que maman est une de ses électrices, influente de surcroît, et qu'il s'est fait une joie, sinon un devoir électoral, de recevoir sa fille à sa table, comme le lui a suggéré Dominique.

— Avec, évidemment, ton livre à la main, un photographe à l'apéritif et un journaliste au dessert.

— Tu as tout deviné !

Là encore, coup double de M. Domani : l'un pour sa protégée d'aujourd'hui ; l'autre pour son protégé de demain.

— C'est ce qui s'appelle joindre l'utile à l'agréable.

J'accepte « l'utile ». Je récuse « l'agréable ». Agnès se récrie. M'affirme que ce déjeuner a été comme le reste un « en-chan-te-ment ! ». Son hôte, comme beaucoup de politiques dans le privé, s'est révélé très charmant et très drôle. L'ambiance était détendue. Les anecdotes pullulaient. Les bons mots fusaient. Quant au repas : un délice ! Les vins : sublimes... au point qu'Agnès qui boit si peu d'habitude a presque failli se « pochetronner » ! Les mets : une merveille ! Simples mais raffinés. Tout ce qu'elle aime. Notamment des homards tout frais pêchés et de la salade aux truffes ! Je blêmis.

Agnès enfonce encore le clou dans la plaie en soupirant, les mains sur l'estomac :

— J'en ai repris trois fois : je serais incapable d'avaler une bouchée.

— Ah bon !

— Mais si toi tu as faim, ne t'occupe pas de moi. Va manger !

— Non merci, je n'ai pas faim. Je vais juste aller prendre de l'eau dans la cuisine.

— Très bonne idée ! Tu veux m'en rapporter ?

— Bien sûr !

Quand je reviens avec la bouteille de Vittel, Agnès a déjà les yeux fermés. Elle les rouvre juste le temps de balbutier :

— Merci. Pose-la par terre. Excuse-moi. Je tombe de sommeil. Je me lève demain de bonne heure.

Elle a rectifié dans un sourire onirique :

— Non, de bonheur !

Chapitre 25

Malgré tous les efforts de Domani, *Les Lettres qu'il ne m'a jamais écrites* pourraient s'intituler « Les lettres qui ne se vendent pas » ! Du moins pour le moment, après douze jours de mise en vente.

Hier, je me suis renseigné discrètement à la Maison de la Presse et du Livre de mon quartier où j'achète tous les jours mes journaux : ils n'avaient vendu qu'un seul exemplaire : à la marchande de bio dont Agnès est une cliente fidèle. Je me suis renseigné aussi à la librairie, située près de mon bureau. Ils en avaient vendu deux, à deux messieurs qui avaient réclamé des paquets-cadeaux : ils les destinaient à des dames, « peut-être même bien aux leurs », m'avait confié la vendeuse, avant d'ajouter un « quoique... » très restrictif. À leur description, j'avais compris qu'il s'agissait du couple Chazal-Chazot. Je me suis renseigné encore auprès de Lorraine qui elle-même s'était renseignée directement auprès du milieu éditorial avec lequel elle avait des contacts professionnels quotidiens. Elle avait été d'abord catégorique : « Le livre ne démarre pas. » Puis elle avait tempéré son affirmation de plusieurs bémols : la crise économique ; les grèves ; les conflits sociaux ; nationaux ; internationaux n'incitaient pas les gens à la dépense. Enfin, elle avait conclu par ce conseil :

— Attends quand même pour te réjouir !

Je n'avais pas éprouvé le besoin de lui dire que, curieusement, je ne me réjouissais pas. Bien sûr, j'étais content, soulagé de voir s'éloigner la menace des cinquante mille exemplaires. Mais je pensais que cinq mille exemplaires – tirage sans danger et honorable – contribueraient utilement à maintenir le moral d'Agnès et à conforter dans notre couple l'harmonie paisible qui y régnait actuellement. En effet, l'euphorie de mon épouse qui m'avait tant agacé au retour de son « enchantement vendéen » s'était estompée dès le lendemain. Elle m'avait même prié de l'excuser en découvrant dans le réfrigérateur les deux homards bretons... qu'elle s'était mis à insulter en riant :

— Les sales bêtes ! Ils ont réussi à te rester sur l'estomac... sans même y être passés !

Elle était gaie. Profondément gaie. Comme elle ne l'avait jamais été. En tout cas, comme moi je ne l'avais jamais vue l'être. Elle l'est restée. En dépit des mauvais résultats de son livre qu'elle ne pouvait ignorer bien qu'elle ne m'en ait jamais parlé. Elle s'y décide enfin ce soir, à la veille de notre départ pour Bruxelles où doit avoir lieu la fête organisée par Domani autour des « tableaux à quatre mains » du duo Aline-Daphné et du livre d'Agnès.

— Le moins qu'on puisse dire, commence-t-elle avec une bonne humeur non affectée, c'est que mon chef-d'œuvre ne s'annonce pas comme le best-seller du siècle ! Ni même de l'année !

Je joue l'étonné. Elle me cite les derniers chiffres que lui a communiqués son éditeur. Je joue le navré, puis le consolateur... avec les bémols fournis par Lorraine. Agnès me remercie mais me rétorque avec beaucoup de lucidité que, malgré la peu encourageante conjoncture actuelle, certains livres se vendent très bien. Et puis, elle poursuit avec cet aveu venu manifestement du fond du cœur :

— Je n'ai pas besoin de consolation. Je suis heureuse. Echec ou succès a pour moi peu d'importance. Ce qui compte, c'est que j'existe maintenant en tant qu'auteur. C'est qu'un éditeur ait cru en moi, qu'il continue à y croire puisque...

Elle ajuste son coup et tire :

— J'ai déjà signé avec lui pour un autre livre.

Cible atteinte ! Je ne trouve à répondre que...

— Ah bon ! C'est bien.

Nouveau tir :

— C'est *très* bien. Dominique reste totalement confiant, optimiste et décidé à se battre jusqu'au bout pour mon bouquin.

Cible à nouveau atteinte ; me revoilà con ricanant :

— Il espère donc toujours son cinquante millième exemplaire ?

— Plus que jamais !

— C'est gratifiant pour toi.

Dernier tir :

— Mieux ! C'est... enchanteur !

Fin de la salve. Fin de la scène. Fin de l'harmonie paisible que je me suis réjoui un peu trop tôt d'avoir retrouvée.

Le lendemain matin, en route pour Bruxelles, je suis installé dans le confort matériel du Thalys et mon inconfort moral personnel. Je m'immerge dans la lecture d'un journal. Agnès, en face de moi, dans celle d'un magazine. Soudain elle pousse une exclamation de surprise, suffisamment forte pour que j'émerge avec curiosité :

— Qu'est-ce qu'il y a ?

Pour toute réponse, elle me tend son hebdo ouvert en son milieu. Etalé sur deux pages en caractères gras, le titre me saute aux yeux et au cœur : « Agnès de Cormantin, une débutante quinquagénaire ». Dessous, un article sur deux colonnes : une, page de gauche, l'autre, page de droite, abondamment illustrées par des photographies de la susnommée en femme d'hier et en écrivain d'aujourd'hui. Il s'agit bien entendu du reportage de *Seniorissimo* publié à retardement sous la pression de Domani. Je le survole comme une zone à risques, puis avec un sourire coincé le rends à Agnès qui, elle, a un sourire ébloui. Trois minutes plus tard, à nouveau le nez dans mon journal, c'est à moi qu'il échappe un « Oh ! » de surprise qui, quoique étouffé, n'échappe pas, lui, à Agnès. Rebelote dans l'autre sens :

— Qu'est-ce qu'il y a ?

— Ça !

Je tends à ma femme une page volante de mon quotidien, celle réservée à la culture : un quart en est occupé par une publicité pour le livre d'Agnès, odieusement racoleuse : « Mesdames, lisez *Les Lettres qu'il ne m'a jamais écrites* et que, vous non plus, vous n'avez pas reçues ! » Sur le côté, un portrait de l'auteur et la couverture du livre avec, comme il se doit, son nom et celui des éditions. Sous le choc, le bonheur sort des yeux écarquillés et de la bouche ouverte d'Agnès. Je serais tenté de lui trouver l'air bête, mais je crois plus honnêtement qu'elle a l'air heureux. Elle me demande la permission de garder cette page... uniquement pour le principe, car elle sait que la culture ne me branche pas plus que, elle, les finances. Elle la range précieusement dans son sac... dont elle sort son portable pour appeler son cher éditeur... sans me demander la permission :

Elle : Allô, c'est moi.

Ma voix intérieure : Ah !... Il la reconnaît sans qu'elle dise son nom !

Elle : Je suis dans le train. Oui... avec mon mari...

Ma voix intérieure : Ah !... traduction : attention « il » est là. Pas d'effusion !

Elle : Je viens de voir la pub : magnifique ! Et le reportage dans *Seniorissimo* : superbe ! Non... rien ! Je voulais juste vous remercier.

Ma voix intérieure : Ah !... ça ne pouvait pas attendre, non ?

Elle : Quelque chose d'autre ! Encore ! Mais quoi ?

Ma voix intérieure : Ah !... Il met le paquet, la vache !

Elle : Ah si ! Dites-moi... Soyez gentil ! S'il vous plaît !

Ma voix intérieure : Ahh !... et que j'te minaude ! Et que j'te suce le point de suspension !

Elle : D'accord ! À tout de suite, Dom' !

Ma voix intérieure : Rahh ! Rahh ! Rahh !

Ma voix extérieure : Tu as bien fait de l'appeler. Je n'y connais rien, mais je pense que c'est rare un éditeur comme ça.

Elle : Je le pense aussi.

Il est sur le quai exactement à la hauteur de notre wagon. Il embrasse Agnès, comme du bon pain. Pourquoi pas comme de la galette virtuelle, après tout ? Il lui prend son bagage. Il me serre chaleureusement la main, comme si vraiment il était content de me voir. Il m'appelle par mon prénom. Il nous fraye un passage vers la sortie. Il marche vite et souple. Il sourit aux gens qu'il bouscule. Il sourit au chauffeur de taxi qui nous attend. Il sourit à Agnès en lui ouvrant la portière cérémonieusement comme s'il s'agissait d'une altesse royale. Il sourit en prenant place à côté du chauffeur pour qu'à l'arrière nous ayons nos aises. Il a les dents du bonheur. Le nez de la sensualité. Les yeux de l'humour. Le front de l'intelligence. Je le condamnerais volontiers pour « délit de belle gueule » !

Il déroule le programme des réjouissances :

De dix heures trente à midi trente. Aux éditions de L'Imprévisible où nous nous rendons : interview d'Agnès par quatre journalistes de la presse écrite (une demi-heure prévue pour chacun) et deux de la radio belge pour des enregistrements (un quart d'heure chacun).

Midi trente. Départ pour Waterloo. Déjeuner avec la « famille Bruggen » (Aline, Vincent, Daphné) et... la surprise du chef, annoncée dans le train : le rédacteur en chef d'un grand quotidien belge, ami de la maison, qui a été très accroché par le livre d'Agnès, comme il l'avait été auparavant par les toiles d'Aline et qui a eu la vague idée de réunir leurs talents... dans une bande dessinée !

— C'est dingue ! s'écrie Agnès dont le vocabulaire a été récemment lifté.

— Je n'en suis pas sûr, répond Domani. Nous allons

en discuter pendant le déjeuner. Nous aurons tout le temps puisque nous ne sommes attendus que vers dix-huit heures à la galerie où d'ailleurs William (c'est le nom du rédacteur en chef) nous accompagnera.

« Nous ! », « Nous ! », « Nous ! ». Ce pluriel m'insupporte. Je m'en sens exclu. Ce n'est pas qu'une impression de parano : je suis exclu. J'en souffre tout au long de la journée.

Arrivés au siège modeste de L'Imprévisible, Domani présente à quelques membres de son personnel Agnès de Cormantin comme une vedette et Me Pierre Cazeaux, comme une espèce de groupie de la précédente. Puis il me remet entre les mains de Valérie, son attachée de presse, qui m'installe dans son bureau sur une chaise inconfortable entre une montagne de journaux dépliés et une bouteille de Spa gazeuse dont les bulles me gonflent d'avance. Après quoi, elle va vite dans la pièce voisine rejoindre son cher patron et sa dernière découverte déjà prêts à accueillir les journalistes convoqués. Dans sa précipitation, Valérie a mal fermé la porte de communication. Ce qui me permet de suivre pendant deux heures les six interviews successives d'Agnès. Je suis sidéré par son aisance. On dirait qu'elle a fait ça toute sa vie. Elle réussit à répondre d'une façon différente à des questions qui sont souvent les mêmes. Mieux ! Elle change de ton et de vocabulaire selon l'âge et la personnalité présumée de ses interlocuteurs. Je l'entends tour à tour, féministe convaincue avec une ancienne fan non repentie de Simone de Beauvoir ; féministe modérée avec une jeune adepte de la tendance Elisabeth Badinter ; dégoulinante de charme avec un misogyne pur et dur ; hyper-cool avec un jeune décontract' ; précise, simple, fonctionnelle pour un flash destiné à une émission radiophonique d'informations ; bien-pensante et réservée pour une station d'obédience catholique.

À l'issue de ce marathon de la parlotte, je révèle à Agnès que je l'ai entendue, la félicite – sans me forcer – de sa performance et conclus par un enthousiaste et sincère :

— Vraiment, tu m'as épaté !

— Ah bon ? s'étonne Domani. Moi, pas du tout ! Je savais qu'elle avait l'esprit délié et la parole fluide. Pas vous ?

— Si ! Mais...

Agnès me coupe la parole avec le cutter de son ironie :

— Vous savez, il n'a pas eu vraiment le temps de m'entendre : nous ne sommes mariés que depuis trente-quatre ans !

Domani s'esclaffe. Agnès me gratouille le menton comme à un enfant dont on souhaite qu'il fasse risette. Raté ! Je fais la grimace.

Exclu, je continue de l'être à Waterloo. Pourtant, en y allant dans la voiture de Domani, j'ai réussi à me calmer grâce aux bulles de la Spa dont j'avais le plus grand mal à contrôler le trajet. Comme quoi, le physique prime le moral. Idée chère à Lorraine qui prétend qu'un chagrin d'amour n'a jamais résisté à un cor au pied ! Malheureusement je n'ai pas de cor au pied ! Ni d'ailleurs de chagrin d'amour. Juste une blessure d'amour-propre provoquée par mon exclusion. Elle persiste malgré mes efforts permanents pour m'inclure.

À peine descendu de voiture, je m'extasie sur la propriété de nos hôtes. J'inonde de superlatifs la maison, le jardin, les serres. Je tombe dans les bras d'Aline.

J'affirme à Vincent que je suis « enchanté » – c'est bien mon tour ! – de faire sa connaissance. J'ai pour Daphné une poignée de main et un regard pleins de compréhension chaleureuse. En ce qui concerne William, ne lésinant pas sur la flagornerie, je me prétends frappé par sa ressemblance à la fois avec Jacques Brel (jeune) et avec James Dean (en plus vieux !). Eh bien, tout ça, en vain : pendant le déjeuner je suis exclu de la conversation qui roule presque entièrement sur ce fameux projet de bande dessinée qui serait bien sûr lancée dans les colonnes du journal de William, éditée par Domani, conçue par Agnès et illustrée par Aline. Cette dernière, excitée par cette idée, a déjà jeté sur le papier pour s'amuser deux silhouettes de femmes entre deux âges, entre deux époques, avec des rollers aux pieds et des capelines 1900 sur la tête. Elle nous montre ses croquis :

— Génial ! s'écrie Domani.

— Vendeur ! estime William.

— Tout à fait ressemblant ! juge Vincent sans vraiment plaisanter.

— Bravo ! dit Daphné avec ses mains.

Je les ai tous approuvés les uns après les autres, mais, à vrai dire, personne ne m'avait demandé mon avis. Quant à Agnès, elle a déjà inventé le thème général de l'histoire : deux femmes non évoluées, originaires du XIXe siècle, en stage de réinsertion dans le XXIe ! Elle propose trois titres : *Les Parachutées* ; *Les Sœurs Quenouilles* ; *Les Technovalseuses*, et le nom des deux héroïnes : Marie Recto et Marie Verso.

— Soufflant ! s'écrie Domani.

— Il n'y a plus qu'à se mettre au travail ! estime William.

— Ça vous tombe réellement du ciel ! juge Vincent sans plaisanter du tout.

— Elle a toujours été comme ça, lance Aline, sans doute à mon intention.

— Bravo ! redit Daphné avec ses mains.

À nouveau, j'ai été d'accord avec tout le monde et à nouveau tout le monde s'en est fichu éperdument. En revanche, quand pour s'amuser ils ont décidé de choisir par vote secret le meilleur titre sur les trois proposés par Agnès et qu'au dépouillement ils se sont aperçus que *Les Technovalseuses* avait été désigné à l'unanimité... moins une voix aux *Sœurs Quenouilles*, ils ont tous regardé de mon côté.

Exclu, je le suis encore à la galerie : anonyme parmi les anonymes, je défile devant les toiles d'Aline et Daphné qui me plaisent et me touchent beaucoup plus à vrai dire que je ne l'aurais souhaité. Je regarde de loin, assistée par un Domani jubilant, une Agnès rayonnante qui n'arrête pas de dédicacer son livre, cadeau particulièrement recommandé pour la fête des mères « qui est avant tout la fête des femmes », comme il est rappelé sur la banderole déployée au-dessus de la tête de l'auteur. Et les maris, pauvres innocents, vont payer pour ces lettres qu'eux non plus n'ont sans doute jamais écrites et les offrir la gueule enfarinée, pauvres connards, à leurs épouses revanchardes... comme la mienne !

Connard moi-même, je suis seul, ignoré, debout, le dos endolori, à contempler la diva... tout court, à côté de son Pygmalion. Elle signe. Elle sourit. Elle parle. Très fort pour les acheteurs à l'oreille souvent déficiente. Très bas pour Domani qui doit avoir l'oreille si fine qu'il entend même ce qu'elle ne lui dit pas. D'où je suis, je ne vois pas leurs jambes, mais je suis sûr qu'elles se touchent, qu'elles se frôlent... par inadvertance ! J'imagine leur dialogue :

— Pardon. On est tellement à l'étroit...

— Il n'y a pas de mal. Au contraire...

— Attention... mon mari pourrait nous voir !

J'étouffe. Je suis mal à l'aise. J'ai envie de partir. Et pas seulement de la galerie. De Bruxelles. De Belgique. Je ne veux pas aller demain à Bruges comme prévu au programme de détente de Domani. Bruges... la Venise du Nord ! Plutôt crever ! Je veux m'en aller. Je veux rentrer à Paris. Il faut que je trouve un prétexte. N'importe lequel fera l'affaire. Ou même pas de prétexte du tout. Je vais simplement prévenir Agnès que je m'en vais. Elle est tellement absorbée, sera tellement contente qu'elle ne me demandera même pas pourquoi. Je me dirige vers sa table – leur table. J'en suis très près quand mon portable sonne. Samedi soir : dix-neuf heures trente. Je sursaute. Agnès lève le nez. Je prends la communication. Elle me dévisage. Je reconnais la voix de mon collègue et maintenant ami : Pierre Chazot... bien qu'elle soit altérée par l'émotion. Il va droit à l'essentiel. Je blêmis. Agnès aussi. Elle se lève et crie presque :

— Qu'est-ce qui se passe ?

— François vient d'être transporté à l'hôpital Pompidou.

— Ah bon ! dit-elle soulagée, j'ai cru qu'il était arrivé quelque chose aux enfants ou à maman.

Elle se rassoit. Recommence à signer. J'écoute les explications de Chazot : François ne voulant pas m'appeler à Waterloo l'avait appelé, lui, vers midi. Il voulait savoir si par hasard il n'aurait pas une bouée en réserve pour « un naufragé de la solitude ». Chazot l'avait aussitôt invité à dîner. François n'en pouvant plus de tourner en rond chez lui était arrivé « chez eux », vers six heures, avec un magnum de champagne rosé. Au moment de se servir son quatrième verre, il avait subitement perdu connaissance. Avait repris conscience dans la voiture des pompiers qui le conduisait à l'hôpital. Avait demandé qu'on me prévienne. S'était souvenu sans problème de mon numéro de portable. Subissait actuellement divers examens.

À Chazot, j'ai dit :

— J'arrive !

Il m'a répondu :

— Merci !

À Agnès j'ai dit :

— Je m'en vais.

Elle m'a répondu :

— D'accord ! J'expliquerai à Aline.

Domani a ajouté :

— Ne vous inquiétez pas pour Agnès, je prendrai soin d'elle !

J'ai pris le train pour Paris avec un poids de cent kilos sur le cœur.

Chapitre 26

Cinquante jours après la fête d'Agnès et d'Aline à Bruxelles, le 14 Juillet, François revient dans sa maison de Suresnes après avoir subi un double pontage et passé un mois de convalescence active dans un établissement spécialisé dans la rééducation cardiaque.

Ce même 14 Juillet, Agnès participe du côté d'Arcachon à l'une de ces nombreuses fêtes du livre qui se sont développées en France, paradoxalement en même temps que l'analphabétisme !

Cornaquée par Domani son stimulant mentor ; enfiévrée par l'idée qu'elle va bientôt franchir le cap fatidique des cinquante mille exemplaires et du même coup aborder un tournant de sa vie ; sincèrement étonnée par ce succès foudroyant survenu après un démarrage difficile, elle doit signer à tour de bras son « bébé best-seller » à des admirateurs et des curieux qui l'ont vue à la télé, entendue à la radio, ou qui ont lu des articles sur elle dans la presse.

Ce 14 Juillet encore, Lorraine est à Waterloo avec Nicolas Bruggen, « toujours adorable, mais sans plus », non pas pour célébrer la fête de la République française mais trois événements purement familiaux :

Primo : le divorce officiel d'Aline qui au plus vite sera suivi de son remariage avec Vincent, prévu par lui dès leur première rencontre.

Secundo : la réussite de l'exposition des « tableaux à quatre mains » d'Aline et Daphné. Ils ont tous été vendus. Sauf quatre. Le premier, que les deux femmes avaient réalisé ensemble et que Daphné s'était approprié d'office. Le deuxième, retenu par le voyant et qu'il avait accroché dans son bureau. Le troisième, offert à Nicolas qui en avait acheté un autre pour Lorraine. Le quatrième était le cadeau personnel d'Aline à Agnès.

Tertio : la rencontre organisée par l'omniprésent Domani entre Daphné et un jeune metteur en scène qui avait appris le langage des signes afin de monter des spectacles de mime avec des sourds-muets et qui en découvrant d'abord le talent, ensuite les yeux de Daphné lui avait proposé d'en être la décoratrice...

Ce 14 Juillet enfin, après avoir à tout hasard branché le répondeur de mon téléphone muet, je quitte mon appartement déserté, mon immeuble vide, mon parking dégarni. Je vais déjeuner chez François. J'évite les Champs-Elysées où se sont regroupés les Parisiens qui ne sont pas partis en week-end. Je traverse un Paris silencieux aux volets clos, aux boutiques fermées, aux voitures rares. J'atteins un Suresnes immobile. Je rentre dans la maison des Bourdin qui a toujours été un havre de paix et qui me semble aujourd'hui un havre de mélancolie. Ses anges gardiens, déjà discrets d'habitude, sont presque fantasmagoriques. Quant à François, il m'annonce tout de suite la couleur :

— Le gris. Intégral. Plus ou moins foncé selon les moments. Présentement plutôt clair, parce que tu es là.

— Pourtant...

— Oui, je sais. Je devrais nager dans le rose. J'ai eu une chance incroyable : je pourrais être raide dans un cimetière ou plié en deux dans un fauteuil roulant... et je suis en pleine forme (ou presque) dans une maison de rêve que tout le monde m'envie. J'ai des amis merveilleux, des serviteurs dévoués et grâce à toi, mon garde-fou, un avenir (ou ce qu'il m'en reste) sans problème matériel. J'ai tout pour avoir le moral au zénith et... il est dans les trente-sixièmes dessous !

— Tu t'es demandé pourquoi, je suppose ?

— Évidemment ! Et je me suis répondu tout de suite.

— Alors, qu'est-ce qu'il te faudrait en plus ?

— Trente ans en moins !

— Oui, d'accord, mais ça... mission impossible ! Tu es bien placé pour le savoir, docteur Méphisto !

— Hélas !

— Alors, restons pragmatiques : à part être jeune, qu'est-ce qui pourrait possiblement te rendre heureux ?

— L'illusion de l'être ! C'est ce que j'achetais à Chantal.

Il m'avoue à retardement avoir eu l'intention de renouveler ce genre d'achats. Qu'il a failli. Qu'il s'en est fallu de peu. D'une rencontre fortuite deux jours avant son accident cardiaque. Il dînait dans un de ces restaurants à la mode où la musique tonitruante rend les conversations impossibles. Avantage précieux quand on y amène quelqu'un avec qui on ne compte pas avoir d'échanges culturels ou simplement verbaux. Ce qui était le cas pour François qui avait invité là une de ses anciennes poupées gonflables dont « la parole n'était pas vraiment le langage »... Elle lui avait déjà joué la version pour violoncelle et grosse caisse de « non, je n'ai rien oublié » et s'apprêtait à entamer l'incontournable prélude pour flûtiau et triangle, quand soudain François avait aperçu, à quelques tables de la leur, Chantal en pleine partie de chasse. Sa proie : le milliardaire panaméen – l'homme du yacht – pour qui elle l'avait quitté, lui, François, à Rio de Janeiro et qu'elle avait quitté à son tour en apprenant que l'indécollable Aline lui avait enfin laissé le champ libre pour traquer Bourdin – renard peut-être moins argenté que le Sud-Américain, mais plus facilement prenable. Du moins l'avait-elle cru. Après avoir constaté son erreur, elle était repartie, toutes voiles dehors, à la reconquête de l'Ouest, comme semblait le prouver son manège de ce soir-là.

Brusquement, François s'était rendu compte de la similitude de comportement entre Chantal et sa « dame de compagnie » du jour : même œillade prometteuse, même lippe gourmande, mêmes mains baladeuses. Du coup, il avait assimilé son image à lui à celle du vieux pantin manipulé, libidineux, ridicule. Il s'était vu dans le miroir que lui présentait involontairement le Panaméen. Il avait été aussi horrifié que la vedette de cinéma découvrant dans la glace le ratage de son lifting. Celui qu'il s'apprêtait à tenter sur le plan sexuelo-affectif ne serait pas plus réussi que celui qu'il avait réalisé sur le plan esthétique et lui coûterait encore plus cher ! Il y avait renoncé. À la limite de la politesse, il avait raccompagné la poupée gonflable jusqu'à un taxi en lui laissant un dédommagement pour sa soirée perdue.

Rentré chez lui, il avait renoué avec le plaisir solitaire. En deux minutes – le réveil lumineux de sa chambre faisant foi – il avait obtenu gratis le même résultat qu'avec des moyens beaucoup plus onéreux en temps et en argent. Cela valait-il la peine de sacrifier tant que ça... pour ça. De cet « à quoi bon » spécifique, il était passé à un « à quoi bon » généralisé qui bien normalement avait débouché, la nuit, sur une série d'insomnies démoralisantes et, le matin, sur une déprime évolutive. C'est là que, dans un sursaut de son instinct de conservation, il avait téléphoné à leurs nouveaux amis Chazal-Chazot – les « Chachas » – et que...

— Tu connais la suite : ma panne de moteur. Ma réparation. Ma progressive remise en service et aujourd'hui le retour à mon point de départ... pour ce qui est du moral.

— Qu'est-ce que tu comptes faire ?

— Je ne sais pas. J'ai beaucoup réfléchi à mon problème pendant ma convalescence. Il est simple en réalité. Dans ma vie d'homme, j'ai toujours eu deux piliers : mon métier qui me passionnait et les bonnes femmes qui me distrayaient.

— Et ta famille ?

— C'est moi qui lui servais de pilier !

Cette affirmation mériterait pour le moins une discussion... mais celle qu'on a entamée me paraît plus urgente et je laisse François continuer :

— Or, mon métier, qui a commencé à me lâcher insidieusement depuis quelque temps, ne va pas tarder après mon absence à me lâcher complètement.

— Pas déjà !

— Oh... tu sais, tout va si vite à notre époque...

— Oui, je sais, je suis logé à la même enseigne que toi.

François a un geste fataliste :

— C'est moins grave pour nous que pour d'autres. Sur le plan matériel en tout cas, mais c'est emmerdant quand même, un pilier qui fout le camp ! Surtout quand l'autre – les bonnes femmes – s'effondre sous les coups de leur vénalité et de leur connerie !

Je m'insurge avec véhémence :

— Tu exagères ! Toutes les femmes ne sont pas comme Chantal ! Il y en a même de moins en moins. Dans leur immense majorité, elles sont désintéressées... et intéressantes.

— Ah bon ? Les deux ? Fromage *et* dessert ! Pas pute et pas con !

— Ah, écoute ! Ne sois pas bêtement sectaire ! Regarde nos femmes...

— Bonne idée ! Merci du tuyau ! La mienne s'est tirée et la tienne a déjà la tête ailleurs.

— Pour le moment, elle est là.

— Bon, d'accord ! Mais... si elle partait, qu'est-ce que tu ferais ?

— Comment savoir ? Devant les réalités on réagit presque toujours différemment de ce que l'on a imaginé. Loin du mur, tu crois que tu vas l'escalader sans difficulté ou... y laisser ta peau. Et puis, au pied du mur, tu te mets à le grimper tout simplement... comme tu peux. Alors, j'attends que le problème se pose pour moi.

Je viens là de répéter un conseil qui m'a été soufflé une fois de plus par Lorraine sous une forme un peu plus abrupte : « Pourquoi te cailler le moût aujourd'hui : tu seras peut-être mort demain ! L'imprévisible c'est la seule chose qu'on peut prévoir... » À vrai dire, je n'ai pas mis en pratique son conseil et tous les jours « je me caille le moût ». Grave ! Mais je n'ai pas envie de parler de mon problème – même pas à François. En revanche, j'ai envie qu'il me parle du sien, par amitié bien sûr ; et puis... parce que ça peut toujours servir !

— Donc, soyons concrets : établissons ton CV. « Sexagénaire, entièrement rénové, chirurgien en préretraite et big lover en chômage, cherche d'urgence deux piliers de soutien pour son moral. »

François poursuit, désabusé :

— « Mais se contenterait de deux béquilles. »

Je m'insurge :

— Ah non ! Deux piliers ! Je t'en prie, ne démarre pas à la baisse !

Il concède :

— Moi, je veux bien ! Allons-y pour tes deux piliers ! Mais lesquels ?

Après un interrogatoire serré et méthodique, qui d'ailleurs ne m'apprend rien sur François que je connais par cœur, il appert que :

En dehors de la manille coinchée (qui se joue à quatre et avec des partenaires quasiment introuvables de nos jours), il déteste les jeux de société.

En dehors de la médecine et de la chirurgie, aucune autre activité – bénévole ou non – ne l'attire.

En dehors de la pétanque (dans le Luberon) et du foot (à la télévision), tous les sports l'ennuient.

En dehors de la musique (et encore à petites doses), aucun art ne suscite chez lui l'envie de s'en approcher en amateur éclairé et encore moins en exécutant modeste.

En dehors de la bouffe (domaine désormais restreint), de la pêche (prétexte désormais inutile à ses escapades), de la turlutte (condamnée désormais par le plaignant à des peines de substitution !), aucun passe-temps, aucun dérivatif ne le branche.

En dehors des femmes désintéressées et intéressantes, présentables et libres (pour lui mythiques jusqu'à preuve du contraire), toutes les autres l'emmerdent.

Évidemment, dans ces conditions trouver deux piliers de remplacement et même un seul est aussi problématique que de trouver une once d'optimisme dans la tête de François. Pourtant j'essaye encore :

— Les jeux vidéo ?

Il fait la moue. Les Chachas lui ont proposé de l'initier, ils sont vraiment adorables :

— Ouais... peut-être... mais, a priori...

— Internet ? Source inépuisable de connaissances. Moyen idéal de communication.

— Ouais... peut-être... mais, a priori...

— Les mots croisés ? L'humanitaire ? L'étude du chinois ? La cuisine ? Le jardinage ? Dieu ? La photographie ?

— Ouais... peut-être... mais, a priori...

François sent ma colère monter et l'arrête in extremis :

— Ne te fatigue pas ! Ce ne sont pas les piliers qui sont à remplacer. C'est la fondation. Autrement dit, la base de ma vie. De ma nouvelle vie. Pour être tout à fait clair : je supporte la solitude encore plus mal qu'avant. Elle est pour moi un terrain hostile sur lequel tous les piliers s'effondrent et s'effondreront. Sur un autre terrain, tous les piliers deviennent valables : Wagner, Internet, le bœuf miroton, le chinois. À deux, oui ! Seul, non !

— Eh bien, la solution est simple : change de terrain ! Ne vis plus seul. Vis avec quelqu'un.

— Elémentaire, mon cher Watson ! Mais vivre avec qui ? Les bonnes femmes : ou ce seront des faux mecs et elles ne voudront pas s'encombrer d'un vieux con. Ou ce seront des vraies putes et c'est moi qui n'en voudrai pas.

Je m'insurge à nouveau :

— Tu n'as pas le droit d'être misogyne à ce point !

— Si ! J'ai payé pour ! Mais honnêtement, je crois que c'était dans mes gènes, à la naissance.

— Tu sais que je commence à comprendre Aline.

— Moi pas ! Elle aurait dû me quitter beaucoup plus tôt !

Il rigole de son cynisme. Moi, je ris jaune en pensant à Agnès. Il s'en aperçoit et reprend aussitôt sa démonstration :

— Alors, quoi ? Vivre avec un homme ? Malheureusement je suis hétéro. Ça aussi, c'est de naissance. Irrévocable. Irréversible. Et je ne m'imagine pas cohabitant avec un de mes congénères. Sauf avec toi.

Sûr qu'il continue à rigoler, je m'approche de lui et l'effleure en folle éperdue de bonheur à l'idée d'une cohabitation depuis si longtemps souhaitée... Et, de fait, il me repousse d'une bourrade virile accompagnée d'un mâle « connard ! » qui m'aurait rassuré, si j'avais été inquiet. Pourtant, il ne plaisantait qu'à moitié. Sur la partie basse, disons. En dehors de notre incompatibilité sexuelle et peut-être d'ailleurs à cause d'elle, nous formions, selon lui, le couple idéal. Je suis ses arguments avec un intérêt mal dissimulé :

a) Nous avons le même âge. Nous en avons partagé à chaque étape les avantages comme les inconvénients, et nous avons vécu les mêmes événements. Donc pas besoin d'expliquer à l'autre. Ni de louvoyer.

b) Nous sortons du même milieu. Avons reçu la même éducation. Nos deux parcours sont similaires. Donc pas de complexe, pas de jalousie, pas de mensonge.

c) Notre complicité a ses racines dans l'enfance, et nos deux caractères différents se sont révélés de longue date complémentaires. Donc, ni déceptions à redouter ni reproches.

Mieux que des frères consanguins, conclut François, nous sommes restés les jumeaux de cœur de nos vertes années. Or il est fréquent qu'après avoir suivi dans la vie des chemins divergents deux membres d'une même fratrie se réunissent. Alors, pourquoi pas nous ?

Une seule objection me vient à l'esprit :

— Ce n'est pas tout à fait vrai. Deux sœurs vivant ensemble, oui, ce n'est pas rare ; un frère et une sœur, déjà un peu plus. Mais deux frères, personnellement, je n'en ai jamais vu vivre ensemble.

— Moi non plus, mais je suis sûr que ça existe. Ou en tout cas que ça existera, forcément : c'est dans la logique de l'évolution des mœurs.

Je me précipite dans la déviation que François vient d'amorcer :

— Tu imagines vraiment un monde futur dans lequel, apparentés ou non, les hommes vivraient d'un côté et les femmes de l'autre ?

— Très bien ! Je me demande même si ce n'est pas la bonne solution – comme devraient normalement se le demander toutes les femmes qui multiplient les rencontres entre copines où enfin elles peuvent grignoter trois radis et deux grains de raisin en toute liberté, se raconter les pires cochonneries en toute impunité, et se plaindre qu'« il n'y a plus de mecs » en toute mauvaise foi.

J'enchaîne sur la même idée, mais avec ironie :

— Comme pourraient se le demander aussi les bonshommes qui ne perdent pas une occasion de se regrouper dans les bistrots, les stades, les clubs, et sont tous d'accord pour dire que, « sans les greluches, on se marre quand même beaucoup plus ! ».

François m'approuve mais en revient très vite à son propos initial – notre cohabitation – avec un nouvel argument : sa maison.

— Elle est grande et agencée de telle façon qu'elle permettrait à chacun une indépendance totale. On ne se verrait que si l'on en avait envie. Tu inviterais, tu recevrais qui tu voudrais. Moi pareil. En somme, on vivrait chacun de son côté mais ensemble quand même. Tous les avantages de la solitude. Et pas les inconvénients !

J'ai l'impression d'être en face d'un représentant de commerce qui me vante sa marchandise pour me la fourguer. Impression qui s'amplifie quand il me propose un essai :

— Tu pourrais t'installer d'abord pour une quinzaine de jours, avec juste une valise, et puis, si ça colle, tu déménagerais carrément. Et si ça ne colle pas – ce qui entre nous m'étonnerait beaucoup –, eh bien, tu repartirais. Je te donne ma parole que je ne serais pas fâché pour autant. Déçu, oui. Mais pas fâché.

Non mais je rêve ! Voilà qu'il est prêt à m'engager comme jeune homme au pair ! Ou comme coach eunuque ! CDD au départ, mais CDI si affinités.

Il est temps de revenir sur terre, mais en douceur : François est fragile.

— Ta demande en mariage blanc est attrayante,

mais prématurée. Pour le moment je suis bel et bien marié. Et quitte à te décevoir, j'espère de tout mon cœur le rester.

— Diable ! De tout ton cœur ?

— Oui.

— Voilà qui est nouveau !

— Oui.

— Etonnant !

— Non.

— Tu ne veux pas t'expliquer ?

— Pas maintenant. Plus tard. Excuse-moi. Je préfère garder ces confidences pour nos éventuelles soirées d'hiver.

— Je n'insiste pas. Mais en attendant, peux-tu me confier tes projets pour tes journées d'été ?

— En principe, nous devions, Agnès et moi, partager le mois d'août entre trois semaines à La Baule en thalasso et une semaine aux « Oublières », mais je ne sais pas dans quel sens. Ça dépendra de la naissance de notre petit-fils.

Comme il me regarde avec des yeux ronds, je précise :

— Le bébé qu'ont fabriqué ensemble ton fils et ma fille.

— Ah oui ! Je suis au courant ! Mais je ne savais pas que ce serait un garçon.

— Le troisième, pour Isabelle.

— Elle est déçue ?

— Pas du tout ! Elle trouve que les garçons « c'est moins chiant que les filles ! », et elle sait de quoi elle parle !

Le reste de la journée s'est écoulé dans un climat très détendu. Comme François imagine que serait le nôtre au cas où nous unirions nos solitudes. Pour le meilleur et pour le rire.

Il dodeline dans une chaise-longue pendant que je nageotte dans la piscine. Quand j'en sors, sans prendre la peine de rentrer un début d'embonpoint, je constate avec innocence :

— Un vrai climat de vacances !

François se redresse en grimaçant, sans penser à cacher son arthrose du cou. Il me répond, sans innocence, lui :

— A propos de vacances, si par hasard tu ne partais pas avec Agnès, on pourrait peut-être partir ensemble ?

Comme il n'y avait aucune raison pour que je réponde, hargneux, « Ah ça ! Sûrement pas ! », encore moins pour que je réponde, enthousiaste, « Ah oui ! Quelle bonne idée ! »... j'ai répondu : « Pourquoi pas ? »

Chapitre 27

— Ça va ?
— Oui, oui, ça va.
— Tant mieux.
— Et toi, ça va ?
— Oui, oui, ça va.
— Tant mieux.

Autant dire que ça n'allait pas du tout entre Agnès et moi.

Nous étions le samedi 18 juillet. Il était sept heures du matin. Elle avait déjà pris son petit déjeuner et finissait de préparer le plateau du mien quand je suis entré dans la cuisine, étonné de la trouver déjà de la tête aux pieds en parfait état de marche : le brillant de ses cheveux, non plus en pétards mais en plumes courtes dégradées, trahissait le shampooing récent ; les bleus savamment assortis de son T-shirt, son jean et ses mocassins, trahissaient un souci de coquetterie ; l'éclat particulier de ses yeux trahissait un maquillage quasiment invisible et un bonheur qui l'était, lui, beaucoup moins.

Elle m'avait dit son intention de passer le week-end à travailler à la fois sur sa future bande dessinée et sur son nouveau roman qui, j'avais été heureux de l'apprendre, ne raconterait pas l'histoire de l'hydre – notre histoire – mais une autre qui était en train de mijoter dans sa tête et dont le titre serait peut-être : *Tout est toujours possible*. Ça ne me plaisait pas beaucoup, mais je me suis tu. Je n'arrête pas de me taire. Agnès aussi. Nous sommes devenus un couple silencieux. Nos silences sont lourds. Pleins à craquer. Il suffirait d'un coup de griffe pour qu'ils craquent. Et soudain, ce coup de griffe, Agnès le donne :

— Mon livre en est au cinquante-cinq millième exemplaire vendu !

Elle a eu la bonne idée de griffer de dos. Comme ça, au moins, elle ne voit pas mon visage se tétaniser. Hélas ! ça ne l'empêche pas de m'entendre trancher courageusement dans le vif, mais d'une voix tremblante :

— Autrement dit, tu as couché avec Domani ?

— Non ! Il a refusé !

Je me requinque :

— Refusé ? Quel mufle !

Elle se retourne, me griffe de face :

— Pas vraiment. Il n'a pas voulu que je devienne sa maîtresse uniquement pour respecter ma parole, parce qu'il avait gagné son pari.

Je me gausse :

— Oh... quelle délicatesse !

Elle pulvérise mon ironie :

— Effectivement ! C'est d'une grande délicatesse : pour ne pas que je me méprenne, comme toi, sur la cause de son refus, il a précisé : « Ça ne sera pas quand *je* voudrai, mais quand, *toi*, tu voudras. » Et...

— Et ?

— J'ai voulu. Tout de suite.

Je m'accroche à un point de détail imbécile :

— Alors, tu m'as menti : tu as couché avec lui.

— Non ! Nous avons fait l'amour. Ce n'est pas pareil.

Je suis surpris par mon calme. Normalement, le volcan qui est en moi aurait dû exploser. Lorraine a raison : on ne peut jamais prévoir ses réactions. Dans telle ou telle circonstance, à tel ou tel moment, on peut devenir inconnu à soi-même. C'est le cas présentement. Je suis un étranger. Atteint, meurtri, sonné, qui a déjà un ton de vaincu :

— Ça s'est passé quand ?

— Dimanche dernier, à Arcachon.

— Pourquoi ne me le dis-tu qu'aujourd'hui ?

— Je voulais réfléchir aux conséquences de cette rencontre et à la décision qu'elle implique pour moi.

— Quelle décision ?

— Mais... partir ou rester.

Je répète bêtement comme si je n'avais pas compris :

— Partir ou rester ?

— Oui ! Te quitter ou rompre avec lui.

— Et alors ?

— Je pars.

Agnès profite de mon KO pour me livrer, brute de décoffrage, une série d'informations pratiques : un taxi va venir la chercher à neuf heures et la conduire à l'aéroport de Roissy. Domani l'y attendra. Ils rejoindront la Sicile où ils séjourneront dans une maison amie. Ils resteront jusqu'à l'accouchement d'Isabelle qui doit se situer dans la première semaine du mois d'août. Elle a communiqué à notre fille hier son adresse estivale ainsi que son numéro de téléphone et celui de son nouveau portable ultra sophistiqué, cadeau de son éditeur. Elle a déjà écrit ces mêmes renseignements à mon intention sur un post-it qu'elle a glissé dans notre carnet d'adresses à la lettre « A ». Réflexion personnelle : « A » comme Agnès ? ou comme adieu ?

Agnès continue à m'informer : si je le souhaite, je pourrai venir embrasser ma fille et mon petit-fils. Le même droit de visite est accordé à François, grand-père du futur bébé, au même titre que moi. Ma belle-mère, au courant de tout et étonnée de rien, est prête à recevoir aux « Oublières » n'importe quel membre appartenant officiellement ou officieusement à la communauté familiale éclatée... à condition toutefois que chacun rengaine ses acrimonies, ses aigreurs, ses agacements et concoure à une ambiance détendue. Réflexion personnelle : sacrée Antoinette ! Le bordel, oui ! Mais les cris, non ! Elle les supporte encore moins bien que sa fille. Celle-ci, lacustrissime, achève de m'indiquer les points importants de notre programme, non commun :

— Après une huitaine en Vendée, nous irons, Dominique et moi, à Waterloo, chez les Bruggen. D'une part, j'y travaillerai avec Aline à notre bande dessinée. D'autre part, nous chercherons dans la région une maison car, quelles que soient les suites de notre aventure, je compte personnellement m'installer là-bas.

— Pour raison fiscale ?

— Pas seulement. J'aime beaucoup ce coin. Si nous devons y vivre à deux, je m'y sentirai bien. Si je dois y vivre seule, comme les Bruggen seront proches, je m'y sentirai moins mal.

— C'est curieux d'envisager la fin d'une histoire alors qu'elle vient à peine de commencer.

— C'est simplement raisonnable. Surtout dans le cas présent où Dominique est un homme très sollicité... et plus jeune que moi.

Si j'étais dans la plénitude de mes moyens, je glisserais quelques galanteries du genre : « Ça ne se voit vraiment pas. » Ou : « Tu as d'autres qualités qu'il n'a pas. » Ou encore : « Tant d'hommes voudraient être à sa place ! » Mais comme « je » est plus que jamais un autre, « je » dis :

— Je ne t'en aurais pas parlé le premier, mais effectivement – quoi qu'il soit à la mode de prétendre le contraire – dans un couple, quand la femme est plus âgée que l'homme... ça peut poser des problèmes à plus ou moins brève échéance.

Agnès qui, elle, n'est pas une autre, m'expédie par retour mon faire-part de naissance :

— C'est vrai, mais on n'est jamais sûr de rien : tu as neuf ans de plus que moi et tu vois... Lui, il en a neuf de moins... et on verra !

Qu'est-ce que c'est que ce chien battu qui baisse la tête ? C'est moi ? Ce toutou prêt à n'importe quoi pour avoir une caresse, un mot gentil ? C'est moi ? Ah, non ! Ce n'est pas possible ! Qu'elle s'en aille ! Que je me récupère ! Que je me reconnaisse !

— Oh ! neuf heures moins cinq ! Il serait peut-être temps que tu...

— Tu avances : il n'est que moins sept. Mais je vais quand même descendre. Juste un dernier détail : j'ai laissé également dans le carnet d'adresses les réservations pour La Baule avec les factures correspondantes que j'ai réglées : nos deux voyages aller et retour et l'hôtel. Il va de soi que tu peux les utiliser avec qui tu veux. Ou les échanger.

— Merci.

Oui, oui, je l'ai remerciée ! Moi qu'elle trompait avec « un jeunot », je l'ai remerciée. Et ce n'est pas tout : j'ai pris ses bagages (deux grandes valises, plus un sac de voyage que je lui ai offert, plus un cartable de femme de lettres, bourré de livres et de cahiers à peine entamés). Je lui ai porté le tout jusque sur le trottoir devant notre immeuble. Heureusement, le taxi est arrivé tout de suite. Sinon, je suis sûr que j'aurais attendu avec elle bien sagement, le cœur serré et peut-être même bien la larme à l'œil. Déjà qu'au moment où le chauffeur a démarré je lui ai souhaité « Bon voyage ! » et que, seul sur le trottoir, quand la voiture s'est éloignée, j'ai agité ma main en direction de la vitre arrière, espérant que...

Elle ne s'est pas retournée ! Ça a été la fameuse goutte d'eau qui fait déborder les vases pleins. Une goutte d'eau régénératrice. Je suis remonté à l'appartement par l'escalier. J'ai commencé à m'essouffler au troisième étage. J'ai écrasé sur chaque marche du quatrième les dix-huit ans qui me séparaient de Domani. Je me suis défoulé sur mes haltères aussi lourds que mes colères. J'ai douché ma tristesse à l'eau glacée et, pas encore tout à fait moi-même, mais déjà plus l'Autre, j'ai téléphoné à Lorraine.

— Tu prends tes vacances au mois d'août, je suppose ?

— Oui.

— Seule ?

— Non. Les quinze premiers jours avec Nicolas en

Thaïlande, et les quinze derniers jours en famille au Touquet.

— C'est ferme et définitif ?

— Avec Nicolas, oui. Avec ma famille, ça peut être modulable. Pourquoi ?

— Ma femme est partie avec Domani.

— Merde !

— J'apprécie tes condoléances ! Mais j'apprécierais encore plus que tu me consacres quelques jours, dans ta seconde moitié de vacances.

— Comme demoiselle de compagnie ?

— Plutôt comme ramasse-miettes !

— Alors... OK !

Aussi vite que son accord, elle m'en donne les conditions : date de ce qu'elle appelle par dérision « ma cellule de crise ». Du 25 au 30 août. Lieu : Hardelot. Parce que c'est à côté du Touquet et que ça l'arrange. Point de chute : hôtel du Parc parce que, en tant que fidèle cliente elle y obtiendra des tarifs de fin de saison avantageux et qu'elle tient à partager les frais de ce séjour avec moi. Encore deux recommandations :

1) Prendre ma voiture parce qu'elle aura la sienne et qu'il n'est pas question de dépendre l'un de l'autre pour circuler.

2) Se rappeler que le cor au pied est l'antidote du chagrin d'amour !

— Je ne vais quand même pas porter des chaussures trop petites pour avoir le moral en hausse.

Lorraine redevient sérieuse :

— Non, mais crois-moi, si tu fatigues un maximum ton corps, ta tête souffrira, elle, un minimum.

Je ne doute pas que le conseil de Lorraine soit bon, mais faut-il encore avoir envie de le suivre. Envie de se fatiguer. De bouger. De marcher. De nager. J'ai à peine raccroché que je n'ai déjà plus envie de rien. Je suis exactement dans l'état de François, l'état qui m'agaçait et contre lequel je lui reprochais de ne pas réagir. Je m'en veux. Je l'appelle. Je lui résume ma situation. Je le prie de remettre ses commentaires à plus tard. À ce soir par exemple. Au « Comme avant ».

— Vers sept heures, ce n'est pas trop tôt pour toi ?

— Hélas non ! J'aurai fini à cinq.

— Moi aussi. Veux-tu qu'on dise... six ?

— Très bien. Ça sera toujours une heure de moins...

Cette phrase... Quelle angoisse ! Une heure de moins à tourner dans le labyrinthe de nos têtes, à espérer une issue, à chercher le fil d'Ariane. Le fil de Lorraine ? Le fil de Chantal ?

Au bureau je ne fais pas grand-chose d'autre que d'attendre mon rendez-vous avec François. J'y arrive un peu en avance. Lui, un peu en retard. Je vais nettement moins bien qu'à notre dernière rencontre. Lui un peu mieux. Mais pas depuis longtemps. Depuis midi où il a rencontré dans le hall de la clinique un de ses confrères et néanmoins ami :

— Sa femme vient de le quitter ! m'annonce-t-il joyeusement.

— C'est une épidémie !

— Tu ne crois pas si bien dire. Trois de ses copains sont dans le même cas. Ça lui a donné l'idée d'organiser avec eux une « croisière des lourdés » où ils ont bien l'intention de s'éclater.

— A chacun sa solution.

— Qu'est-ce que tu veux ! Tant qu'à s'emmerder, vaut mieux que ce soit devant la mer que devant un écran de télévision !

— Exact !

— Alors, comme il restait encore une place sur le bateau qu'ils ont loué, je l'ai prise... puisque tu m'avais dit que tu allais, toi, à La Baule en thalasso.

— Tu as bien fait.

Mon ton doit manquer de conviction car François me demande :

— Tu ne veux pas que je téléphone pour savoir s'il y aurait une place pour toi ?

— Non ! Tu sais, moi, les thérapies de groupe...

— Tu veux que je me décommande ?

— Non ! Non ! Ne t'inquiète pas ! Je tiens absolument à aller à La Baule. Comme ça, je serai à côté pour la naissance du bébé.

Il me regarde en médecin comme si je venais d'avoir une attaque cérébrale :

— Le bébé ? Quel bébé ?

— Ben... toujours le même : celui de ma fille et de ton fils.

— Ah ! C'est vrai ! Je n'y pense jamais à celui-là. C'est pour quelle date ?

— Dans la première semaine d'août.

— Ah ! ça va ! Moi, je m'embarque le 25, vendredi prochain, et je reviens le 2 août, le samedi de l'autre semaine. Je te téléphonerai en arrivant. En principe, le môme ne sera pas encore là. Mais si par hasard il avait de l'avance, envoie des fleurs à ta fille à nos deux noms.

— Bien sûr, mais... tu ne comptes pas du tout te rendre aux Sables ?

Je vois à nouveau son œil douter de mon état mental.

— Tu comptes y aller, toi ?

— Oui ! C'est normal quand même.

— Mais... tu as pensé qu'Agnès serait sûrement là-bas et peut-être avec son « latin lover ».

— Oui... et qu'Aline y serait aussi, accompagnée probablement par son très prochain deuxième mari.

— Et tu as l'intention d'affronter tout ça... plus ta belle-mère... plus tes deux autres petits-fils qui vont déconner à plein tube sur le nouveau-né qui a quatre grands-pères ?

— Ça ne m'amuse pas plus que toi. Mais que tu le veuilles ou non, la famille recomposée fait partie désormais de notre société. Alors de deux choses l'une : ou tu l'acceptes et tu participes avec le sourire au melting-pot familial. Ou tu ne l'acceptes pas et tu coupes tout contact avec ton passé et ta descendance.

— Je t'avoue que je suis plus pour la deuxième solution. Je me passe très bien d'Aline. Quant à ma descendance, elle est déjà assurée par mes quatre petits-enfants d'Amérique... qui ne me manquent pas beaucoup.

— Je sais. Mais celui-là, ce n'est pas pareil : c'est « notre » petit-fils à nous deux. C'est le prolongement de notre amitié. Pour moi c'est presque un symbole.

Soyons franc : j'en remets un peu. Il n'est pas faux que le futur Bourdin-Cazeaux bénéficie au départ d'un préjugé favorable, dû à ses origines. Mais la vraie vérité, c'est que j'ai très envie de revoir Agnès. Pour deux raisons contradictoires : m'en détacher radicalement si je constate l'irréversibilité de ses sentiments pour Domani ; espérer un rapprochement si j'observe par-ci par-là quelques traces de déception ou d'ennui. Mais comme ces deux raisons personnelles n'auraient certainement pas convaincu François à m'accompagner en Vendée, j'ai préféré jouer le bébé gagnant. J'ai bien fait. François est attendri à l'idée qu'un peu de notre sang commun va couler dans les veines de cet enfant :

— Tu sais quel prénom ils lui ont choisi ?

— Oui. Un prénom symbolique aussi : Clément !

François, avec une fierté imbécile dont il serait le premier à rigoler s'il en était conscient, prononce le nom du futur rugissant :

— Clément Bourdin !

Aussi imbécile que lui, mais moi, conscient de l'être, je complète :

— Clément Bourdin-Cazeaux-de Cormantin-Bénin-Chovillon !

Il rigole en haussant les épaules. Il est visible que le même film se déroule devant ses yeux et devant les miens : Deux garçons. Deux filles. « Big Lover ». « Beau Mec ». « Sœur Sourire ». « La Joconde »... Il arrête la bobine avant moi : je suis plus nostalgique que lui. Plus attaché à Agnès qu'il ne l'a jamais été à Aline. J'appréhende... Non ! Je redoute... Non ! Je panique à l'idée de nos retrouvailles autour d'un berceau. Je ne me sens pas le courage de les affronter seul. Je voudrais avoir François auprès de moi comme soutien. Comme exutoire. Comme coach. Comme un frère, quoi ! Ouf ! François est d'accord ! Aussitôt après sa croisière, il passera à La Baule et...

— En route pour la surprise-party ! s'écrie François.

— Juste appellation !

— Mais je te préviens tout de suite, on ne s'attardera pas : deux « guili-guili ». Deux « je trouve qu'il vous ressemble », deux « il est vraiment mignon », et on se tire !

Je dis : « Bien sûr ! » Je pense : « On verra bien. » Je me souviens : « Tout est toujours possible... »

Je rentre chez moi, envisageant que ça puisse redevenir chez nous.

Je dîne en tête à tête avec moi-même sans déplaisir.

Je programme mon moral sur « demain est un autre jour ».

Je m'endors.

Je rêve en italien : *Domani é giá passato.*

Chapitre 28

Depuis cinq jours à La Baule, je suis le conseil de Lorraine avec conscience... et essoufflements :

Je me bats contre mes bras dans une mer plus ou moins chaude.

Je me bats contre mes jambes en pédalant comme un forcené sur un vélo de location.

Je me bats contre mes poumons en leur imposant sur la plage des courses qui ne sont plus de leur âge !

Je me bats contre une flemme force 8 dans la salle de fitness de l'hôtel.

Je me bats contre les calories à chaque repas.

Je me bats au téléphone contre François, de retour à Suresnes, après sa décevante « croisière des lourdés », pour qu'il ne vienne pas ici plus tôt que prévu anéantir tous mes efforts.

Je me bats à chaque instant contre la tentation d'appeler les « Oublières » pour avoir des nouvelles d'Isabelle... et surtout d'Agnès !

Je me récompense dans les bains bouillonnants de la thalasso et sous les mains de Charlotte, une kinési à la main ferme, à la gaieté viscérale et avec vue – prenable – sur des seins qui méritent vraiment d'être honorés ! Comme en témoigne mon indiscret carnet d'adresses, j'ai toujours eu un faible pour les kinésis. J'ai tout de suite eu l'impression que Charlotte en avait un pour moi. Il est possible qu'elle donne cette impression à tous ses clients. Mais honnêtement, je ne crois pas. D'ailleurs, je m'en fous. Elle est ma récréation. Ma « cool girl ». Ma « madame pas de problème ».

Trois kilos de moins ? Pas de problème ! Une résistance de coureur de fond ? Pas de problème ! Un moral de champion ? Pas de problème ! C'est presque vrai. Au bout d'une semaine de ses soins vigoureux, de ses encouragements, de ses recommandations diététiques, mon ventre est plus plat, ma fatigabilité plus discrète. Quant à mon moral, il est comme certains soleils paresseux qui dorment sous les nuages mais dont on peut espérer quand même un jour le lever.

— Je le sens ! m'affirme Charlotte qui se prétend « intuitive-je vous-dis-pas » et qui essaye de me persuader qu'un grand coup de vent va dégager mon ciel.

Et voilà que le coup de vent survient... mais que les nuages restent. Dans l'après-midi du 7 août, peu avant que j'entre à la cure, je reçois enfin un coup de téléphone d'Agnès, m'annonçant l'arrivée de Clément pour le lendemain, par césarienne.

— Ça ne se passe pas bien ?

— Si ! Mais l'enfant étant assez fort, l'accouchement risque d'être difficile. Et comme Isabelle n'a confiance qu'en son obstétricien et qu'il doit partir impérativement en vacances le 9, elle a décidé d'un accouchement provoqué le 8.

— Elle est folle !

— Tu as déjà été enceinte ? Non ! Alors c'est difficile pour toi de juger. Comme pour n'importe qui. Elle seule est concernée.

— Je comprends, mais à part ça...

— Tout va très bien. Mon livre a atteint son cent millième exemplaire vendu. Il a obtenu le prix des Auditeurs de Radio Monte-Carlo. On va me remettre ce prix le 13 août dans la Principauté. Dominique est là-bas en train de m'organiser toute une série de signatures sur la Côte d'Azur.

— Ah bon ? Il n'est pas aux « Oublières » ?

— Non, mais Aline et Vincent y sont, eux, depuis ce matin. Quant à François, Arnaud l'avertira dès que...

— Je m'en chargerai ! Nous avons l'intention d'aller ensemble saluer notre petit-fils... et ses parents bien entendu.

— Attendez au moins le 10 pour venir... qu'Isabelle ait un peu récupéré... ou plus tard carrément, quand elle sera rentrée aux « Oublières ».

— J'aviserai avec François, quand le bébé sera là.

— Je laisserai un message sur ton portable pour te tenir au courant.

Je pense : « Encore un changement ! Même les faire-part de naissance ne sont plus ce qu'ils étaient ! » Je dis :

— En attendant, embrasse Isabelle pour moi.

— D'accord !

— Et Arnaud aussi... Et Pascal, bien entendu... Et...

— Tout le monde autour de moi, résume-t-elle, volant avec le sourire au secours de ma mémoire, comme elle le faisait avant.

Avant... C'était quand, avant ? Avant ses maudites lettres ? Avant la prédiction de Bruggen. Avant sa rencontre avec Domani. Avant « la pluie d'or ». Avant qu'elle soit un auteur – qui pis est, un auteur à succès. Un auteur que tout le monde connaît. Même Charlotte, je parie, et pourtant Charlotte...

— Vous avez entendu parler d'Agnès de Cormantin ?

— Ben, évidemment ! J'ai acheté son bouquin pour la fête des mères. Maman a adoré. Et moi encore plus ! Et vous ? Vous l'avez lu ?

— Un des premiers sans doute. Je suis un de ses meilleurs amis.

— Oohh ! Veinard !

— Et pour ne rien vous cacher, dans notre jeunesse nous avons eu une petite aventure de vacances.

— Ah ben, dis donc, vous n'avez pas dû vous embêter tous les deux : elle m'a l'air vachement allumée sur les photos, et vous...

J'ai du mal à cacher ma surprise :

— Vous trouvez qu'elle a l'air allumée ?

— Bien sûr ! Ça saute aux yeux ! Et puis en plus, moi je le sens, dans sa façon d'écrire et dans sa voix à la radio, et dans son sourire à la télé.

Allons bon ! Charlotte – intuitive-je-vous-dis-pas – le sent ! Et moi « connard-je-vous-dis-pas », je n'ai rien senti. Rien vu. Heureusement que Charlotte me donne un lot de consolation :

— Notez que vous, à vingt ans, vous valiez sûrement le déplacement. Déjà qu'aujourd'hui, y en a plus d'une qui se déplacerait !

— Vous par exemple ?

— Ben... si vous me le demandiez gentiment...

C'est ainsi que le soir même je me suis rendu au modeste studio que Charlotte occupait à Pornichet, avec la ferme intention de coucher avec elle. Je vous le dis, toute honte bue, il n'y a eu ce soir-là que l'intention qui a été ferme ! Le reste, en dépit de diverses sollicitations, est resté de marbre... terme approprié si l'on considère l'insensibilité de ce matériau et non sa rigidité !

J'étais en train de me rhabiller quand j'ai entendu le « bip ! » de mon portable, signalant « message en absence ». Je l'ai pris. Agnès m'y annonçait que finalement Clément, sans doute agacé par les bruits de césarienne qui couraient autour de son nombril, avait décidé de venir au monde par ses propres moyens, malgré ses quatre kilos ! Il était né à zéro heure deux. Heure de Greenwich... et d'Agnès !

24 h 02 ! Je soupire : comme s'il avait attendu pour naître, ce têtard imbécile, qu'on soit le 8 août, le jour de la Saint-Dominique ! 24 h 02 ! Je calcule : je suis devenu pour la troisième fois grand-père au moment où pour la troisième fois je ne réussissais pas avec Charlotte à être un homme !

— Rien de grave ? m'a demandé Charlotte, me voyant pensif devant mon portable.

— Non ! Je suis grand-père depuis tout à l'heure !

— Ah ! s'écria Charlotte, toujours optimiste, c'est ça que j'ai senti !

J'attends d'être à l'hôtel pour apprendre la nouvelle à François. Je veux parler de la naissance évidemment. L'autre – ma défaillance – je la garde pour moi. Première réaction du deuxième grand-père, en train de regarder un film porno à la télé :

— Quand est-ce qu'on y va ?

— Ni trop tôt pour ne pas être indiscrets ou encombrants ; ni trop tard pour ne pas avoir l'air indifférents.

— Le 10, ça me paraît bien.

— A moi aussi.

— Je viens à La Baule le 9. Je passe la journée et la nuit. Et le lendemain matin, on va aux Sables. On fait notre tour de piste à la maternité, au « Mieux-Être », peut-être aux « Oublières » pour toi, on boucle le tout en six heures maximum, et après on se tire !

— On ne va pas repartir le soir quand même !

— Ah si ! C'est ce qui était convenu entre nous : service d'accompagnement mais à durée strictement limitée !

J'ai voulu éloigner la discussion :

— Écoute, on verra sur place.

— Non ! C'est tout vu, je te préviens. Si tu restes là-bas, moi je me refais un infarctus... vrai ou faux !

Je ne saurai jamais si François aurait mis sa menace à exécution : je n'ai pas eu envie de rester aux Sables. J'ai plutôt eu envie de fuir.

Pourtant notre marathon vendéen tant attendu (par moi) a bien commencé. Comme convenu la veille par téléphone avec Agnès, nous sommes arrivés dans la chambre d'Isabelle à la maternité à onze heures pile ! Après les soins et la toilette du matin. Avant le déjeuner. Nous avions chacun des cadeaux que nous avions achetés dans un très joli magasin de La Baule, spécialisé dans « la mère et l'enfant », en compagnie de la toujours joyeuse Charlotte, plutôt spécialisée, elle, dans « le père et le préservatif », comme elle nous l'a dit elle-même, sans une once de regret.

Pour la mère, François apportait une chemise de nuit en satin rose très raffinée. Moi, le déshabillé assorti qui sur Charlotte nous a semblé ravissant. Pour l'enfant, François s'était fendu d'une grenouillère à smocks, quasiment royale, et moi d'un énorme ours en peluche, semblable à ceux de mon enfance, sauf que celui-ci, quant on lui tirait l'oreille, se mettait à chanter la chanson de Johnny Hallyday : « Que je t'aime ! Que je t'aime ! » – ce qui nous avait tous amusés et attendris.

Dès que j'ai vu Isabelle, dans une djellaba azuréenne, avec sur sa table de nuit un bouquet de myosotis et à son annulaire gauche une simili-alliance en vrais saphirs, j'ai compris qu'avec notre lingerie rose nous avions tout faux ! Je me suis souvenu – trop tard – qu'Isabelle, pourvue des mêmes yeux bleus qu'Agnès, avait la même prédilection pour cette couleur. Elle avait aussi, par ailleurs, le même goût pour les vêtements – de nuit ou de jour – simples et confortables. Notre ensemble étiqueté « Douce insomnie », qualifié explicitement par Charlotte de « près du corps », nous avait paru de loin affriolant à souhait. De près, il me paraît à l'évidence inadapté. Voire inopportun. J'ai préféré devancer la déception d'Isabelle. Au moment où, à travers le papier de soie, elle pressentait le froufrou rose, je lui ai avoué mon erreur. François a gentiment rectifié : « notre » erreur, et l'a priée de nous en excuser. Il lui a même proposé de reporter le cadeau à la boutique de La Baule et de l'échanger. Heureusement, elle a refusé. Malheureusement de façon un peu cavalière :

— Ne vous inquiétez pas ! Je vais le refiler à Victoire ! Elle adore ce genre de « machin-machin ».

Suivit un geste des deux mains, décrivant le « machin-machin », et qui pour le moins ne valorisait pas ceux qui l'avaient acheté !

En ce qui concernait le bébé, ce ne fut pas plus réussi : Isabelle trouva la grenouillère « sublissime »... mais, pas pour Clément ! Il était évident (pour elle) que

« le smocks royal n'était pas son style ! », comme si un gniard de deux jours pouvait avoir un style ! Mais là encore, elle nous rassura :

— Ne vous inquiétez pas ! Parmi les petites-filles des copines de grand-mère, il y en aura bien une enceinte qui aimera ça !

Seul l'ours en peluche recueillit les suffrages d'Isabelle... mais pas ceux de son rejeton ! Lui, dont nous avions François et moi vanté la sagesse, admiré la sérénité ; lui, l'angelot silencieux... se mit à hurler comme un rocker en entendant les premières notes de « Que je t'aime ! Que je t'aime ! ».

Prêts aux pires bassesses pour arrêter ses cris, nous avons alors multiplié risettes, grimaces, gâtouillages et avons même « fait panpan-cucul sur le vilain nounours » avec nos mains de chirurgien et de fiscaliste respectables ! En vain. Nous frôlions le fond du ridicule, quand enfin Arnaud surgit en père sauveur et, tel le Tout-Puissant, d'un regard, miraculeusement apaisa son jésus.

Alors, nous pûmes exécuter à quatre voix le célèbre « concerto autour d'un berceau » en extase majeure !

François : Il a une force incroyable !

Isabelle (déliquescente, en direction d'Arnaud) : La force de son père !

Moi (en direction de François) : Et de son grand-père... paternel !

Arnaud : C'est vrai qu'il est bâti comme nous, tout en muscles.

François : En revanche, le veinard aura, je crois, les yeux d'Agnès.

Arnaud (déliquescent, en direction d'Isabelle !) : Et de sa fille...

Moi : Quant à la bouche... hallucinant ! Exactement celle d'Aline.

Isabelle : Et d'Arnaud !

François : En tout cas, il est superbe !

Moi : Et ce qui est rare chez un bébé, il a une personnalité !

Arnaud : Tout à fait ! Il a une tête de chef !

Isabelle : Oui, tu as raison. De conquérant !

François : De champion !

Moi : De gagnant ! Ça c'est sûr !

Et voilà notre pauvre innocent qui a tout bêtement une tête de bébé et qui, plus tard, comme tout le monde, fera ce qu'il pourra avec ce qu'il aura... voilà le chérubin bavouillant et rougeoyant sous une poussée intestinale devenu... président de la République ! Dieu des stades ! Casanova ! Dalaï Lama ! Ou alors, pape sous le nom de Clément XV !

En attendant, dans l'immédiat, son père promis lui aussi à son âge aux plus hautes destinées doit aller, comme masseur indo-européen, gagner sa vie... sur le dos des autres ; sa mère – aux couches-culottes si prometteuses – va se restaurer, se reposer, essayer de retrouver la forme pour pouvoir au plus vite apprendre à ses clients comment l'acquérir ou la garder, grâce au yoga.

Quant à François et moi, d'après le programme établi par Agnès à notre intention et transmis par Arnaud, nous sommes invités à suivre celui-ci jusqu'au « Mieux-Être », afin d'y déjeuner et d'y rencontrer les membres de l'équipe dirigeante et ouvrière, selon les libertés de chacun, assez réduite, Dieu merci, en cette période de vacances où l'établissement ne désemplit pas.

Victoire nous y accueille avec beaucoup de gentillesse, nous installe à une table en terrasse qu'elle nous a gardée de haute lutte et nous propose l'apéritif maison que nous acceptons avec joie, « pour boire à la santé de notre petit-fils », clamons-nous gaiement. « Pour réchauffer nos ardeurs grands-paternelles, déjà tièdes au départ et encore refroidies », pensons-nous assez forts pour que nous n'ayons pas besoin de nous le dire. Évidemment, nous ignorions que l'apéritif maison était un jus de carotte ! Stoïques, nous l'avons bu... cul sec, pour nous en débarrasser... sous l'œil ébloui de Victoire qui voulait absolument nous en offrir un second, ou un autre, plus corsé : au céleri-concombre ! Par chance, un client nous l'a enlevée avant que nous lui cédions... par lâcheté, et nous avons pu rognonner de concert :

— A part les tableaux de musée, commence François, il n'y a vraiment que les bébés pour inspirer autant de conneries à ceux qui les regardent !

— Et encore ! Le nôtre est plutôt réussi... dans le genre bébé !

— Moooui, sauf qu'il ne nous ressemble pas.

— A moi, non ! À toi, plus ! Tu l'as bien vu : ce sera un costaud, comme toi.

— Oui, mais de visage... il n'a rien de moi... ni de toi.

— Non ! Il tient de ses parents... qui eux, tiennent de leurs mères !

— Total, on s'est attendri pour rien ! On croyait avoir un petit Bourdin-Cazeaux, et au bout du compte on se retrouve avec un Cormantin-Bénin-Chovillon.

— Il y a des tas de choses comme ça : beaucoup mieux de loin, quand on se les raconte.

— Oh oui !

Intonation éloquente ! Inutile d'en dire plus. François sait que ma phrase ne vise pas uniquement Clément et notre visite à la maternité. Qu'elle vise Agnès qui nous télécommande des « Oublières » comme deux toutous robots, en restant invisible, à moins que...

Pascal passe en coup de vent à notre table ; il ne peut pas s'attarder. Il a laissé ses Cuitout vapeur à un employé saisonnier peu expérimenté. Les deux autres le sont davantage. Je m'étonne :

— Vous avez trois saisonniers ?

— Oui. Deux pour le service en salle et en terrasse. Plus celui de la cuisine. Plus Victoire qui s'occupe de l'accueil et de la caisse. Et ça ne suffit pas !

— Bravo ! Ça marche vraiment bien.

— Presque trop ! On n'a plus une minute à nous. Je suis désolé, il faut que je vous quitte.

— Juste une seconde ! Ta mère va venir déjeuner avec nous ?

— Ah non ! Ce n'est pas prévu. Mais vous allez manger quand même ! Vous prenez le menu « mieux-être » ?

— Ça s'impose ! ne peut s'empêcher de répondre François à Pascal, déjà prêt à partir.

— Excusez-moi, je ne vous embrasse pas. J'ai trop chaud. Bye ! Je vous envoie Damien.

Effectivement, un quart d'heure plus tard, Damien arrive, suivi de sa fille... qui lui ressemble, elle. Chacun est porteur d'un plateau garni des multiples mini-plats qui nous sont destinés. Dès que Victoire a posé le sien devant moi, elle s'en va, happée par d'autres tâches. Damien reste pour n'en remplir qu'une seule et qu'il s'est assignée lui-même : celle d'informateur et de conseiller. D'ami en quelque sorte : Agnès ne bougera pas des « Oublières » tant que je serai dans les parages. Elle y est avec Domani, revenu dare-dare du Midi après y avoir organisé toute une série d'opérations, regroupées sous le titre générique de « Rançon de la gloire ». Le premier « paiement » de la rançon : une émission télévisée sur TMC aura lieu le 12 août. Ils quittent donc demain les « Oublières ». En même temps qu'Aline et Vincent qui y séjournent depuis la naissance de Clément. Damien est gêné et, me semble-t-il, désolé de me dire que tout se passe bien au « château ». Très bien. Forcément : les deux femmes, jumelles de cœur depuis leur enfance, sont maintenant jumelles de réussite. Les deux hommes s'apprécient, les deux couples s'entendent à merveille. Les deux garçons Elvis et Jean-Lotus adorent leur grand-mère. Ont trouvé en Domani un compagnon de jeux. En Aline un prof de dessin magique. En Vincent un complice qui devine tout et « qui cafte pas ». À la fin de ce tableau idyllique qui touche François moins que moi, mais qui l'agace presque autant, il pose la question qui me brûlait les lèvres :

— Et la comtesse de Cormantin, comment elle se débrouille dans tout ça ? Entre les deux couples illégitimes ? Sa fille en concubinage notoire et les deux enfants naturels de sa petite-fille ?

— Oh... vous savez, les mères, répond Damien sûrement en connaissance de cause, quand elles voient leurs enfants heureux, il y a rarement des problèmes...

— Autrement dit, Agnès est heureuse ?

D'un regard navré et d'un soupir fataliste, Damien acquiesce. Je ne comprends pas pourquoi j'insiste :

— Très heureuse ?

Même confirmation muette et désolée de Damien. Je

comprends encore moins pourquoi j'enfonce le clou – enfin... l'écharde.

— Et lui, heureux aussi ?

Cette fois c'est avec des yeux implorants que Damien me répond :

— Ne me forcez pas à vous faire du mal.

Je mets sur son bras une main quasi paternelle, le remercie de sa franchise et lui pose une dernière question :

— A votre avis, est-ce que je peux aller aux « Oublières » et tenter une explication ?

— Ça, surtout pas !

Sa réponse a fusé. Forte. Catégorique. Explicite.

Une demi-heure plus tard, j'étais à côté de François dans sa voiture. Nous ne parlions pas. Nous faisions semblant d'écouter la radio. Nous roulions assez vite, m'a-t-il semblé... vers le sud, je crois...

Chapitre 29

Les pancartes autoroutières me renseignent : nous roulons bien vers le sud.

C'est seulement du côté de Bordeaux, à deux cent soixante-quinze kilomètres de notre point de départ, que j'émerge de mon KO debout pour demander à François :

— Tu sais où nous allons ?

— Oui. Marbella.

— En Espagne ?

— Oui. Entre Malaga et Gibraltar.

— Mais il y a plein de monde !

François me répond avec une bienveillance exagérée comme s'il s'adressait à un débile :

— Primo : il y a plein de monde partout au mois d'août, sauf au sommet de l'Everest... et encore ! Secundo : j'y allais souvent en vacances avec Aline, justement parce qu'il y avait plein de monde et que j'étais sûr de tomber dans le tas sur une ou plusieurs personnes qui n'allaient pas m'ennuyer.

— Merci beaucoup ! Tu as peur de t'ennuyer avec moi ?

— Non ! J'ai peur que *tu* t'ennuies avec moi.

— Et où va-t-on loger ?

— Attends ! C'est le tertio : un de mes copains « lourdé » m'a passé les clés de son appartement dans une résidence-hôtel, avec l'avantage du service hôtelier, tout en étant chez soi. Le rêve, non ?

— Oui, mais c'est loin !

— Aucune importance ! C'est ça qui est merveilleux dans notre situation : rien ne nous presse. Personne ne nous attend. Je connais la route par cœur. Elle est jalonnée d'endroits sympas où on pourra s'arrêter quand tu en auras envie.

— Plutôt toi, quand tu seras fatigué de conduire.

— Tu sais bien que j'adore ça.

— Oui, mais...

— Ne t'inquiète pas ! Je roule très au-dessous de mes moyens... et ceux de ma voiture !

— Alors...

On a dîné à Toulouse. Au Jardin de l'Opéra. Je n'avais pas très faim mais évidemment, les raviolis au foie gras avec un jus de truffe, c'est plus appétissant que des graines d'épeautre aux courgettes, et le Mouton-Rothschild – même primeur – plus euphorisant que le thé vert !

On a couché dans un superbe hôtel « sous les remparts de Carcassonne à l'horizon de Barbera », comme dans la chanson de Charles Trenet. On a repris la voiture le lendemain matin. Sur la route, on a fredonné à peu près tout le répertoire de celui qu'on appelait dans notre jeunesse « le fou chantant »... la folie non plus n'est plus ce qu'elle était ! Je n'ai pu éviter :

— « Que reste-t-il de nos amours ? »

François n'a pas laissé la nostalgie s'installer. Nous approchions de Collioure. Quelle aubaine ! Autrefois, il lui était arrivé justement là une aventure... incroyable, avec une fille... incroyable, sur une plage... incroyable ! Ah ! Il veut absolument me la montrer. La plage ! Parce que la fille, depuis le temps... On cherche. On trouve. On descend de voiture. On prend dans le coffre deux maillots et deux draps de bain que François y avait mis... à tout hasard. On passe la journée sur cette plage. On mange des glaces et des pans-bagnats. On se baigne. On sieste. On regarde les filles. On compare leurs tenues à celles que portaient leurs grands-mères... il y a une quarantaine d'années. Bof ! La fesse reste toujours la fesse ! Qu'importe l'emballage ! Ça dépend si c'est pour ramener à la maison ou pour consommer tout de suite. On rigole. On se souvient. À propos, l'aventure incroyable... de François avec une fille... incroyable ? Demain ! Il me la racontera demain... quand il l'aura inventée ! À présent, il est temps de partir, pour ne pas tomber sur l'embouteillage des fins de journée à la frontière.

On l'a passée sans encombre. François est un peu fatigué. Ou prétend l'être. On s'arrête à Barcelone où – quelle coïncidence ! – il avait retenu une chambre, toujours... à tout hasard !

Le lendemain, 12 août, on visite Barcelone. Plus exactement, François me fait visiter Barcelone. Il est un guide éclairé. Éclairé en tout cas sur mes goûts personnels. Il sait que j'ai horreur qu'on me submerge de noms, de dates, d'explications que j'aurai oubliés aussitôt après les avoir entendus. Que je préfère aller à la rencontre d'une ville au petit bonheur, en découvrir l'ambiance, les habitants, par moi-même. La « sentir », ou d'ailleurs ne pas la « sentir ». Je « sens » bien Barcelone. Surtout la vieille ville. On y déjeune. On y flâne. On y achète des cartes postales. On en envoie une à « Clément, aux bons soins de ses parents », une aux coéquipiers du « Mieux-Être », et moi, une à ma belle-mère. J'espère qu'« on » appréciera aux « Oublières » et du côté des Sables...

On rentre à l'hôtel, François et moi, aussi épuisés l'un que l'autre. C'est bien de se fatiguer au même rythme. Surtout à partir d'un certain âge. Est-ce qu'Agnès, avec ses neuf ans de plus que le fringant Domani, ne se fatiguera pas plus vite que lui ? Mauvaise question ! On regarde la télé dans notre chambre en picorant dans une salade dite européenne... sans doute parce qu'il y a un peu de tout dedans. Devant notre écran, nous constatons que nous ne comprenons pas un mot. Pourtant tous les deux, nous parlions l'espagnol presque couramment à la fin de nos études secondaires. Capricieuse, fantasque, incontrôlable mémoire : on s'est rappelé toutes les paroles de Charles Trenet et pas un mot de Cervantès ! Quelle phrase retiendrai-je d'Agnès ? Oui, d'accord : « Tout est toujours possible. » Mais à part ça ? *Les Lettres qu'il ne m'a jamais écrites*, évidemment ! Rien d'autre ? Mauvaise question ! Surtout avant de s'endormir...

Le lendemain, 13 août, on continue à descendre tranquillement le long de la côte espagnole jusqu'à Valence. On s'y baguenaude. On passe devant les monuments qui seraient à visiter. On pense que si on en a envie, on les découvrira dans les détails sur Internet, sans transpirer à grosses gouttes. Une baignade serait la bienvenue. Justement... on arrive devant un embarcadère d'où partent des navettes pour Ibiza. C'est moi qui propose de prendre la prochaine dont le départ est imminent. On reprend maillots et serviettes. Une heure plus tard on se rue dans la mer. On s'y délecte. On s'y extasie et soudain... je reste bouche bée. Incrédule. Hésitant. Non ? Si ! Ce n'est pas vrai ? Si ! C'est vrai : le couple Chazal-Chazot est devant moi, masque relevé sur le crâne, riant aux éclats, réjouis de ma stupeur et de mon plaisir de les retrouver dans des circonstances si inattendues. Inattendues ? Pas pour François qui a tout manigancé, tout organisé avec eux quand les « Chachas » lui ont dit qu'ils allaient en vacances à Ibiza. On passe tous les quatre deux jours charmants, dans une détente et une entente totales. Évidemment, ils regardent les garçons et nous les filles, mais à part ça, pour la bouffe, les distractions, les paysages, on est sur la même longueur d'ondes.

François peut être content. Il a réussi son coup. J'attends d'être de retour à Valence, le 16 août au matin, dans la voiture pour le féliciter. Le remercier. Et puis lui dire que...

— Quand même, tu as pris des risques : aux Sables-d'Olonne, j'aurais pu ne pas te suivre comme un toutou ; avoir envisagé d'autres projets avec toi.

— Je me doutais que tu serais sonné par l'attitude d'Agnès, comme je venais de l'être, dans un tout autre genre, par celle de Chantal. Je savais que dans ces cas-là on est incapable de la moindre initiative et qu'on a besoin que quelqu'un vous prenne en charge.

— Mais... tu n'as pas pensé qu'Agnès avait pu changer d'idée, se rendre compte que se lancer dans une nouvelle vie... à son âge, c'était...

— Ça m'a effleuré. Je n'y croyais pas beaucoup.

Mais par prudence, j'ai téléphoné à Arnaud pour avoir des nouvelles.

— Et il t'a dit...

— Qu'Agnès et Aline : même combat. Même patience. Même ras-le-bol. Même détermination.

Mon moral, reconstruit artificiellement sous la chaleur climatique et amicale d'Ibiza, se lézarde à nouveau. François perçoit les craquements. Aussitôt il colmate. Voilà qu'il se souvient de cette histoire... incroyable ! avec cette fille... incroyable ! Qui lui était arrivée à... Collioure ? Non, pas à Collioure ! Il s'est trompé. À Alicante... Ah ben, tiens ! Quelle coïncidence ! Nous y voilà ! Allez ! On descend. Un petit coup de plage. Un petit coup de vin. Non ? Ah si ! Le vin d'Alicante, ça ne se refuse pas. Un petit coup de corrida. Je déteste. Il adore. Donc, discussion assurée. Passion déchaînée. Dégoût répulsif. Ennui dissous. Objectif atteint... autour d'une montagne de tapas et d'une nouvelle bouteille d'Alicante. Non ? Mais si ! On couche là. Ah bon ? Alors...

Aujourd'hui, 17 août, terminus de notre voyage : Marbella !

On s'installe dans l'appartement du « lourdé » : fonctionnel et gai, comme François le souhaitait. Je lui rappelle que j'ai rendez-vous avec Lorraine le 25 à Hardelot. Il n'a pas oublié. Il a pensé avec raison qu'il serait préférable de rentrer à Paris en avion afin de profiter plus longtemps de notre séjour ici. Il a déjà pris nos billets pour le 24 août au matin.

— Mais ta voiture ?

— Je me suis arrangé avec le « lourdé », propriétaire des lieux. Lui, il arrive ici le 24 dans l'après-midi par avion. Je lui laisse les clés et les papiers de la voiture. Et il remonte à Paris avec, le 6 septembre.

— Mais elle va te manquer jusque-là ?

— Non ! Parce que je ne serai pas à Suresnes, mais aux États-Unis, chez mes filles.

— Chapeau !

Ce compliment, François le mérite à chaque instant de notre séjour à Marbella. Familier des lieux, et de mes goûts, il gère notre emploi du temps à la fois avec rigueur et souplesse, proposant tout, n'imposant rien, alternant activités et farniente, sélectionnant dans la région les plus jolis paysages aux heures qui les mettent le plus en valeur, les excursions qui valent le détour, les boutiques et les restaurants non touristiques.

La veille de notre départ, apothéose avec une visite à Ronda sous la conduite subtile de François qui sait se taire quand les sites grandioses parlent d'eux-mêmes, mais qui sait parler quand les pierres des plus anciennes arènes d'Espagne ont besoin d'un traducteur.

Sur le conseil de François, nous avons effectué cette visite aux heures chaudes afin d'éviter la foule des « Guide Vert, teint rouge », mais avec chacun une Thermos d'eau glacée et un mini-ventilateur à piles pour éviter le coup de chaud.

Attablés à présent dans un troquet, devant un sorbet au citron, je rends hommage à mon guide, en particulier pour le circuit d'aujourd'hui, mais aussi pour « l'ensemble de son œuvre » :

— Jamais je ne t'aurais cru capable d'une telle organisation.

— Moi non plus ! Forcément, Aline s'occupait de tout. Comme Agnès d'ailleurs. Elles ne nous laissaient rien faire !

Dans un accès de bonne foi, je me risque à remarquer que...

— On ne peut pas leur reprocher, quand même...

— Eh bien, à la réflexion, si ! Comme des enfants trop gâtés pourraient reprocher à leurs parents de leur avoir épargné toutes les corvées et de les lâcher dans la vie sans savoir se débrouiller seuls.

— On est entre nous : reconnais que ça a des avantages.

— Tant qu'elles sont là, oui ! On se laisse vivre, mais quand elles foutent le camp, on est paumés. Dans tous les domaines. Tu as bien vu, le premier jour où j'ai été seul : j'étais perdu avec ma machine à café. Pareil avec les courses : une fois j'ai manqué de dentifrice. Une autre fois de lames de rasoir. Pareil pour le courrier : je ne savais pas répondre n'importe quoi à n'importe qui. Pareil pour le rangement, j'égarais tout : les clés, les cravates, les pense-bêtes ! Maintenant, je suis parfaitement au point. Toujours des espressos impeccables ! Jamais en panne d'un quelconque produit ! Pas une lettre sans réponse ! Chaque objet à sa place ! Ce n'est pas difficile, tu sais. C'est elles qui nous ont mis dans la tête que ça l'était, pour se donner de l'importance à nos yeux. Pour qu'on les croie indispensables ! Mais, moi je te le dis, l'intendance... c'est pipeau ! Tu verras, quand tu viendras à Suresnes... surtout à deux, ça ne nous prendra pas beaucoup de temps !

Allons bon ! Revoilà François avec son sourire patelin de représentant de commerce, vantant sa marchandise. Et moi – c'est nouveau –, me voilà en client potentiel qui ne veut pas avoir l'air intéressé :

— Enfin François, tu ne penses pas sérieusement que nous allons vivre ensemble ?

— Si bien sûr, plus que jamais ! Après ces jours que nous venons de passer, tous les deux, sans une ombre de désaccord, sans une bouderie, sans lassitude.

— Tu ne peux pas juger : nous étions en vacances.

— Justement ! C'est plus difficile de se supporter dans l'oisiveté d'un bout de la journée à l'autre que quelques heures dans une vie plus ou moins active. Et en plus, dans des espaces plus restreints que celui dont nous disposerions à Suresnes. Tu n'es pas d'accord ?

— Si ! Mais...

— Mais quoi ? Tu as peur du « qu'en-dira-t-on » ?

— Non, mais...

— Mais quand même un peu ?

— Non, je t'assure ! Ma comtesse de belle-mère m'a montré l'exemple du libéralisme. Je ne vais pas être plus royaliste que la reine !

— Alors pourquoi ne veux-tu pas venir à Suresnes ?

— J'ai besoin de réfléchir.

— Tu espères encore trouver une brebis à cinq pattes, jolie, intelligente, riche, serviable et en extase devant toi ?

Je hausse les épaules. Je me sers du joker de François pour dévier la conversation :

— Au lieu de dire des bêtises, tu ferais mieux de me raconter enfin ton aventure... incroyable ! avec une fille... incroyable, qui s'est passée... où déjà ?

François accepte la déviation. Il rigole. Il fait semblant de chercher :

— Finalement, je me demande si cette histoire... incroyable, avec une fille... incroyable, ne s'est pas passée à Marbella. Du côté de la piscine, ou du côté de la plage. Dès notre retour, je vais aller sur les lieux pour me rafraîchir la mémoire... et le reste !

L'affaire est classée jusqu'à nouvel ordre. En vérité, jusqu'à ce que j'aie renoncé définitivement à l'espoir de récupérer Agnès. Pour le moment, ce n'est pas le cas. Je m'en veux de m'être aperçu trop tard qu'elle était ma brebis à cinq pattes et de ne pas avoir su la retenir. Mais je ne suis pas persuadé que Domani soit le bélier à cinq pattes qu'elle imagine. Je préfère attendre seul qu'elle s'en rende compte et revienne – bêlante de préférence – vers son vieux mouton plus indulgent et plus compréhensif qu'avant.

La route en lacets qui descend de Ronda à Marbella réclame toute la vigilance de François. À notre arrivée, comme il l'avait projeté, il va se baigner pour se détendre.

— Tu viens avec moi ?

— Non ! Je vais écrire les cartes postales que j'ai achetées à Ronda. Je les enverrai demain de l'aéroport de Malaga.

— D'accord. À plus !

C'est vrai que la vie est simple avec lui.

Je rédige mes cartes postales, essayant de trouver pour chacun de leurs destinataires vendéens une formule un peu personnalisée.

À Clément : « Sois gentil de dire à tes parents tout le bien que je pense d'eux ! »

À Isabelle et Arnaud : « Vous souhaite de tout cœur de chanter toujours à deux voix la chanson de mon ours en peluche. »

À Pascal : « J'ai construit un château en Espagne : une succursale du "Mieux-Être" qui s'appellerait le "Mieux-Aimer". »

À Damien : « Je m'efforce de respecter au mieux la

“Saint-Oubli”... ce qui est une façon de ne pas vous oublier. »

À Victoire : « Si vous aviez seulement quarante ans de plus... vous auriez toutes les qualités. Tant pis ! Je vous embrasse quand même. »

La dernière est pour ma belle-mère : « Je n'ai jamais autant pensé à vous. Votre gendre affectionné. Pierre. »

Cette corvée terminée, j'en attaque une autre : les bagages. D'habitude, c'était toujours Agnès qui s'en chargeait. Avec une minutie que j'admirais beaucoup. J'avais tort ! Il a raison, François, ce n'est pas compliqué. En deux temps trois mouvements, j'ai bouclé sac et valise. Mais c'est fatigant. Je vais me reposer dans le living, à côté d'un meuble tourniquet qui fait office de bibliothèque. Je repère quelques livres dont Agnès m'a parlé avec intérêt, quelquefois avec enthousiasme ; des livres qu'elle m'a conseillé de lire, qu'elle a regretté que je ne lise pas. Entre autres, celui-ci : *L'amour dure trois ans*, d'un certain Beigbeder.

Je le prends. Je le feuillette. Je tombe sur la clé du titre. « Première année : L'amour passion. Deuxième année : L'amour tendresse. Troisième année : L'amour ennui. » Ce n'est pas valable pour Agnès et moi. Notre union s'est maintenue d'un bout à l'autre entre la deuxième et la troisième année. Mais peut-être qu'avec Domani le compte sera bon. Peut-être qu'à la fin de leur première année... ou à la fin de la deuxième... entière comme est Agnès, elle n'attendra pas la troisième... Moi, si !

Je vais ranger le livre. Là ? Non ! Ce n'est pas possible ! Juste à côté, je viens de découvrir celui d'Agnès. La juxtaposition des deux titres me laisse perplexe. Est-elle volontaire ou fortuite ? Une seconde plus tard, j'ai le livre d'Agnès en main, ouvert à la page de la dédicace et je lis : « A Muriel, qui vit ce que j'ai vécu et qui vivra peut-être ce qu'à présent je vis. C'est en tout cas ce que je lui souhaite en toute amicale complicité. Agnès de Cormantin. »

Mon espoir de voir ma brebis à cinq pattes réintégrer sa bergerie de l'avenue de Saxe vient d'en prendre un grand coup dans les ailes ! Pour protéger celles qui restent, je cache le livre d'Agnès derrière les autres et décide de ne pas en parler à François. Il me facilite la tâche en rentrant peu après, excité comme une puce :

— La vie est ahurissante !

— Ce n'est pas nouveau, mais raconte quand même !

— Tiens-toi bien : il vient de m'arriver une histoire... incroyable, avec une fille... incroyable !

— Ah non ! Pas encore ! Tu me l'as déjà servie, celle-là !

— Non ! Parce que cette fois, l'histoire est vraie et la fille, tu la connais.

— Ah bon ? Qui est-ce ?

— Chantal !

— La tienne ?

— Plus la mienne ! Dieu soit loué ! Celle du vieux Panaméen. Il l'a épousée. Elle est Mme Marcello Mirenda. Elle n'a pas un magasin de fringues. Elle a carrément une chaîne entière de magasins... qui n'attendait qu'elle pour s'implanter en France sous le label bien connu : « M and M », désignant jusque-là les initiales du P-DG, mais qui désignera désormais celles des deux patronymes du couple : Moulin. Mirenda.

— Ça, effectivement, c'est incroyable !

— Ce n'est pas tout ! Tu te rappelles bien sûr le

yacht le *Cythère* pour lequel finalement elle m'a plaqué à Rio de Janeiro ?

— Oui, ton rival ! Celui à qui elle a dit : « T'as de beaux hublots, tu sais ! »

— Tu as tort de plaisanter ! Ce yacht risque de te concerner.

— Moi ?

— Et moi aussi par la même occasion.

— Comment ça ?

— Par épouses interposées.

Ces trois mots m'ôtent sur-le-champ toute envie de plaisanter. Et la suite ne me la redonne pas. Pour leur voyage de noces, les « jeunes » mariés – Marcello et Chantal – ont fait une croisière à bord de leur palais flottant, le long de la Riviera française. Halte obligatoire à Monte-Carlo. Pause casino pour Marcello. Lèche-vitrines pour Chantal. Rencontre fortuite avec un de ses « anciens », journaliste de son état et travaillant actuellement à Radio Monte-Carlo. Justement, il y va. Il est pressé. Dommage ! À moins que... Chantal le suit. Ils ont tellement de choses à se dire. Surtout elle... à première vue ! Elle ne lui dira en réalité presque rien, en dehors de son mariage. Ils arrivent à Radio Monte-Carlo en même temps que... l'Imprévisible, une fois de plus le bien nommé : Domani en personne qui accompagne sa découverte, son best-seller, et... – il ose le proclamer, ce salaud – la femme de sa vie ! Présentations par le journaliste : Mme Mirenda. Mme de Cormantin. Les deux femmes se fusillent du regard. Leurs noms ne leur disent rien. Leurs visages, oui. Elles sont certaines de se connaître. Elles fouillent leurs mémoires. Elles en sortent très vite les deux surnoms qu'elles s'étaient donnés et qu'elles n'employaient que dans leur intimité respective : pour Chantal : « la pute », et pour Agnès, « la coincée ». Leurs vrais noms suivent : Chantal ! Agnès ! D'autres noms automatiquement en découlent : celui de François d'abord, puis celui d'Aline, enfin le mien. Etonnement. Amusement. Curiosité. Intervention de Domani. Puis du journaliste. Concentration. Silence...

L'émission démarre. Quand elle s'achève, au bout d'une heure, Chantal, impressionnée par le spectaculaire changement d'Agnès, mais aussi par son non moins spectaculaire chevalier servant, propose de poursuivre la conversation sur « notre yacht ». Agnès par intérêt littéraire – parce que Chantal lui semble avoir l'étoffe d'un personnage de roman –, Domani par intérêt tout court – parce qu'un milliardaire ça peut toujours servir –, acceptent l'invitation de Mme Mirenda. Ils ne le regrettent pas. Agnès est la vedette. On l'interroge sur tout. En vrac : Ben Laden et Christian Lacroix. Bush et Zidane. Dieu et Enki Bilal.

— Qui ?

— Enki Bilal : un des maîtres de la bande dessinée. C'est le vieux Panaméen qui a mis son nom sur le tapis. Il est un passionné de la BD. Domani, un champion de l'opportunisme. Il parle de celle qu'Agnès est en train d'écrire et qui sera illustrée par Aline. Comme s'il s'agissait de secrets d'État, il annonce le titre, décrit les personnages, raconte le thème, suggère des développements et... évoque les produits dérivés ! Pourquoi pas des T-shirts, des blousons, des fringues quoi, imprimés de deux « M » majuscules, représentant à la fois les initiales des deux héroïnes de la BD : *M*arie Recto et *M*arie Verso, et le sigle de la marque qui appartient à leurs hôtes : Moulin-Mirenda.

J'explose :

— *M*erde et *M*erde !

— Je vois que tu as tout compris.

— Bruggen a vu juste : c'est une véritable pluie d'or qui va inonder nos chères épouses !

— Je te signale que la mienne est déjà ex-épouse et que la tienne ne va sans doute pas tarder à l'être.

— C'est Chantal qui te l'a dit ?

— Oui, selon son expression, Domani est braguetto-dépendant.

Je sursaute.

— Avec Agnès, c'est impossible !

— Excuse-moi, dans ce domaine-là, je me fierais plutôt à Chantal !

Je répète trois tons au-dessous :

— C'est impossible...

— De toute façon, même en dehors de ça, il paraît qu'il est complètement accro. Au point d'avoir repoussé les avances que Chantal lui a faites... pour voir. Et pourtant, crois-moi, quand elle s'y met, elle a des arguments !

Je suis abasourdi. Je repense à la dédicace d'Agnès. Moi qui ne voulais pas en parler à François, je la lui montre. Une fois qu'il l'a lue, je le questionne :

— Qui est cette Muriel ?

— La femme du « lourdé ».

Je vais reporter le livre d'Agnès là où je l'ai découvert : à côté de *L'amour dure trois ans*.

Comme souvent dans un couple, quand l'un des deux a le regard qui s'échappe vers des ailleurs, François me demande :

— A quoi penses-tu ?

— Que dans trois ans, j'aurai soixante-cinq ans.

Je rectifie pour ne pas gâcher notre dernière soirée :

— Seulement soixante-cinq ans.

Chapitre 30

— Alors, c'était comment la Thaïlande ?

— Loin !

Cette réponse ultra courte m'en dit ultra long sur les vacances asiatiques que Lorraine vient de partager avec son « associé », le fils Bruggen.

— Et Nicolas ?

— Près !

— Trop près ?

— Limite collant ! Ce n'est pas sa faute. Ni la mienne. Il y a eu erreur de programmation au départ. Lui était programmé sur « voyage de noces prénuptial » ; moi sur : « balade touristico-amicale ». Je ne pensais qu'à sortir. Lui, qu'à rentrer. Un cauchemar ! Pour nous deux ! Je me demande ce qui est le plus pénible : être aimée quand tu n'aimes pas ou aimer quand on ne t'aime pas. Qu'est-ce que tu en penses ? Toi qui as vécu les deux situations ?

— Moi ?

— Ben oui ! Tu me l'as dit toi-même : pendant des années et des années ta femme a été dingue de toi, alors que tu t'en fichais, et maintenant c'est le contraire.

Par un vieux réflexe de coq outragé, je proteste :

— Aucune commune mesure entre les sentiments d'Agnès et les miens. Elle a été victime d'une passion longue durée ; moi, d'une flambée d'amour-propre.

— Ah bon ? ironise Lorraine. Heureusement que tu me préviens ! Moi qui suis venue ici à Hardelot avec l'idée de jouer les « ramasse-miettes »... comme tu me l'as demandé en juillet quand ta femme est partie ; moi qui m'apprêtais à me comporter en psy consciencieuse dans une « cellule de crise » comme je te l'avais promis... tu t'en souviens ?

Je capitule dans un sourire. Lorraine a gagné la crête et les ergots. Je ne cocoricotte plus. Elle ne pavoise pas. Je débonde. Elle recueille. Scrupuleusement. Je commence par lui raconter ma thalasso solitaire à La Baule. Mes efforts physiques quotidiens dictés par le souci d'être en forme... quand je reverrais Agnès. Je n'omets pas ma courte récréation avec Charlotte. Ni ma contre-performance. Lorraine l'enregistre avec l'indifférence d'un pneumologue pour un rhume de cerveau et m'invite à poursuivre mes confidences. Je revis pour elle mes péripéties estivales avec une émotion croissante : la naissance de Clément ; son annonce par Agnès sur la messagerie de mon portable ; l'arrivée réconfortante de François à La Baule ; notre journée débilitante aux Sables-d'Olonne ; notre départ, plutôt notre fuite en fin d'après-midi dans une direction que j'ignorais et dont je ne me suis soucié qu'après trois heures d'accablement ; nos différentes étapes le long de la côte espagnole ; notre détour par Ibiza ; enfin notre séjour à Marbella.

Encouragé par l'intérêt de Lorraine, par ses questions judicieuses, j'ai vraiment vidé les plus inaccessibles diverticules de ma mémoire :

— Voilà ! dis-je, maintenant tu sais tout.

Lorraine hoche la tête et diagnostique sans aucun triomphalisme :

— C'est bien ce que je disais : tu es amoureux de ta femme. Tu nous fais un de ces bons vieux chagrins d'amour avec cœur en deuil et tête en bouillie... si j'en crois les romans que j'ai lus sur ce sujet, parce que moi, personnellement...

— Patiente ! Ça te viendra peut-être comme moi sur le tard.

— Peut-être... Mais honnêtement, quand je vois ta tête, je ne suis pas pressée !

— C'est sans doute moins dur quand on est plus jeune.

— Ça, pas sûr...

Je n'ai pas envie de discuter. Les autres, je m'en fous. Quand on est malheureux, on est égoïste. Surtout moi qui ai déjà des tendances !

— En tout cas, moi, je peux te dire qu'à mon âge...

Ma phrase reste coincée dans ma gorge. C'est Lorraine, secourable, qui la termine... à sa façon :

— Tu dérouilles !

La vigueur de son ton m'a décoincé et je peux m'expliquer :

— Le départ d'Agnès m'a amputé de trente-quatre ans d'habitude. Je suis déséquilibré, comme un amputé. Il paraît que les infirmes se plaignent d'avoir mal au membre qu'on leur a enlevé. Eh bien moi, c'est pareil : j'ai mal à l'absence d'Agnès. Elle me manque. Je n'arrête pas de penser à elle, de l'imaginer en train d'écrire... en train de rire... en train de...

À nouveau ma gorge se bloque, et à nouveau Lorraine, fidèle traductrice de ma pensée, achève ma phrase comme un mec :

— En train de s'envoyer en l'air tous les quarts d'heure !

J'opine du chef, encore incapable de parler sous le choc de l'image que les mots de Lorraine ont déclenchée dans ma tête. Elle en profite pour vider l'abcès qu'elle vient d'ouvrir :

— Tu as peut-être mal, comme tu dis, à l'absence de ta femme. Mais moi, je te dis que tu as surtout mal à la présence de Domani. La vérité, c'est que tu crèves de jalousie. Tu crèves de la concordance de leurs goûts, de leurs activités, de leurs intérêts, tu crèves de leur entente intellectuelle. Mais, par-dessus tout, tu crèves de leur entente sexuelle. Elle te vrille le cœur et le corps. Au point qu'à La Baule avec ta kinési tu es devenu impuissant ; au point que tu complexes comme un puceau et que tu es prêt à te condamner à l'abstinence à perpétuité. Vrai ? Ou faux ?

J'ai recouvré la parole et découvert un besoin de franchise :

— Vrai ! Je souffre d'autant plus que je ne comprends pas ce qui a pu se passer entre eux. Entre lui qui pourrait s'offrir – sans les payer – les minettes les plus sexy et elle que, de toute éternité, j'ai classé dans les « pantalon-cintre », comme toi et moi d'ailleurs.

— Tu exagères ! Ce n'est pas une rencontre incompréhensible, invraisemblable, contre nature. Mais même si elle l'était, peu importe ! Elle existe : le feu a pris. Pour une raison ou pour une autre, ou sans raison du tout, le feu a pris : Domani le papillonneur de choc a eu les ailes brûlées au premier contact avec ta femme, et au même moment « le lac », d'une agréable tiédeur avec toi, s'est mis à bouillonner jusqu'à atteindre le débordement... responsable probablement de son départ.

— Mais pourquoi ?

— Question stupide et surtout d'une navrante inutilité. Dans ce domaine, tout est mystère : mystère de la peau. Mystère des fusions. Mystère du « timing » : le moment adéquat pour l'un correspondant au moment adéquat pour l'autre.

— Pas mal raisonné pour une exclue de l'amour !

— Justement ! Ça m'a laissé le temps d'y penser... surtout en Thaïlande. J'ai même échafaudé là-bas une hypothèse, concernant ce que tu appellerais, toi, « l'embrasement inattendu » de ta femme, et ce que j'appelle, moi...

Cette fois c'est moi qui achève sa phrase :

— Son fulgurant feu au cul !

— Bravo !

— Alors, ton hypothèse ?

— Je suppose que Domani a tenu auprès de ta femme le rôle de révélateur en chimie : il a rendu visible, tangible, ce qui existait mais qui était caché.

Je soupire et j'avoue :

— Je suis arrivé à la même conclusion. Non seulement au sujet des possibilités sexuelles d'Agnès, mais aussi de son talent littéraire. Elle a sûrement toujours eu en elle les unes et l'autre. Et moi qui ai vécu trente-quatre ans avec elle je n'ai rien vu. Rien pressenti. Je suis passé complètement à côté. C'est ça qui me mine. Je suis un vrai con ! Comme François qui s'est payé la tête de sa « peintresse » devenue un peintre reconnu et de sa « Sœur Sourire » qui file le parfait bonheur auprès d'un homme qui l'adore. L'un comme l'autre, nous avons gardé les œillères héritées de nos pères : l'égoïsme et le sexisme.

Lorraine se montre sensible à cet aveu tardif et y réagit avec un réalisme roboratif.

— Bon, d'accord ! Tu es con et amoureux. Ton cas est grave, mais pas désespéré. Tu dois pouvoir en sortir.

— Comment, selon toi ?

Elle dénombre deux remèdes, d'ailleurs antagonistes :

— Tourner la page ou attendre.

Tourner la page, c'est regarder exclusivement vers l'avenir. Couper les ponts avec le passé. Changer de vie. D'appartement. D'amis. Dans cette optique, la solution d'une cohabitation avec François lui semble excellente, surtout si elle bénéficie à plus ou moins long terme d'adjonction féminine, éphémère ou prolongée et, pourquoi pas, définitive ?

Attendre, c'est vivre, ou plutôt survivre, exister, en espérant un retour problématique d'Agnès.

C'est ce dernier remède qui me tente le plus. À vrai dire, c'est celui que dans mon for intérieur j'ai déjà choisi. Sinon, mes valises seraient déjà chez François. Peut-être même qu'une quelconque Charlotte serait déjà sous ma couette. Mais voilà, j'ai toujours ce fichu espoir de revivre avec ma « diva du quotidien » qui me plombe les jambes. Espoir tenace, comme l'a été celui d'Agnès en mon amour. Espoir que j'ai essayé de temps en temps d'éradiquer mais qui revient... comme son hydre à elle. Espoir que, lucide et honteux, je confie à Lorraine, comme une absurdité. Une folie. J'attends de sa part des reproches ou pour le moins un appel à la raison. Mais non ! Elle me ménage en ménageant l'hydre :

— L'espoir dans ce cas précis n'est pas plus déraisonnable que le désespoir. Pas plus raisonnable non plus.

Je ne retiens que la première partie de sa phrase. Ce qui explique pourquoi j'insiste :

— Tu le penses vraiment ?

— Bien sûr ! Ce n'est quand même pas à toi que je vais dire que tout est toujours possible. Surtout quand il s'agit d'amour. N'envisageons pas le pire, c'est-à-dire la disparition de Domani ou de sa partenaire – ou des deux – par un malheureux coup du sort... Envisageons un heureux coup du sort. Heureux pour toi : ils peuvent se lasser, se décevoir, se mentir, rencontrer l'Autre : l'incontournable Imprévisible.

— Ah ! le revoilà, celui-là !

— Forcément, il est partout. Bénéfique ou maléfique, selon les jours. Après avoir joué contre toi en t'enlevant ta femme, il peut jouer pour toi en te la rendant.

Sous ces mots, mon hydre me fait une poussée de croissance et me souffle qu'on pourrait peut-être donner un petit coup de main à l'Imprévisible en essayant de déstabiliser le couple Agnès-Domani.

Pragmatique, Lorraine me demande comment. Optimiste, je lui affirme qu'à nous deux on devrait trouver. Coopérative, elle m'aide à chercher. Pendant quatre jours, nous échangeons des idées plus ou moins folles, susceptibles de brouiller les cartes aussi bien entre Agnès et Domani qu'entre Agnès et moi. La première qui me vient à l'esprit est de mettre sur le chemin de l'éditeur justement l'Autre. L'incontournable. Mais qui ? Même Chantal, l'experte en la matière, y a renoncé. Quant au tiercé gagnant : Bobonne-Messaline-

Yourcenar, réunies en une seule créature, il appartient au royaume d'Utopie.

D'autres idées nous ont traversé l'esprit, le temps d'une moue ou d'un fou rire qui les expédiaient à la trappe. Certaines sont restées plus longtemps. Du moins dans ma tête : celle qui était censée, à distance, attirer de nouveau l'attention d'Agnès sur moi ; de susciter sa curiosité. Par exemple :

Me livrer sur elle au harcèlement floral. Lui envoyer chaque jour un bouquet de myosotis (avec l'espoir qu'elle se souviendra qu'en anglais cette fleur porte le joli nom de « forget me not »), et en accompagnant ce bouquet d'une carte, avec le lundi un P. Le mardi un A. Le mercredi un R. Le jeudi un D. Le vendredi un O. Le samedi un N. Et le dimanche... un point d'exclamation !

Me payer dans un journal des petites annonces que je lui enverrais anonymement, dans le genre : « Monsieur en transit entre deux âges cherche femme forte moralement, pour finir le voyage dans les meilleures conditions. » Ou bien : « Français peu doué pour les langues étrangères cherche une enseignante patiente pour apprendre à parler l'Amour. Urgent. » Ou encore : « Ai perdu raison de vivre, blonde aux yeux lacustres, récompense laissée au choix de celle qui me la rapportera. »

Lorraine m'affirme que n'importe quelle femme (même elle qui n'est pas un parangon de romantisme) serait sensible à ce genre d'attention. Je la soupçonne de ne pas le penser vraiment. Elle qui m'a dit un jour : « Quand une femme n'aime plus, elle n'aime plus. Quand un homme n'aime plus, il aime encore un petit peu. » Mais je ne peux pas lui reprocher ce mensonge charitable : il participe à la mission de « ramasse-miettes » qu'elle s'est assignée et qui malheureusement s'achève. Elle l'a remplie avec une gentillesse sans faille. Avec efficacité aussi. Je me sens mieux. Je la remercie de m'avoir consacré cette « cellule de crise ». Elle m'invite à y avoir recours quand j'en éprouverai le besoin, et, au moment où je monte dans ma voiture, elle me recommande :

— Si tu me téléphones, appelle chez moi ou sur le portable, exclusivement.

— Pourquoi pas au bureau ?

— J'en change. D'associé aussi.

— Ah bon ? Où t'installes-tu et avec qui ?

— Je ne sais pas. Je cherche.

Je plaisante :

— Je te signale que, si tu me le demandes gentiment, je condescendrai à t'accueillir dans un cabinet qui bat de l'aile et à t'associer à un fiscaliste en perte de vitesse.

Elle ne plaisante pas :

— Je te le demande gentiment.

Rien dans ses yeux plantés droit dans les miens ni dans son absence de sourire m'autorise à douter. Pourtant je m'étonne :

— C'est vrai ?

— Oui.

— Pourquoi ne me l'as-tu pas demandé avant ?

— C'était mon joker !

Là, j'ai eu droit à la totale : son regard de môme heureuse du tour qu'elle vient de jouer, son sourire ambigu d'amie, et sa poignée de main d'homme d'affaires ! Une fois de plus j'ai soupiré :

— C'est vraiment dommage qu'on ne s'aime pas !

— Eh oui ! a-t-elle confirmé avec fatalisme.

Revenu dans mon appartement parisien, j'en fais le tour. J'en ouvre les fenêtres : changement d'air ou changement d'ère ? J'entre dans la chambre d'Agnès, que je ne me résigne pas à appeler son ex-chambre. J'y jette un coup d'œil sur le livre-coffret où j'ai découvert par un faux hasard ma fausse lettre, celle dont tout est parti. Aujourd'hui ce n'est pas fortuitement que je le prends et vais le poser sur le bureau où sont nées *Les Lettres qu'il ne m'a jamais écrites*. C'est de ma part un geste symbolique, bêtement imaginé sur la route qui me ramenait de Hardelot à Paris.

J'ai passé le voyage à me remémorer les idées plus ou moins farfelues que j'avais échangées avec Lorraine, des idées qui étaient censées me valoir un regain d'intérêt de la part d'Agnès. Après une sélection laborieuse, j'en ai retenu une : attaquer mon auteur d'épouse sur son propre terrain avec un livre répondant au sien. Un seul inconvénient : je suis incapable d'écrire quoi que ce soit – missives à l'eau de rose ou pamphlet au vitriol – susceptible d'attirer son attention en bien ou en mal. Tout aussi incapable de livrer mes sentiments à un nègre professionnel pour qu'il les traduise. Alors, peu à peu, j'ai réduit mes ambitions : j'ai envisagé de ne rédiger qu'une douzaine de lettres, puis une demi-douzaine, puis trois. Puis une... que je lui enverrais dans ce coffret-livre que j'ai maintenant devant moi. Je l'ai rêvée, cette lettre : exaltée, exaltante, simple et enfiévrée, murmures et cris. Hugolienne, en quelque sorte : quand on rêve, pourquoi se priver ? Mais me voilà au pied du mur. Au pied de ma lettre. Et je sais maintenant qu'elle sera courte, banale, plate. Dramatiquement sous-développée. Mais, au moins, elle sera sincère.

« Agnès mon amour,

« Oui, je sais, c'est la première fois que je t'appelle ainsi.

« La première fois que je me rends compte de tout ce que tu m'as donné, de tout ce que tu as été pour moi. De tout ce que tu es en dehors de moi.

« La première fois que je mesure le poids de ta présence à l'insupportable poids de ton absence.

« La première fois que j'ai honte de moi, de mon aveuglement, de mon sectarisme, de mes certitudes, de mes colères, de mes manquements, tous mes manquements de toutes sortes. Honte de mon imbécillité.

« La première fois que j'éprouve des remords pour tout le mal que je t'ai fait ; des regrets pour tout le bonheur dont je nous ai privés ; des angoisses à l'idée d'un avenir sans toi.

« La première fois que je méprise ce jeune M. Beau Mec qui a parié un jour avec toi un sorbet aux fruits de la passion qu'il ne pourrait jamais t'aimer. J'ai mis trente-quatre ans à perdre mon pari : je t'aime. Trouve ici les fruits de la passion. Pas en sorbet. En lettre. La seule que je t'aie écrite. Bien tard, je le déplore. Mais... puisque tout est toujours possible... j'ose te demander : est-ce trop tard, Agnès, mon amour ? »

La réponse d'Agnès m'est parvenue par retour du courrier. Elle comportait deux mots : « Bonne question ! »

C'est le 24 décembre que Lorraine m'a appris le titre du prochain roman de ma femme : *A suivre...*

Achevé d'imprimer sur les presses de

BUSSIÈRE

GROUPE CPI

à Saint-Amand-Montrond (Cher)
en avril 2008

POCKET - 12, avenue d'Italie - 75627 Paris Cedex 13

— N° d'imp. : 80307. —
Dépôt légal : avril 2005.
Suite du premier tirage : avril 2008.

Imprimé en France